내 유년의 콜라주

내 유년의 콜라주

초판 1쇄 인쇄 · 2025년 8월 20일
초판 1쇄 발행 · 2025년 8월 25일

지은이 · 우한용
펴낸이 · 김화정
펴낸곳 · 푸른생각

편집 · 지순이 | 교정 · 김수란
등록 · 제310-2004-00019호
주소 · 서울시 중구 충무로 29, 아시아미디어타워 502호
대표전화 · 02) 2268-8707
이메일 · prunsasang@naver.com

ⓒ 우한용, 2025

ISBN · 979-11-92149-65-3 03810
값 · 18,500원

- 저자와 합의하여 인지는 생략합니다.
- 이 도서의 전부 또는 일부 내용을 재사용하려면 사전에 저작권자의 서면에 의한 동의를 받아야 합니다.
- 이 도서의 표지 및 내지 디자인에 대한 권한은 푸른생각에 있습니다.

내 유년의 콜라주

우한용 장편소설

작가의 말

사랑하는 손주 선재에게

사람들은 어느 때가 되면 유년시절을 되돌아보곤 한다. 누구나 하는 일이다. 누구나 한다는 건 사람들 모두가 그런 일을 한다는 뜻이 아니겠냐. 그러니까 '보편적'이란 뜻이다. 그런데 나는 남들과 조금 다른 방식으로 유년시절을 돌아보려고 한다. 남들과 다른 방식이란 '소설' 양식을 이용한다는 뜻이다.

그렇게 하는 데는 몇 가지 까닭이 있다. 유년에 대한 기억은 정연한 서사로 되살아나지 않는다. 너도 알겠지만, 네 생일날 어떤 떡을 먹었는지 잘 기억이 안 날 것이다. 그리고 생일날 어떤 손님들이 와서 네 생일을 축하해주었는지 기억이 막연할 것이다. 너에게 생일선물을 해주었던 고모와 이모가 그때 어떤 일을 하고 있었는지 기억하기 어려울 것이다. 어린 시절 생애의 그런 빈 구석을 채워서 이야기가 정연하게 하려면 네가 겪지 않은 일들을 조금 보완해야 한다. 기억은 그렇게 나의 기억과 남의 기억이 얽히게 마련이란다.

어렸을 때의 기억은 마치 인상파 화가들이 그린 풍경처럼 떠오른다. 네가 앉아서 풀꽃을 따는데 나비가 날아다녔다고 하자. 풀꽃과 나비의 모양이 잘 안 떠오를 것이다. 풀밭 위로 불어가는 바람이 시원했다든지 나비가 춤을 추는 것처럼 날아다녔다든지 그렇게 기억이 난다. 풀 이름, 나비의 이름 그리고 풀꽃의 분류 명칭을 알지 못한다. 잘 모르는 채로 이야기를 풀어가면 풀이나 나비를 구체적으로 그려 보일 수가 없다. 인상을 넘어서서 사물의 구체적인 모양을 그리자면 글쓰는 사람의 공부가 필요하다. 그런 공부를 '추체험'이란 조금 어려운 말로 쓰기도 한다.

어린이들은 세상과 부지런히 소통한다. 어릴 때는 세상 모든 일들이 신비하다. 호기심으로 가득하다. 그래서 물음이 많다. 하늘의 해와 달은 물론 땅위의 꽃과 강과 바다의 물고기, 그리고 강물을 가로질러 날아다니는 새들이 궁금하다. 어린이의 호기심을 어른이 되어서도 그대로 유지하는 사람이 시인이다. 그래서 시인들은 눈이 맑게 반짝인다. 그리고 시인은 사는 게 조금 가난해도 하루하루 놀라움으로 가득하다. 그리고 이 세상이 자기가 태어난 걸 하느님의 은혜로 알고 감사해한다. 꽃잎에 일렁이는 아침 햇살이 놀랍고, 저녁에는 감사의 기도로 곱게 잠이 든다.

어린이들이 보았을 때, 어른들은 이상한 사람들로 비치기도 한다. 노상 같은 행동을 하고, 같은 말을 반복한다. 그리고 자기가 마치 세상의 주인이라도 된 듯이 오만하다. 세상에는 어린이와 젊은이와 노인이 함께 어울려 산다. 어린이만 사는 세상이 없는 것처럼 노인만 사는 그런 나라도 없다. 한 사람의 일생은 대개 비슷한 단락으로 이야기가 짜여진다. 태어나고 자라고 일하며 사랑하고 그러다가 늙어서 생을 끝마친다. 그런데 이런 단계들은 서로 맞물려 영향을 미치게 마련이다. 시간으로 말하자면 지난 일들이 오늘의 일에 영향을 미치고 오늘 내가 지은 업은 나의 앞날에 영향을 미치기도 한다. 오늘 꿈꾸는 게 내일 내 생애에 그림자를 드리운다.

어린이들은 남 생각을 잘 하지 못한다. 남을 생각하려면 좀 커야 한다. 조금 커서 친구가 생기고 내가 따라야 하는 어른이 있다는 것을 알아야 남을 생각하게 된다. 나이를 먹으면 그 사람의 어린 시절이 남이 된다. 내가 한 일들이 남의 일처럼 뚜렷하게 보이기 시작하는 때가 있다. 자신의 일을 남의 일처럼 생각하는 데는 세상을 바라보는 지혜가 있어야 한다. 그 지혜는 남들 하는 일을 보고 터득하기도 하고, 공부하는 과정에서 길러지기도 한다. 그리고 무엇보다 자신의 지난 일들을 되돌아볼 때 생겨나는 감각이기도 하다. 내가 어려서 이런 일을 했단 말야… 하면서 지금의 나를 돌아보게 된다.

사람들은 아무런 조건 달지 않고 '나'라고 당당하게 내세우지만, 내 안에는 많은 남들이 함께 어우러져 있단다. 어떤 한 사람에게는 그의 나이만큼의 경험이 쌓여 있게 마련이다. 그리고 그 경험은 시간의 흐름에 따라, 그리고 그 사람이 하는 생각과 행동에 따라 점차적으로 변화해간다. 그러니까 한 사람의 생애를 한마디로 규정하기는 어렵고, 그리고 때로는 잘못이 되기도 한다. 선재 너의 경우도 그럴 것이다. 어렸을 때의 너와 지금의 너를 비교해보면 한마디로 너의 성격을 규정하기는 쉽지 않을 것이다.

이 글을 읽을 수 있을 만큼 큰 너는, 이 글의 내용이 이미 너의 추억이 되었을 것이다. 생각해보자. 할아버지가 쓴 글을 손자인 네가 읽는다는 이 사태를 너는 어떻게 보겠느냐. 이는 말하자면 '기적'이다. 존재와 존재의 연결을 꾀하는 일이기 때문이다. 이는 다른 말로 하면 인간의 역사를 만들어내는 일이다.

이야기를 다른 측면에서 전개해보기로 한다. 인간은 시간의 단층으로 분리되어 있다. 좀 천박하지만 세대 갈등이라 해도 상관이 없을 듯하다. 그런데 세대 갈등을 현실로 이해하는 데는 시간이 걸린다. 어쩌면 그게 성장의 의미일지도 모른다. 성장통이라는 말이 떠오른다. 아픈 만큼 성장한다는 말도 있다. 그러나 현실에서는 아픔만으로 성장하지 않는다. 겪은 아픔을 성찰해야 한다. 되돌아보아야 한다는 뜻이다. 그래야 아픔이 성장으로 변형된다.

성장은 내 주변의 세계를 수용하는 과정이다. 세계를 수용하는 방법은 단일한 궤적을 그리지 않는다. 세계에서 가해오는 압력을 받아들이기도 하고 맞서기도 한다. 맞서서 스스로 파괴되는 경우도 있다. 그래서 위험하다. 그러나 아무런 부담이나 위험이 없는 성장은 없다.

할아버지가 너에게 전해줄 수 있는 경험은 아주 협소하다. 그리고 지금부터 자그마치 70년 전의 일들이다. 지금 시각으로 보면 엉뚱하고 황당할지도 모른다. 그러나 지금도 어린이들이 성장하는 과정은 이전과 비슷한 데가 있다. 경험 내용이 같을 수는 없다. 그러나 경험이 축적되고 자기화하는 과정은 크게 달라지지 않았다고 생각되기도 한다.

인간 성장의 한계는 없다는 게 할아버지의 기본적인 생각이다. 오늘의 나를 이룩한 유년의 의미를 돌아보는 것은 오늘의 나에 대한 성찰이라는 의미를 지닌다. 나에 대한 성찰을 계속하는 것은 내 성장이 아직 멈추지 않았음으로 뜻한다. 네가 성장하는 만큼 할아버지가 성장한다면, 할아버지와 대화는 계속될 수 있지 않겠나. 내가 너에 대해 기대를 갖는 것처럼 너 또한 할아버지에게 소망을 가져보기 바란다.

책을 낼 때마다, 이게 혼자 하는 일이 아니라는 생각을 거듭하게 된다. 책 하나 나올 때까지 도와주는 분들에게 고맙다는 말씀을 전할 기회는 그리 많지 않다. 이번에는 작은 지면을 할애해서 고맙다는 말씀을 적어두고자 한다.

인간의 성장을 다룬 장편소설 『내 유년의 콜라주』는 『창조문예』 300호부터 20회에 걸쳐 연재한 것이 바탕이 되었다. 지면을 허락해주신 임만호 회장님, 주간 최규창 시인께 감사의 말씀을 드린다. 아울러 이런 기회를 연계해준 평론가 이명재 교수께도 고마움을 전한다.

기회 있을 때마다 조금씩 터놓긴 했지만, 푸른사상사에 오랫동안 신세를 져왔다. 헤아려보니 푸른사상사에서 낸 책이, 소설로만 10편이 된다. 내가 낸 소설의 절반에 해당한다. 우의 있는 지원을 해주시는 한봉숙 사장님과 원고를 치밀하게 검토해주는 편집진에게 고맙다는 인사를 전한다.

평설을 써준 오윤주 박사에게 고맙다는 말과 함께 미안한 심정을 적어두어야 하겠다. 자기 선생이 쓴 글에다가 '평'을 단다는 게 어디 만만한 일이겠나. 오윤주 박사는 서울대에서 문학교육(국어교육)으로 박사학위를 취득한 재원이다. 일찍이 신춘문예로 등단한 이력도 있어서, 나는 그를 현역 소설가라고 소개하곤 한다. 작품에 대한 분석이 치밀하고 서술이 간명해서 손질할 구석이 없는 글을 쓰곤 한다. 교육현장에 크게 기여하길 기대함은 물론, 문학을 실천하는 수범이 되리라고 믿는다.

2025년 7월 17일, 77회 제헌절에
우한용

차례

작가의 말　사랑하는 손주 선재에게

제1부　무논에서　13

산 넘어오는 포성　24

주재소 가는 할머니　36

아니, 이 사람아　48

동생이 생겼다　59

이사 가는 날　71

도적골　83

제2부　겨울 햇살　97

눈 오는 날에　109

별이 내리는 언덕　121

송홧가루　133

팔려간 아이　145

땅밑에 여우가　157

제3부 　　마른 꽃의 기억　　171

　　　　　　말집 아이　　183

　　　　　　쥐꼬리와 멍멍이　　195

　　　　　　엄마는 하나다　　206

　　　　　　멍덕이 보내는 날　　218

　　　　　　닭을 몰고 학교로　　230

　　　　　　새로 시작하는 길　　242

평설　　시간은 어떻게 '나'의 형상이 되는가 _ 오윤주　　255

제1부

Georgios Jakobides, *Grandpa's new pipe*, 1886

무논에서

 한 달을 내리 가물었다. 사람들은 난리가 날 모양이라고 미간에 깊은 주름을 세웠다.
 한 달여 만의 가뭄 끝에 비가 내렸다.
 밤새 내리던 비가 상큼하게 그쳤다.
 하늘이 훤칠하게 개어 올라갔다.
 지장골 골짜기 산자락에는 밤꽃이 하얗게 뒤덮였다. 밤꽃 냄새가 동네로, 무논으로 울럭울럭 흘러들었다.

 한대성의 집안 식구들은 새벽부터 모내기를 서둘렀다. 한대성의 장인 진정중은 지게를 지고 나가 모를 쪄서 논으로 옮겼다. 장모 대술댁은 아침을 해서 광주리에 이고 동네 고샅길을 내려갔다. 일꾼들을 집으로 불러들이면 그만큼 시간이 어청나기 때문에 들밥을 논으로 내갔다.
 한대성의 아내 진봉득은 둘째를 갖게 되어 만삭이었다. 배가 동산만 하게 불렀다. 불룩한 배를 안고 뒤뚱거리면서 아들 선재의 손을 잡고 안뜸 당숙네로 가는 중이었다. 아들 선재를 당숙네에 맡길 작정이었다. 당숙네 집은 대문 문고리가 걸려 있었다. 그 집도 논에 나간 모양이었다. 단

비가 내렸는데 집에 처져 충그릴 사람이 어디 있을까.

"엄마, 나도 논에 갈래."

"넌 아직 어려서 안 된다."

"할아버지가 다 컸다고 했단 말야, 씨이."

"그건 겨우 왕똥 떨어졌다는 말이다."

"왕똥 떨어졌으니까 논에 간단 말야."

진봉득은, 씨는 못 속인다더니, 혼자 중얼거렸다. 남편 한대성의 고집 때문에 평생 애를 먹겠다고 속이 잔뜩 끓어오르는 판이었다. 간혹 동네 어떤 노인은, 고집으로 망할 집안이라고 악담을 늘어놓기도 했다.

"알았다. 논에 가면 논둑에 얌전하게 앉아 있어!"

"씨이, 내가 허수아비야?"

겁나는 아이였다. 자기가 낳은 애 같지를 않았다. 도무지 겨우 네 살로 들어가는 아이가, 말과 행동이 어른 질러먹게 생겼다.

배에서 아기가 꿈틀 놀았다. 배가 아래쪽으로 유난히 볼록하니 내밀었다. 딸 낳겠다고 동네 여자들은 입싸게 내다봤다. 진봉득은 어른들의 이야기가 두려웠다. 딸을 낳아 자기와 같은 생애를 살아가는 꼴은 보고 싶지 않았다. 딸은 낳아봐야 알 일이고, 첫애가 두려움의 대상으로 다가왔다. 자식 두려워하는 에미가 세상 어느 구석에 있던가 싶었다. 어른들은 금자동아 은자동아 아이 어르면서 얼굴에 웃음을 달고 살았다.

선재는 그 자리에 주저앉아 발을 구르며 몽니를 부리기 시작했다. 엄마 미워! 엄마 밉다고 외쳐댔다. 애엄마 진봉득이 아무 대답이 없자 선재는 드디어 땅바닥에 뒹굴기 시작했다. 아이의 얼굴이 벌겋게 달아올랐다. 드디어는 사지를 뻗은 채 입에 거품을 물고 눈을 홉떴다. 진봉득이 아이를 끌어안고 등을 두드려주었다. 선재는 숨을 몰아쉬고 나서 몸이 축 늘어졌다. 진봉득이 선재의 뺨을 두어 차례 찰각찰각 때렸다. 선재가 다시 푸우 숨을 내쉬며 일어서서 엉덩이의 먼지를 털었다.

진봉득이 승늉 주전자를 들고 서둘러 논을 향해 걸어갔다. 선재는 엄마 앞서 팔짝거리면서 논두렁을 뛰어갔다. 무논 물구덩이에는 올챙이가 바글거렸다. 선재가 발을 멈추고 올챙이를 건져올릴 태세였다. 진봉득은 길을 서둘렀다. 아이가 올챙이는 왜 다리가 없는가 물을 게 겁이 났다. 올챙이 꼬리가 서서히 짧아지면서 다리가 나온다는 것은 알았다. 헌데 왜 처음부터 다리를 달고 나오지 않는지는 대답할 자신이 없었다.

"야아, 선재도 왔구나. 못줄 잡으러 왔냐?" 선재의 외할아버지 진정중이 외손주 궁둥이를 투덕투덕 두드려주면서 입을 헤벌리고 웃었다.

"싸게싸게 와야지, 젊은 애가 왜 발이 그렇게 굼뜨냐?" 친정어머니 대술댁이 사위 한대성을 흘긋 쳐다보면서 말했다. 사위 눈치를 보는 게 틀림없었다. 겉보리 서 말이면 처가살이 안 한다는 말이 떠올랐다. 사실 한대성은 외동딸을 둔 진정중의 데릴사위였다. 처음부터 외동은 아니었다. 위로 아들 둘을 잃었다. 아무튼 많은 사람들 말하는 대로, 불알 두 쪽 달랑 달고 진정중의 집안으로 담쑥 들어왔던 터였다. 오갈 데 없어 남의 집 사랑에 몸을 누이곤 했던 신세가 훤하게 핀 셈이었다.

진정중으로서는 남다른 속셈이 있었다. 속셈이라기보다는 절체절명의 요청이었다. 사람이 죽고 사는 문제였다. 정신대를 사람들은 '처녀 공출'이라고 불렀다. 공출당하기 직전 위기를 벗어난 딸이었다. 진정중은 배가 만삭인 딸 진봉득을 흘금 쳐다봤다. 용케 살아와서 애엄마가 되었다는 게 신통하기만 했다.

"논에 들어가면 못쓴다."

"왜?"

"거머리가 붙어서 피 빨아먹는다."

"그러면 죽어?"

진정중은 외손자를 쳐다보고 흐뭇하게 웃었다. 만일 딸을 서둘러 시집보내지 않았으면 이런 날이 올 수 있었을까, 절로 고개가 가로저어졌다.

한대성은 장인 진정중이 쪄온 못단을 논바닥에 처억처억 던져 넣었다. 닷마지기 논이었다. 동네 호두나무집 강 노인이 늙어서 농사 못 한다고 논을 내놓았다. 아직은 논을 살 만한 여유는 없었다. 세 해를 한하고 논을 소작으로 부쳐보자고 나섰다. 강 노인은 그 집엔 장정이 둘이나 있으니 좋겠다고 부러워했다. 강 노인의 아들 둘이 돈 벌러 간다고, 징용 가듯이 삼척에 가서 탄부 노릇을 하다가 사고를 당해 같은 탄갱에서 죽었다. 전쟁물자 생산에 필요한 연료를 대기 위해 일제는 석탄산업을 강제로 독려했다.

"장인이 아직 청년이니 농사 잘 하시오." 그런 말에 이어 아무쪼록 살림 피도록 하라면서 손을 잡아주었다. 오랜만에 농사를 시작하는 셈이었다. 장인 진정중은 소작농으로 농사를 해서 겨우 양도를 구했다. 그런데 지주가 도지 더 내겠다는 양 씨에게 진정중이 부치던 땅을 넘겼다. 진정중은 손을 탈탈 털고 빈손으로 나서야 했다. 그나마 생계 수단이 사라졌다. 막막하기 짝이 없는 시점에서 부칠 논이 생겼다. 그야말로 하늘은 산 입 봉하지 않는다는 격이었다. 하늘이 내린 구제였다.

한대성은 결혼을 하기는 했지만 한 집안의 생계를 혼자서 떠맡아야 했다. 농사만으로는 한 해 식량을 대기가 아득했다. 미장공 공 씨를 따라다니면서 보조수로 일했다. 공 씨가 일하는 걸 보면서, 미장공으로 일하면 그런대로 살아갈 수 있겠다 싶었다. 공 씨가 흙손을 놓는 틈을 타서 손을 풀 겸해서 눈썰미 있게 일을 익혔다. 어찌어찌 하면 집안 식구들 먹고사는 문제는 해결할 수 있을 것 같았다. 사람 살아가는 길이 농사에만 있는 게 아니라는 생각이 들었다. 몸 건강만 유지해준다면 그런대로 가족을 부양할 수 있겠다는 희망이 솟아났다. 더구나 아내가 첫아들을 떠억하니 낳아주니, 식구들이 아이를 바라보며 웃음꽃을 피워냈다.

논바닥에 못단을 모두 흩어놓은 다음, 모를 심기 시작했다. 한대성의 장모 대술댁과 강 노인의 아내 목천댁이 못줄을 잡았다. 선재가 할머니 옆에 와서 같이 못줄을 붙들었다.

"할머니이…?"

"왜 그러냐?"

"나도 논에 들어가 … 모 심을래."

"옷 다 버린다."

"할아버지랑 아버지도 논에 들어갔잖아, 씨이."

"씨이가 뭐냐, 우리 복덩이가."

아이가 투정을 부리기 시작할 즈음 해서 한대성은 허리 좀 펴고 나서

심자면서, 논두렁으로 걸어 나왔다. 진정중이 따라 나왔다. 진정중은 담배쌈지를 찾아 들고 팽나무 밑으로 걸어갔다. 팽나무 밑에 동네 노인 몇이서 걱정스런 얼굴들을 하고 앉아 있었다.

"서울이 빨갱이 세상이 되얐다네."

"수원으로 오산으로 밀고 내려온다는 소문도 있어."

"지장골이야, 오지 중의 오진데 예까지 들이밀구 오기야…"

"왜놈들 물러간 지 얼마나 되얐다구 이런 지랄이 났다니…"

"그래두 농사지을 놈은 농사짓구, 젊은 놈들은 애 뽑아야지."

"전쟁에 애는 낳아 뭐에 쓴다오?"

"그래야 전쟁 끝나면 대를 이어가지…" 심상구 노인이 담뱃대를 돌바닥에 땅땅 털면서 말했다. 진정중은 아무 말 않고 담배를 피웠다. 하늘에 흰구름이 유유히 흘러갔다.

논두렁 뽕나무 밑에서는 여자들이 이야기판을 벌이고 있었다. 이야기래야 별스런 게 없었다. 비가 안 와서 농사 늦어지는 게 걱정이었다. 애들 크는 거 보면, 늙은이들 나이 먹는 건 마디기도 하다면서 한숨을 쉬기도 했다.

"애가 이렇게 숙성할까?" 목천댁이 선재의 손을 붙들면서 말했다. 선재는 손을 뿌리쳤다.

"후우, 말하자면 애가 애를 낳은 거나 한가진데, 이렇게 자라니 고마운 일이지요."

"애가 애를 낳다니…?" 목천댁이 진봉득을 올려다보면서 눈을 찡긋했다. 알겠다는 듯한 얼굴이었다.

　진봉득은 제사공장에 끌려가 일했다. 그의 나이 열다섯이었다. 공장에서 어정거리다가 몽땅 전쟁터에 끌려가는 게 아닌가 와들와들 떨었다. 진봉득은 소소한 소지품을 보자기에 싸서 옆구리에 끼고 야밤중에 제사공장 벽돌담을 넘어 빠져나왔다. 새벽달이 칼끝처럼 서편 하늘에 걸려 있었다.

　진봉득은 이름이 둘이었다. 진씨 집안에서 봉을 얻었다고 봉득이었다. 제사공장에 신고한 이름은 화자(花子)였다. 진봉득은 위로 오빠 둘이 있었다. 둘이는 연년생이었다. 둘이 말라리아로 같은 날 죽어나가는 바람에 진봉득은 '하나'가 되었다. 그래서 사람들은 물색 모르고 진봉득을 하나뿐인 꼬맹이라고 '하나꼬'라고 불렀다. 제사공장 감독이 진봉득의 이름을 물었을 때, 하나꼬라 했고 감독은 화자(花子)라고 적어놓았다. 일본인들은 진봉득을 하나꼬라 불렀고, 조선인들은 화자라고 했다. 순사들이 제사공장을 도망쳐나온 진봉득을 찾으러 와서 하나꼬와 화자를 외쳐댔지만 헛일이었다. 동네에 화자는 없었다. 물론 하나꼬는 본명이 아니었다. 그리고 동네 사람들이 진봉득을 지켜주려는 배려도 작용을 했다. 그런 애 이 동네에 없다고 고개를 저었다. 스미마셍!(미안합니다)을 주절거리면서였다.

　제사공장에서 도망쳐나온 진봉득은 하루하루가 가시방석에 앉은 것처럼 찔리고 불안했다. 언제 순사가 와서 '하나꼬'를 외치며 끌어갈지 알수 없었다. 그리고 자기보다 아래 나이 동네 처녀들이 강제로 붙들려갔다는 소문이 그치질 않았다. 붙들려가면 일본 군대의 밑에 깔려 죽는다는 이야기가 돌았다. 그대로 있다가는 진봉득이란 이름으로 붙들려가기 십상이었다. 길은 하나밖에 없었다.

"혼인한 여자는 안 잡아간다던데…."

"아직 애들인데, 저걸 어떻게 시집을 보낸대요."

"시집가서 시간이 가면 크겠지…."

그렇게 해서 결혼이라고 한 것이 진봉득 열여섯 살 때였다. 결혼하고 세 해가 지나, 열여덟에 아들을 낳았다. 집안으로서는 큰 경사였다. 18년 전 봉 한 마리 얻은 이후 처음 얻은 생명이었다. 그런데 문제는 애엄마가 수유기관이 아직 덜 발달되어 젖이 안 나오는 것이었다. 어른들 식량도 없는 판에 아이 젖이 안 나오는 것이었다. 아이를 찬물로 배불릴 수는 없는 일이었다.

해방이 되고 3년째로 접어들었다. 아직 사회는 혼란스럽고 경제는 말이 아니었다. 아이에게 보리 미음을 먹일 수는 없었다. 쌀과 설탕이 필요했다. 우유는 언감생심 입 밖에 낼 수 없는 물건이었다. 한대성은 미장공 공 씨를 따라다니면서 보조수 일을 하기는 했다. 그러나 공 씨가 워낙 사람이 물러서 품삯을 제대로 챙기지 못했다. 거기다 대고 품삯 이야기 꺼내기는 낯이 서질 않았다. 일본어로 데모도(てもと)라고 하는 보조수는 일당을 챙길 처지가 아니었다.

아이를 굶길 수 없는 일이었다. 진정중이 나섰다. 남의 집 논일 밭일 가리지 않고 사방팔방으로 일자리 찾아 헤맸다. 쌀이 있음직한 집에 거름 치우는 일, 밭둑 쌓는 일, 도랑 치는 일 사흘을 해주고 겨우 쌀 한 말을 구해왔다. 쌀 한 말 지고 들어오는 진정중의 입가에 웃음이 매달려 있었다. 설탕은 애엄마가 소재지 곽 주사네에 가서 구해왔다. 곽 주사네 딸 곽민영이 진봉득과 소꿉친구였다.

사실은 곽 주사네 마누라는 진봉득을 탐내고 있었다. 정신이 좀 어리버리한 아들이 애를 삭이지 못하게 했다. 남자가 어리어리하면 여자가 악바리같이 똑소리가 나야 살림 해나갈 수 있다는 걸 잘 알고 있었다. 설탕을 한 됫박은 되게 종이봉지에 담아주면서 혀를 찼다.

"앞으로 그 고생을 어떻게 하고 살겠냐…."

"은혜는 꼭 갚겠습니다."

"아쉬우면 또 오게."

그렇게 인사를 챙기고 있는데, 민영이 오빠가 바지춧말을 추키면서 나와 인사를 했다.

"첫애 낳더니, 흐흐 더 예뻐졌네." 진봉득은 등으로 스름이 끼치는 걸 참고 대문을 나섰다. 그 뒤로 민영이네 집에는 발걸음을 끊고 살았다.

못줄을 잡고 있던 선재가 참지 못하고 바짓가랑이를 걷고 논으로 뛰어들었다. 발이 푹푹 빠지는 진창을 건너 할아버지와 아버지가 모를 꽂고 있는 데로 다가갔다. 발이 깊이 빠져 겨우 몸을 지탱할 수 있었다.

"나도 모 심을래."

"여보, 애 데려가지 뭐 해!" 한대성이 아내 진봉득을 향해 소리질렀다.

옆에서 흐흐 웃고 있던 진정중이 모 포기 몇 낱을 선재의 손에 쥐여주었다. 선재는 몸을 휘뚱거리면서 모를 논바닥에 꽂았다. 선재 옆으로 말거머리와 찰거머리가 몸을 굽실거리면서 다가왔다. 선재는 모를 심느라고 옆을 돌아보두 않았다.

"삼부자가 나서서 일하네, 보기 좋소." 언제 왔는지 심상구 노인이 논둑에서 소리쳤다. 따지자면 삼부자라기보다는 '삼대'인 셈이었다. 아무튼 듣기 좋은 소리였다. 선재가 모 포기를 든 채 논두렁을 쳐다보다가 소리를 질렀다.

"다리 따가워…."

"어이 한 서방, 쟤 다리에 거머리 붙은 거 같네."

한대성이 다가가 아이를 들어올렸다. 양쪽 종아리에 거머리가 까맣게 붙어 있었다. 한대성은 아이를 안고 논두렁으로 나왔다. 선재는 고개를 돌려 제 아버지가 거머리 떼어내는 것을 유심히 쳐다봤다. 따끔거리는 종아리에서 거머리를 떼어내자 꽃빛깔 피가 흘러나왔다.

"거머리는 왜 사람 피 빨아먹어?"

"조물주가 그렇게 살라고 만드셨단다."

"예이 씨, 조물주 나쁘네."

"조물주 욕하는 놈은 하늘의 벌을 받는다."

"하늘이 뭔데?"

한대성은 어이가 없었다. 그리고 아이가 너무 일찍 성숙하는 건 아닌가 싶었다. 한대성은 아이들은 시간의 흐름을 따라 자연스럽게 자라야 한다는 생각을 하곤 했다. 자연스럽다는 것은 행불행이 모두 자연스러워야 한다는 뜻이었다.

한대성은 하늘을 쳐다보고는 재채기를 했다. 부친의 허망한 죽음과 모친의 개가(改嫁)로 인해 자신의 생애는 일그러졌다. 겨우 열 살 나이에 이북 함흥으로, 청진, 북청으로 내몰려 살아야 했다. 형은 열네 살이고 자신은 열 살이었다. 형제가 귀 아프게 들은 말은 '딱하다'는 것이었다. 딱한 신세가 되어 살아온 날들, 살아왔다기보다는 견뎌낸 날들을 생각하면 눈앞에 부연 안개가 어리곤 했다.

"거머리 물린 데는 담배로 문질러주어야 한다." 진정중이 쌈지에서 담배 가루를 집어내어 선재의 종아리에 뿌리고 문질렀다. 선재는 종아리가 따가워 흙바닥에 대굴대굴 굴렀다.

그러다가 마침내 논두렁으로 굴러 들어갔다. 아이는 좋다, 좋다 하면서 손을 물 속에 넣고 흙을 주물렀다. 물젖은 흙이 엄마의 젖가슴처럼 물큰물큰 손에 쥐어졌다. 선재는 눈을 뜨고 엄마를 올려다보았다. 선재의 엄마 진봉득은 혼자 눈가를 훔치고 있었다. 애 하나 가지고도 죽을 쑤는 판에 또 하나가 나오면 어떻게 사나 싶었다. 진저리가 절로 나왔다. 무자식 상팔자라는 늙은이들 말이 헛소리로 들리지 않았다.

산 너머 멀리에서 포성이 쿠르릉 쿠르릉 울렸다. *

산 넘어오는 포성

마을은 온통 두려움에 휩싸였다. 그것은 이따금 산을 넘어오는 포성과 함께 들려오는 소문 때문이었다. 누가 물어들이는 소문인지는 분명하지 않았다.

"인민군이 쳐들어오면 동네 처자들 모두 절딴난대."
"누가 그런 끔찍한 얘기를 하는겨?"
"누군지는 몰라도 누가 그러더라니까."
"그 누구라는 게 누구야, 자기 귀로 들었어 당신 눈으로 봤어?"
"별놈의 여편네 다 보겠네. 그렇다면 그런 줄이나 알아."
"별놈의 여편네라니… 정말 별꼴이 반쪽이네."
"치마 밑 단속이나 잘 하더라구."

처음에는 누가 그런 흉악한 소문을 퍼트리는가 의문의 눈들을 굴렸다. 그러나 점점 소문의 출처보다는 당신들이 당할 일에 대한 참경에 몸을 떨었다. 마치 당장 누구한테 능욕을 당하기라도 할 것처럼 말과 행동을 조심했다. 그리고 시간이 지나면서 사람 만나는 걸 꺼렸다.

남자들은 남자들대로 불안에 떨었다. 모내기는 거의 끝나가는 참이었다. 몇 집안 모내기가 늦어진 집 논일을 하던 장정들이 일손을 놓고 정자나무 밑에 모여 수군거렸다.

"북선 사람들 무서워… 아암 무섭지." 대장간 소 씨가 진저리를 치듯이 체머리를 흔들었다.

"그들도 사람인데 무섭긴 뭐가 그렇게 무섭다는 거여." 작년에 적산가옥을 매입하고, 사경을 쌀계에 묻어두었다가 그걸로 땅을 장만한 천 씨가, 삿대질을 할 양으로 대들었다.

"아 답답한 양반아, 그거 몰라서 하는 소린겨. 오줌 내갈기면 잉앗대처럼 얼어 올라와 선다는 그 만주에서 일본 것들 몰아내고 나라 세우는 데 앞장선 게 누군데."

"만주가 독립국이라도 되었다는 거야, 워언."

"모택동이 도와줘서 중국천지 인공빛깔루다가 뻘겋게 칠하구, 장개석 대만으로 내쫓은 거 보면 남선 들어먹는 건 식은죽 갓둘러먹기 아니겄나, 그 말이여."

"중국은 중국이구, 그게 여기서도 먹힐까?"

"몰라두 너무 모르누먼… 북선 뒤에 그 호랭이 같은 중국이 있다는 거여."

"중국 업고 내려온다구?" 천 씨는 흙바닥에 침을 퉤 뱉았다.

"두구 보라니께. 우린는 이제 요절이 난 거나 한가지여."

"그런디 요새, 거시기, 거어, 한대성이 세들어 사는, 그 집, 홍대혁이 그 사람 얼굴 안 보이던데… 요상한 일이 있는 것 같더라니까." 아무도 대답이 없었다. 한대성이 이쪽으로 부지런히 오고 있는 모습이 보였기 때문이었다.

홍대혁은 본래 지장골 사람이 아니라 예산 사람이었다. 예당수리조합이 들어서면서 수리조합 부지로 땅이 다수 수용되었다. 그 이전까지는 하루 종일 자기 땅 밟고 다녀도 모자란다는 대지주였다. 토지가 수용되면서 받은 보상은 공돈이나 마찬가지였다. 홍대혁 삼형제가 돈을 나눠 가지고 계집질하고 노름에 빠졌다. 홍대혁은 그나마 한 줌 처덕이 있었다.

"돈 없이 죽은 송장은 개도 안 물어가요, 이 양반아. 수중에 쥐고 있는 거 다 날리기 전에 정신 좀 차리시오. 당신에게 소원이요."

"죽을 때 손에 돈장 쥐고 가는 놈 없어."

"당신 목숨이 당신에게만 달려 있는 줄 알아요? 나는 고사하고, 저 새끼들은 어떻게 하라고, 그렇게도 머릿속이 먹통이랍니까. 제발…." 거기다 대고 나서는 홍대혁의 말은 어처구니가 없었다.

"먹통 싫으면 대갈통 유리 호야처럼 말간 놈 얻어 살아보소."

그 앞에서 한참 색색거리며 애를 삭이지 못하던 홍대혁의 아내가 자리를 박차고 일어났다. 홍대혁은 궐련을 한 대 피워 물었다. 담배 맛이 혀끝에 쓰게 녹아났다.

"당신 죽고 나 살자!" 도끼 들고 달려드는 아내 앞에서 홍대혁은 무릎을 꿇고 말았다.

그런데 하나 걸리는 게 있었다. 읍내 '난향옥'의 오향연이라는 여자였다. 단순히 정을 두고 지냈던 여인이 아니라 생명의 은인이나 다름이 없었다.

당의 사업을 위해 돈을 내라고 총을 들이대는 자가 있었다. 일제시대부터 좌익운동을 하느라고 설치고 다니던 나부덕이라는 사내였다. 수차례 돈을 요구했다. 당신은 지주 아니냐는 게 돈을 내라는 빌미의 전부였다.

"세상 바뀌면 당신은 총살감 일호요. 어쩔 것이요, 돈이요 목숨이요?"

"목숨이 돈인 터에 돈이 목숨과 뭣이 다르겠소."

"자본주의 반동분자…." 나부덕은 눈알을 힐끗 돌리고는 우와기 앞자락에 손을 밀어넣었다.

"그간의 정리도 있고 한데 고정하시오."

홍대혁은 나부덕을 대동하고 밖으로 나섰다. 난향옥에서 걸판지게 술대접을 했다.

"이건 인민들의 피요." 나부덕이 술잔을 들면서 무표정하게 말했다. 그때 오향연이 김이 모락모락 나는 신선로 그릇을 장반에 받쳐들고 들어왔다. 상 가운데에 신선로를 놓고는 뒷걸음으로 나갈 참이었다. 나부덕은 오향연의 손을 잡아 자기 옆에 앉혔다.

"인민을 위해, 오늘 하루 봉사하소." 홍대혁은 먼저 간다고 하면서 주머니에서 봉투를 하나 꺼내 오향연의 손에 쥐여주었다. 그 일이 있은 후부터 나부덕은 여자 생각이 날 때마다 홍대혁을 난향옥으로 불러냈다. 오향연은 주의자에게 정조를 파는 여자로 소문이 났다. 그리고 반주의자들에게 타도의 대상이 되었다. 난향옥은 손님이 뚝 끊겼다.

"향연이 저것 때문에 장사 못 해서 목구멍에 거미줄 치게 생겼어요. 홍사장이 들여앉히든지 어떻게 조처를 해주어야 하겠어요." 주인마담의 채근이었다.

홍대혁은 짬짬하니 입맛을 다셨다.

"주의자들에게 자금 댄다고 소문이 났는데, 어떻게 하실래요?" 그것은 겁박이었다. 그들이 항상 하는 얘기와는 달리 세상은 금방 곤두박질치지는 않았다. 그러나 홍대혁의 입장은 난처했다. 주의자 편이라는 소문이 자자하니 돌았다. 주의자 편에서는 지주라고 타도의 대상에 올라 있다는 소문을 흘렸다.

"재산 정리해서 타동으로 이사해요. 우리한테 시비 걸 인간 없는 데로 말이지요."

홍대혁은 '그렇게 합시다' 힘없이 고개를 떨궜다.

"일이 이 판이 되었으니, 실토를 합시다." 홍대혁은 오향연과 그간 있었던 관계를 터놓았다. 오향연이 자기를 살려준 셈인데, 뒤를 대주어야 하지 않겠는가, 그게 인간의 도리 아닌가, 아내에게 빌다시피 이야기를 내었다.

아내는 그런 정황을 이해하는 데는 셈이 빨랐다. "당신 목숨 살렸다니 그렇게 합시다. 대신 후실로 들일 생각은 아예 버리시오."

홍대혁은 아내 손을 잡고 '고맙소'를 염불 외듯이 읊었다. 그렇게 해서 지장골에 집을 둘 마련해 들어왔다. 하나는 홍대혁 자신의 거처였고, 다른 하나는 오향연을 위한 공간이었다.

오향연은 지장골에 들오자 아이를 출산했다. 안타깝게도 사산이었다. 무릇등 산파와 함께 산바라지를 했던 홍대혁의 아내 눈에는 죽은 아이가 홍대혁을 닮은 구석이 요만큼도 없었다. 그나마 다행이었다. 남편이 뿌린 씨앗이 생겨난다면 평생 그걸 어떻게 응어리로 업고 살 것인가, 한숨이 절로 나왔다.

그렇게 해서 집이 하나 비었고, 진정중이 딸과 사위를 데리고 그 집으로 세를 얻어 들어왔다. 진정중은, 솔직히 말하자면 무능하고 줏대가 없었다. 남의 집 머슴처럼 지내면서 곁방살이를 했다. 아들 둘을 앞세우고는 사람이 더욱 부실해졌다.

"딸 하나 남은 것만도 우리 살아갈 의지처 아니겠소. 정신줄 놓지 말고 버티자구요."

"그노무 세월이 수상해서 그러오."

"세월? 그게 언제 우리 편이었던 적이 있소? 세월은 당신이 만드는 거요."

"세월을 만들어?"

진정중은 아내 대술댁을 다시 쳐다봤다. 그래서 어떻게 하자는 건지, 빛살 같은 게 머리를 치고 지나갔다. 평생 처음 진정중이 아내가 달리 쳐다보이는 장면이었다. 진정중은 아내의 의견을 따르기로 했다. 아내의 치맛자락을 붙들고 눈물을 떨궜다.

혼자서는 세파를 헤쳐나갈 자신이 없었다. 일제에 피를 다 빨리고 껍데기만 남았다. 일제의 밀정 역할을 하던 최모 씨 집안에서 머슴살이를 시작했다. 그 집에 드나드는 사람들은 일본어를 잘도 지껄였다. 진정중이 어깨너머로 일본어를 배우려고 기회를 잡으려 할 때마다 작대기로 등짝을 맞고는 했다. 군함도 탄광에 가려고 지원을 했다가 붙들려 죽도록 맞고 광에 거꾸로 매달려 창자가 쏟아져나오는 것 같은 고통을 당했다. 지원 입대해서 남양군도에 나가겠다고 했다가는 다리가 부러질 지경으로 두들겨맞아 석 달을 기어다니면서 똥을 싸고 오줌을 지렸다.

장가를 들겠다고 했을 때, 이웃집 머슴의 딸을 붙여주었다. 먹고 자는 문제는 주인집에서 해결해주었다. 주인댁은 진정중이 술을 잘한다는 것을 알고는 막걸리를 동이로 대주었다. 진정중은 홍알홍알하면서 애들 궁둥이나 두드리면서 세월을 보냈다. 마누라와는 등을 돌리고 잤다. 새벽에, 아랫배에 오줌이 고여 물건이 팽팽하게 일어서면 일어나 지게를 지고 밭으로 나갔다. 아내는 내남보살이었다.

사위를 얻어놓고 깨달은 게 하나 있었다. 자기 일은 자기 스스로가 알아서 처리해야 세상살이를 할 수 있다는 것이었다. 그런데 세상은 달라져 있었다. 사위에게 남의 집 머슴살이를 하자고는 차마 할 수 없었다. 밭떼기와 논다랭이 얻어 농사를 지어야 살 수 있었다. 사위 한대성이 미장일을 할 줄 안다는 것은 실로 단단한 집안의 명줄이었다.

딸이 손자 선재를 낳게 되자, 세상은 그야말로 개벽을 했다. 세상은 꽃밭이었다. 생각해보니 20년 만에 흔쾌하게 웃는 시간이었다. 거기다가 애가 똑똑하기가 하늘이 점지한 존재였다. 그렇지 않고서야 그처럼 영롱하고 찬란한 생명이 있을까 싶지를 않았다. 생각해보면 아내도 고맙고, 딸도 신통하고 사위도 소중했다. 이렇게 나가면 어떻게든지 살겠다 싶었다.

한대성이 둥구나무 아래 도착하자 모여 있던 사람들이 지껄이던 입을 다물었다.

"애가 논에 들어가면 말려야지. 얼미진 사람…, 대성이 자네 아들 선재가 거머리 물려 논둑을 딩굴었는데, 그래 어쩌?"

걱정을 해주는 것인지, 자기를 무식하다고 놀리는 것인지 알 수 없는 이야기였다. 한대성은 그런 소리야 아무리 들어도 고까울 게 없었다. 우선 아이의 거머리 독을 가라앉혀야 했다. 아이의 다리가 퉁퉁 부어올랐다. 벌겋게 충혈이 되었다. 거머리가 붙었던 자리에서는 진물이 흘렀다. 약을 구할 방법이 없었다. 집에 약이라고는 진정중이 '후발찌'가 났을 때 붙이던 '이고약' 한 쪼각 말고는 다른 게 없었다.

"한 서방이 나서서 어딜 가가지구 약을 구해봐야 하겠네."

"거머리 물린 데 약 쓴다는 얘긴 머리 털 나고 처음 들어요."

"사람이, 애가 저렇게 못쓰게 되었는데, 그게 애비 된 사람이 할 소린가?"

듣고 보니 잘못된 생각이었다. 애들은 어른들 가슴 죄면서 자란다던 이야기가 떠올랐다. 그리고 일찍 세상을 뜬 아버지 얼굴이 눈앞에 어른거렸다. 그러나 그 기억은 기실 그렇게 선명하지 않았다. 생애 초기 기억이 작동하기 전에 세상을 뜬 아버지였다. 아버지가 어떻게 해서 그렇게 일찍 세상을 떴는지는 이야기 들을 기회가 없었다. 다만, 사회주의는 아무나 하나, 그런 이야기 들은 게 막연하게 떠오를 뿐이었다.

"이거 답답해서 미치겠네."

"콧구멍 잘 뚫려 벌심거리고 있구먼, 뭐이가 그리 답답하셔?" 곽 주사네 조카 곽대발이 빈정거렸다.

"애가 다리가 퉁퉁 붓고 거머리 뜯은 자리에서 진물이 줄줄 흘러서…"

"거머리 잡아다가 태워서 발라주시오." 그게 약이 될까 하는 의문이 들었다.

한편 그런 생각도 떠올랐다. 삼촌 제삿집에 가다가 냇가에 앉아 쉬고 있던 장아무개가 독사한테 물렸다. 장아무개는 독이 올라 독사를 거머채어 잡았다. 그러고는 '네가 날 물었겄다! 어디 맛 좀 봐라, 쌍!' 하면서 독사를 잡아 대가리를 입에 넣고 와작 깨물었다. 독사가 축 늘어졌다. 독사를 풀섶에 던져놓고 숨을 가다듬었다. 담배를 한 대 피우고 나서 돌아보니 엄지손가락만 했던 독사가 작대기만 하게 부어올라 나자빠져 있었다. 그가 내뱉은 결론은 이런 것이었다. '세상의 독 가운데 인간의 독만큼 무서운 것은 없다.' 독사의 독을 물리친 독이라면 거머리의 독쯤이야, 그런 생각이 들었다.

"애 있는 집들 전쟁에 피난 어떻게 가나? 그 집, 한대성 씨 애기 데리고 피난 어떻게 갈겨?"

"동네 마당 터진 데 솔뿌리 걱정허너먼."

"전쟁이 나긴 난겨? 세상은 조용하잖어. 개구리는 억세게 울고 밤꽃은 하얗게 피잖남."

"게는 정신이 있는 거여 없는거여, 전쟁이 무슨 애들 땅뺏기 놀인 줄 알어. 한심하오."

"우리도 모두 다시 군대에 끌려가는 거 아닌가 몰라."

"젊은 애들이 불쌍하지."

"그런데 홍대혁이 그 사람은 어딜 갔어?" 그 질문에 한대성은 흠칫하고 한 발 뒤로 물러섰다. 동네에서는 홍대혁이 이북을 오간다는 이야기가 돌기도 했다. 사람들의 눈길이 곱지 않았다. 이전부터 친하다고 만나면 손을 내밀었던 이들이 고개를 돌렸다.

"우리 동네는 죽어도 북선 놈들 대가리도 못 디밀게 해야 해."

"북선 사람이야 인민군이야? 입은 삐뚤어졌어도 말을 바로 하랬다구… 말이야 바른 말로 이 동네 사람 똘똘 뭉쳐 합심해서 나서는 사람들 있던가. 이미 판이 개판으로 돌아간다니까." 곽대발이 주변을 둘러봤다. 아무도 동의하는 사람은 없었다.

"크음, 개판이라니? 말 너무 함부로 하는 거 아녀." 한대성은 자리가 불편했다. 아이 거머리 독기를 빼내는 일은 잠시 잊고 있었다.

"헌데 대성 씨는 홍대혁 어디 가서 뭘 하고 돌아다니는지 몰라, 정말로…?' 곽대발이 한대성의 턱이라도 치켜들 것처럼 달려들며 물었다.

"홍대혁 그 어른 어디가 어때서 그런댜들?' 한대성이 뒤로 한 걸음 물러섰다.

"아는 게 병이고 모르는 게 약이지. 그런데 모르는 게 나중에 병이 되어 돌아올지두 몰라."

한대성으로서는 동네 사람들이 홍대혁을 두고 왜 그런 이야기를 하는지 감이 잡히지 않았다. 그리고 자기를 흘금흘금 쳐다보는 눈치가 버러지 옷자락 속으로 기어드는 느낌이었다.

"잘 들어요. 홍대혁 돌아다니는 거 모른다고 하다가 혓바닥 빠지는 난경을 당할지도 몰라. 그러니 뒤를 곰파보면서 지내야 할 겨. 사람 무서운 건, 정면에서 찌르는 게 아니라 뒤통수 치기 때문이라니까."

한대성으로서는 그런 이야기를 알아듣기 어려웠다. 갖은 고생을 다 했지만 뒤통수를 맞아본 적은 없었기 때문이었다.

"북선 사람들 찰거머리 같아."

"남에는 말거머리가 우글거리지."

그런 이야기가 돌아갈 무렵 먼 데서 쿠르릉, 쿠르릉 포성이 울렸다. 한대성에게는 천둥이 울리는 것처럼만 들렸다. 그러나 그 소리가 어디서 울리는지 알 길이 없었다. 오산 수원 그런 데와는 지장골은 거리가 너무 멀었다.

"피난 짐 싸야 할 모양이네. 뭔 놈의 팔자가 이렇다냐, 제미럴 세월도…." 장거봉이 담배를 피워물며 중얼거렸다.

"전투가 제대로 될까. 이미 까마귀 무리가 된 군대가."

군대에 다녀온 이들이 군기가 개판이라는 이야기를 퍼뜨렸다. 병사들 사이에서도 반목이 횡행하고, 장교들은 물자 빼돌리는 데 눈들이 벌겋다면서, '죽일놈들'을 입에 달고 다녔다. 지장골까지 인민군이 밀려온다면, 어떤 사태가 벌어질 것인가, 한대성으로서는 아무런 그림을 그릴 수 없었다.

"거머리 물려 죽은 놈, 공동묘지에 가서 찾아봐. 아무도 없어. 걱정 집어치우고, 아들 불알이나 잘 만져주시오."

한대성은 '죽은 자식 불알 만지기'라고, 이전에 들었던 말이 떠올랐다.

"한 가지 방법은 있어. 거머리 주둥이가 피 빠느라고 붙었던 구멍을 입으로 빨아서 독기를 빼는 거야. 누가 입으로 빨지는 모르지만." 그 이야기를 듣자 한대성은 발걸음을 서둘러 집으로 향했다.

삽작문을 밀고 들어서자 마루에서 아이가 자지러지게 웃는 소리가 들렸다.

"할아버지, 간지러워."

"간지러워도 참아라, 어이구 이렇게 시커먼 피가 나오네." 장인 진정 중이 선재를 마루 위에 눕혀놓고 거머리 붙었던 상처를 입을 빨아내고 있었다. 옆에 놓은 양재기에 벌건 피가 고여 있었다.

"이런. 선재는 이담에 할아버지한테 효도해야 하겠다."

어딜 갔다 왔는지 진봉득이 마당을 건너오면서 소리치듯이 말했다.

"큰일 났어유. 인민군이 시내까지 밀려 내려왔대유."

"전쟁보다 더한 세상도 살았니라. 호들갑 떨지 말고 애 밥이나 챙겨줘라."

"전쟁 나면 신나겠다. 탱크 타고 총을 두두두 쏠 수 있잖아."

"전쟁은 장난이 아니다. 할아버지나 아버지가 죽을지도 몰라."

"죽었다가, 뻥이야 하고 일어나면 되잖아."

"한번 죽은 사람은 다시 살아 돌아오지 못한단다."

"너 같은 애 데리고 피난갈 일 생각하니 끔찍하다."

"엄마 뱃속에 있는 애기는 어떻게 해? 엄마가 죽으면 애기도 죽어? 애기 죽기 전에 얼른 낳아야 하겠다, 그치?"

진봉득은 기가 막혔다. 아이 산달을 얼마 안 남겨놓고 있었다. 피난을 간다면 자신이 없었다. 피난 가는 식구들 뒤에서 손이나 흔들어주고 자기는 죽더라도 집에 붙어 있을 생각이었다. 설마하니 애 낳은 여자 건드리기야 할라구. 그런 짐작이었다.

"아랫말 내려왔으면 우리 집에 들르지 않구." 미장공 공 씨가 마당으로 들어서며 말했다.

"애가 성치 않아서." 한대성은 얼버무렸다.

"곽 주사네 구들이 무너졌다네. 가세!" 미장공 공 씨가 서둘렀다.

멀리서 누구네 개가 컹컹 쉰소리로 짖었다. *

주재소 가는 할머니

동네 저 아랫집 검둥개가 컹컹 짖었다.
개 짖는 소리에 놀랐는지, 낮닭이 홰를 치면서 울었다.
숲에서 새들이 푸드득거리면서 달아났다. 지장골의 한낮은 생명력으로 가득 차서 펄펄 살아나 깃을 털었다. 그러나 공기는 조용한 가운데 불안한 기운이 감돌았다.

밖에 나갔다가 돌아온 진정중은 삽작문을 들어서면서 골목 저쪽을 되돌아보았다. 마치 누구한테 쫓겨온 사람 같았다. 진정중은 마당을 건너와 부엌을 들여다보았다. 국수를 삶아 건져서 채반에 사리를 지어놓던 아내 대술댁이 흘긋 뒤를 돌아보았다. 대장간집 새참을 맡아서 하는 일이었다. 대장간집 마누라가 자기 딸 해산바라지 하러 가는 바람에 손이 없다고 부탁을 해놓은 터였다. 새참 내다주고 남는 것은 식구들이 나누어 먹으라 했다. 그렇게 서로 돕고 살아야 하는 게 촌동네 인정이라고 하면서, 눈을 할금거렸다.

"어매나, 적삼 자락이 땀으로 흠뻑 젖었네. 어디 갔다 오는데….." 진정중은 아내의 말엔 아무 관심이 없는 듯했다.

"사위랑 애들은 다 어디 뒤질러간 거여?"

"가면 갔지 뒤질러간다는 건 뭐래유." 말이 순하지 못하다고 탓했다.

대장간집 다랭이논 모내기가 마무리되지 않아 거기 일을 나간 것이었다. 선재는 아버지 엄마 뒤를 졸랑거리며 따라나갔다.

대장간집은 노상 바삐 돌아갔다. 장사가 잘 되는 것 같지는 않았다. 동네가 크지 않고 인근 도회로 물건을 만들어 내는 것도 신통치 않아 보였다. 그런데 어디서 돈을 물어다 쓰는지 살림은 낙낙했다. 동네에서는 대장간집에 잘 트고 지내려고 애쓰는 눈치였다. 하기는 대장간집에 아쉬운 일들이 많았다. 농촌에서 호미, 낫, 쇠스랑, 도끼, 부엌칼… 어느 하나 스스로 만들어 쓸 수 없는 물건들이었다. 철물에 관한 한 대장간집이 동네 '어른'이었다.

"대장간집 새참 내가는데, 당신이 바지게 달아 광주리 얹어서 지고 갔다 옵시다."

"거어, 대장간집 너무 가까이하지 말라니까."

"우리가 신세진 게 얼만데, 그런 곰 같은 소릴 한대유." 진정중은 지게에 바지게를 올리면서 아내를 향해 눈을 흘겼다. 아내는 사위 들어오고 딸이 아이를 낳은 이후 점점 대를 세워가는 중이었다.

진정중은 국수국물통과 국수사리를 사려놓은 채반을 지게에 지고 골목길을 걸어 내려갔다. 홍대혁의 집 앞을 지날 때였다. 홍대혁의 부인이 대문 앞에 나와 시름없는 얼굴로 서 있었다.

"진 서방, 저어어, 우리 남편 혹시 그 집에 안 들렀던가요?" 뜬금없는 질문이었다. 진정중은 눈을 흘깃거리면서 대답을 안으로 구겨넣었다.

"그 양반이 노상 진 서방 얘길 했는데, 도무지 어딜 갔을까, 그 집에 가면 남들 모르게 슬그머니 돌려보내주셔."

그건 더욱 새꼽맞은 말이었다. 홍대혁이 어떤 인물인데 자기 같은 무출이한테 찾아와 인사를 닦을 턱이 없었다. 안으로 감추고 있는 무슨 꿍꿍이가 있는 게 틀림없었다.

동네 늙은이들까지 홍대혁 앞에서는 소인소인 하며 허리를 굽혔다. 씀씀이가 손이 크고 말이 당당했다. 동네 사람들 사이에 다툼이 생기면 나서서 가닥을 타놓곤 했다. 사리가 그게 아니지 않소, 내 말 듣고 이리저리 하시오, 하면 대개 동네 사람들은 그 말을 따랐다.

"세상 한번 확 뒤집어지는 날이면…." 홍대혁은 말끝마다 세상 뒤집히는 이야기로 토를 달았다. 그러나 그게 누가 언제 어떻게 세상을 뒤집는다는 구체성은 없었다. 그러나 세상 뒤집는다는 말 한마디가 사람들을 주눅 들어 떨게 했다. 사람들을 떨게 하는 데는, 나도 한때… 하면서 주먹을 부르쥐는 그의 태도가 한 역할을 했다. 한편으로는 사근사근하게 굴었다. 마을 사람들로서는 사근사근한 그의 태도가 늘 마음에 안겨왔다. 집만 해도 그랬다. 동네 들어온 사람이 집 없어서 길거리 나앉아야 하겠는가, 내 집 내주리다, 그렇게 넉넉하게 나왔다.

집을 내주어 살기는 하지만, 사람이 마뜩찮아 거리를 두고 지내는 편이었다. 그러나 집을 거저 내준다는 게 어디 만만한 일이던가. 진정중은 사위 한대성에게 신세를 입었으면 잊지 말아야 한다고, 늘 그렇게 일러두었다. 사위는 눈만 껌벅거리고 신통한 대답을 하지 않았다.

일꾼들이 개죽나무 아래 새참을 기다리고 있었다. 진정중이 지게를 받쳐놓자 사위 한대성이 벌떡 일어나 다가와 작대기 받치는 장인을 거들었다.

"밥이고 국수고 간에 식전에는 막걸리로 입을 풀어야 허는 게야." 호두나무집 강 노인이 엉치를 배싯배싯 일행 사이로 디밀고 앉으면서 말했다.

멀리서 포성이 쿠르렁 울렸다. 보시기에다가 막걸리 따라 마시던 이들이 손을 멈추고 두릿거리는 눈으로 서로 얼굴을 살폈다. 포성은 다시 울리지 않았다. 그러나 전쟁은 그리 먼 데 있는 것 같지 않았다.

"어디까지 밀고 내려온 거야?"

"읍내는 그냥 지나가는 모양이더라구."

"그냥이 뭐야, 소를 잡아다가 각을 떠서 먹었다던데."

"그러면 곧 사람도 잡아가겠네."

"잡아가도 죽이기야 하겠남."

"몰라, 사람이 사람 속을 어찌 알아."

"그것들이 사람은 맞어? 사람이 아니라데."

"츳츳, 말 막 하지 말라구."

아직은 전쟁은 고개 너머 멀리, 해설픈 저녁녘의 그림자처럼 지나가고 있었다. 이따금 소름 돋는 풍문이 마을을 한 바퀴 휘젓고 지나갈 뿐이었다. 그럴 때마다 마을 주민들은 아니라고, 아니라고 고개를 옆으로 저었다. 무엇이 아니라는 것인지는 분명하지 않았다. 전쟁이 마을을 치고 지나가서는 안 된다는 심리가 그렇게 드러나는 모양이었다.

"우리 선재는 어디 가 있는 건가?" 진정중이 사위 한대성을 흘금 쳐다보면서 물었다.

"선재? 밭둑 참죽나무 아래 지 엄마하고 있었는데…요." 진정중은 혀를 끌끌 찼다. 애가 안 보이면 찾아봐야지 뭘 하는 거냐는 책망이 섞여 있었다.

한대성은 빠른 걸음으로 참죽나무 선 밭둑을 향해 걸었다. 동네 아주머니들은 참죽나무 잎이 반짝이는, 그 그늘 아래 이야기를 나누고 있었다. 한대성의 아내 진봉득은 불룩하게 돌아오른 배에다가 두 손을 모으고 잠들어 있었다. 잠들어 있는 아내를 깨우고 싶지 않았다. 앞쪽에 앉았던 호두나무집 목천댁을 손을 까닥거려 불렀다.

"우리 선재 못 보았어유?"

"조금 전까지 여기서 흙장난하고 놀았는데 어디로 숨었나?"

거머리에 뜯겨 피를 너무 쏟았는지 아이가 좀 시들시들했다. 아이 태어나서 자라는 것만 좋아했지, 어떤 위험에 빠지는가 하는 데는 마음을 쓰지 못하고 지냈다. 넘어지고 자빠지고, 여기저기 딱지가 마를 날이 없었다. 장모 대술댁은 애들은 그렇게 크는 거란다 하면서 별 관심 없는 것처럼 지냈다. 다만 아이가 먹는 것들에는 꽤 마음을 썼다. 어려서 잘 먹어야 어른 되어도 건강하다면서, 별스런 것들을 다 아이에게 먹였다. 그 먹잇감을 대는 일은 진정중이 전적으로 담당했다.

그런데 한대성으로서는 흔쾌한 마음으로 받아들이기 어려웠다. 봄에는 산골 골짜기 돌짝을 들치고 기름개구리를 잡아왔다. 여름으로 들면 개구리를 잡아왔다. 개구리를 재쳐놓고 배부터 머리 부분을 발로 밟고서는 뒷다리를 잡아다니면 살이 뽀얀 뒷다리가 매끄름하게 빠져나왔다. 개구리 다리를 약탕기에 넣고 끓이면 뽀얀 국물이 우러났다. 그 국물에다가 밥을 말아 아이에게 먹였다.

다른 먹잇감은 두더지였다. 삽을 들고 나가 밭둑 밑을 지키고 앉아 두더지 나타나기를 기다렸다. 두더지는 흙을 앞발로 파면서 앞으로 나가는 데는 선수였다. 그런데 뒤로 물러설 줄을 몰랐다. 두더지가 뒤지고 나간 뒤쪽을 발로 밟아 주저앉혀 돌로 눌러놓고는 두더지가 굴을 파고 나가는 앞쪽을 삽으로 질러 막았다. 두더지가 나가던 길을 틀어 옆으로 삐지기 시작하면, 발로 밟아 눌러놓고는 흙을 파서 두더지를 잡아냈다. 그때 두더지 앞발에 손등이 긁혀 피가 나길 여러 차례였다. 그러나 두더쥐 구워 주어 먹이면 아이가 살이 포동포동 오르는 걸 보면서, 사람 사는 게 이런 거란 생각으로 하루하루 즐거운 나날이었다.

선재는 아버지 어머니보다 할아버지 할머니를 더 좋아하는 눈치였다. 젖이 안 나와 아이 안고 젖을 먹이지 못한 게 어미를 멀리하는 원인이라고 생각했다. 다시 아이가 들어앉자 첫애를 보살피는 데 더욱 소홀해졌다. 아이가 외돌기도 하고 엄마의 품에 안겨오지 않았다. 아이 머리가 커 가면서 엄마는 점점 혼자 외도는 시간이 길었다.

"야아, 선재야 너 뭐 하는 거야!" 아이가 둑너머 저쪽 토끼풀밭에 앉아 있었다. 작은 나뭇가지를 가지고 앞에 무언가를 놀리고 있는 모양이었다. 한대성은 기겁을 해서 뒹굴듯이 아이를 향해 달려갔다. 아이 앞에는 제법 커다란 물뱀이 똬리를 틀고 햇살을 쬐고 있었다.

"조용히, 가만 앉아 있어!" 한대성은 아이에게 다가가면서 소곤거리는 작은 목소리로 말했다. 만일 뱀이 놀라면 아이에게 달려들 수도 있는 상황이었다. 팔뚝에 소름이 좌악 올라왔다. "도대체 애놈이 뱀을 앞에 놓고 뭘 하는 거냐. 독사한테 그러다가는 큰일 나, 이녀석아."

"뱀은 다리도 없는데 어떻게 다녀?"

"비늘을 움직여 다닌다. 어서, 우린 가자."

"아버지, 그런데, 뱀은 귀가 어디 있어?"

"그건 알아서 뭘 하게. 귀가 있으니까 소리 듣고 도망치겠지." 한대성은 아이가 별스럽다는 생각을 했다. 하기는 자신도 뱀 따위는 무서워하지 않았다. 그것은 형 한우성에게 들어서 아는 일이기도 했다. 형 한우성은 한대성이 입맛 까다로운 데 대해 따귀를 올려칠 지경으로 질색이었다. 그러다가는 진창에 처박혀 죽는다는 것이었다. 메뚜기를 잡아 날로 우적우적 씹어먹으면서, 살려면 아무거나 먹어야 한다고 한대성의 머리에 주먹밥을 먹였다.

마을 입구 옥수수밭 사이로 순경모자 둘이 넘실넘실 오르내렸다. 순경모자는 옥수수밭을 지나 미루나무 사이로 숨었다 나타났다 하면서 이쪽으로 다가왔다. 논에서 일하던 이들이 못단을 손에 든 채, 고개를 빼고 옥수수밭 쪽으로 눈을 준 채 다가오는 불행의 그림자를 지켜보고 있었다. 아낙들은 이미 새참 그릇을 챙겨서 이고 마을로 돌아간 뒤였다. 집에 안 가겠다고 밭둑에서 뒹굴던 선재만 논둑에 대를 박아 세워놓은 검은 우산 그늘 아래 앉아 있었다.

"아버지이! 뱀이 개구리 먹어…." 선재가 못줄 말아두었던 작대기를 들고 휘둘렀다.

"건드리지 말아라."

"개구리 불쌍해."

"다아 그렇게 사는 법이다." 한대성이 아이가 이해하기 어려운 이야기를 했다. 선재는 아버지 이야기를 못 알아들은 모양이었다. 아이를 집에 돌려보내야 하기는 하는데 혼자 돌아갈 수 있는 길은 아니었다. 한대성은 아이 손을 잡고 논두렁으로 돌아왔다.

"아이가 많이 컸소." 순경 두 사람 가운데 키가 큰 이가 선재의 머리를 쓰다듬으면서 말했다. 선재가 순경의 손을 뿌리쳤다. 순경이 흘긴 눈으로 선재를 내려다보았다. 순경은 주먹을 쥐었다 놓았다 하면서 숨을 고르는 모양이었다.

"요새 동네에서 사람들이 자꾸만 어디론가 자취를 감추고 있소." 순경이 진정중을 쳐다보면서 말했다. 당신은 뭔가 아는 사람 같다는 눈치였다. 진정중은 속이 뜨끔했다. 들은 이야기가 있어서였다.

바로 그날 아침나절이었다. 산모롱이 돌아 감나무집 영감이 묵밭을 갈아달래서 갔다 왔다. 소도 있고 쟁기도 마련되어 있는데, 집안에 젊은 남자들이 없어서 들일을 하지 못한다는 것이었다. 아들 둘이 한꺼번에 군대에 가 있었다. 할아버지가 독립운동에 참여했는데, 독립이 완성되지 않았으니 자기들이 군대에 나가서 할아버지의 뒤를 이어야 한다는 갸륵한 뜻을 부친은 말리지 못했다.

"이건 나두 누구한테 들은 이야긴데 말이지, 홍대혁이… 그 사람 언제 만났나?"

"뭐 만날 일이 따로 있는 것도 아니구…."

"이런 때일수록 그저 여러모로 조심해야 허너니."

"왜, 그 사람한테 홍대혁이한테, 무슨 일이라도 생겼답니까?"
"뭐시냐, 사상이 붉으죽죽하다데."

진정중은 멈칫하고 돌아섰다. 집 옆 언덕에 커다란 감나무가 시커먼 둥지를 드러내고 서 있었다. 그 나무 북쪽으로 뻗은 가지에 뭔가 매달린 게 보였다. 진정중은 눈을 부볐다. 아무것도 걸린 게 없었다. 전정중은 사위 한대성에게 조심하라는 이야기를 하지 못한 채 하루가 갔다.

"저어기 한대성 씨, 나 좀 잠깐 봅시다." 순경이 입에 물었던 궐련 꽁초를 논고랑 물에다 던지면서 말했다.
"이거 모 심던 거, 일이나 끝나고 봅시다."
"어허, 참 한가한 인간 다보겠네." 키 큰 순경이 키 작은 순경에게 눈짓을 했다. 키 작은 순경이 한대성의 소매를 잡아끌어 팔짱을 끼고 팔을 죄었다. 팔로 찌르르 통증이 지나갔다.
"무슨 일인지 자초지종은 말도 않고 사람을 끌어가는 법이 어디 있소?"
"세상 무서운 줄을 모르는 인간이구먼." 팔에 힘을 넣으면서 윽박지르는 투로 말했다. 일꾼들을 향해서는, 아무 걱정 말고 일들 하시오. 하고는 등을 돌리고 논둑을 벗어났다. 순경 두 사람 사이에 끼어 걸어가는 한대성의 다리가 휘청거렸다.

지서 유치장에 처박히듯이 등을 밀려 들어갔다. 참으로 어처구니없는 일이었다. 숱한 고생을 하면서 살았다. 이렇게 사느니 차라리 죽고 싶다는 생각도 했다. 그러나 용수 쓰고 오랏줄에 읊혀 가는 짓은 하지 말자고 속다짐을 두고 두었다. 그나마 그게 한대성이 자기 삶을 올곧게 견인해

온 힘이라면 힘이었다. 남의 물건에 손을 댄 적이 없었다. 남을 모함하는 짓은 염을 내지도 못했다. 그게 일본인들의 총부리 밑에 칼바람 맞으며 살았어도 마음 하나만은 진정으로 지켜왔다.

그런데 도무지 이게 뭐란 말인가. 한대성은 두 손으로 머리를 움켜쥐고 북북 긁었다. 손가락 끝에 머리카락이 묻어나왔다.

"허허, 죄를 알기는 아는 모양이군. 죄라는 게 그렇게 괴로운 걸 어찌 이제서 알았을까?"

한대성은 사복 형사를 흘금 쳐다봤다. 아는 얼굴이었다. 전에 부엌 아궁이를 고치러 갔던 적이 있었다. 불이 안 들인다고 해서, 미장공 공 씨를 따라가 아궁이를 손봐준 기억이 떠올랐다. 적산가옥 대문에 朴忍修(박인수)라는 향나무 문패가 걸려 있었다. 평생 언제 집 한 칸 마련해 살 것인가, 한숨을 쉬었다. 그 박인수를 지서 유치장에서 만나다니.

"날 따라오시오."

취조실은 사방 벽이 시멘트 모르타르로 발라 스산했다. 초여름인데도 으스스 한기가 돌았다. 빈방 한 가운데 낡은 의자 하나가 오두마니 놓여 있었다.

"한 선생, 거기 앉으시오." 한대성이 멈칫거리자 등깜을 잡아채어 의자에 박질러 앉혔다.

"진실만이 사람을 구한다오." 한대성이 알아듣기 어려운 말이었다.

"심정적 동조라는 게 있소. 말하자면 … 죽이고 싶은 놈이 있는데, 나는 칼 들고 나설 용기가 없고, 딴놈이 칼 들고 원수 놈의 목에 들이대면 문 뒤에서 숨 할할 돋아쉬는 그런 놈."

"저는 그런 놈이 아닙니다."

"말이라는 게 바람이라 형상을 보여주지 않는다니까." 한대성은 숨이 막혀왔다. 박인수가 듣고 싶은 말이 무엇인지를 짐작하기 어려웠다. 머릿속으로 홍대혁의 얼굴이 피끗 지나갔다.

"나랑은, 그따위 이야기 오래 할 시간 없소. 내 하수가 올 것이니 진실을, 진실을 말하시오." 박인수는 한대성을 측은한 눈으로 한참 쳐다보다가 등을 툭툭 치고는 취조실을 나갔다.

박인수의 하수라는 자는 냉큼 들어오지 않았다. 자신이 저지른 죄가 무엇인지, 별별 생각이 다 떠올랐다. 대장간집이 수상하다는 이야기가 돌고 있었다. 대장쟁이 손재주는 전쟁을 만나야 제 값을 한다며, 물고기가 물 만난 거 아니냐며 빈정거리는 이도 있었다. '대장쟁이와 칼잽이가 무당네 작두를 같이 탄다매.' 그 아리송한 이야기는 부뜰이 엄마의 비뚤어진 입에서 나왔다. 맘 좋은 놈 돌아서면 늑대 된다면서, 인심 풍풍 쓰는 인간 조심해야 한다니까. 홍대혁네 빨래꾼(세탁모) 당진댁은 그렇게 중얼거렸다. 그런 생각을 굴리고 있을 때, 후줄근한 작업복을 걸치고 작업모를 눌러쓴 사내가 들어왔다. 사내는 취조실 바닥에 퉤에, 침을 뱉았다.

"불어 새꺄, 홍대혁이 어디 숨었어?"

"내가 그걸 어떻게 압니까?"

사내는 바지 주머니에서 가죽장갑을 꺼내 끼고는, 한대성을 일으켜세웠다. 주먹이 명치를 파고들었다. 한대성은 한 주먹에 바닥에 나가떨어졌다.

"어떻게 알아? 그게 반항이라는 거야." 일어나, 하는 소리와 함께 주먹이 옆구리를 거세게 내질렀다. 일서서고, 치고, 넘어지고를 수없이 반복했다. 이렇게 죽을지도 모른다는 생각이 들었다. 의자 다리를 붙들고 앉아서 휘둘리는 머리를 틀어쥐었다. 눈앞에 노란 안개가 스멀스멀 몰려들었다. 문이 열리고 두런거리는 소리가 잠시 들렸다.

"숭물 떨지 말고 불어, 새꺄. 홍대혁이 어디 있어? 우리도 피곤해, 씨벌놈아."

"정말 모르는 일입니다, 요."

"쌔끼가, 너 뉘집 종놈이야, '요'는 왜 붙여?" 몽둥이가 어깨를 들이쳤다. 코에서 피가 주르르 흘렀다. 입으로 찝찔한 쇳내가 고였다. 엎어져 있는 한대성의 몸뚱이 위로 쉴새없이 몽둥이가 튀었다. 한대성은 얼마 못 견뎌 혼절하고 말았다.

"사위가 주재소에서 맞아죽는 판인데, 밥이라도 넣어주어야지." 호두나무집 목천댁이 숨을 헐떡거리면서 달려와 하는 얘기였다. 대술댁은 몸을 덜덜 떨다가 목천댁을 붙들고 물었다.

"주재소는 워떻게 간대유?" 목천댁은 혀를 끌끌 차다가, 옆에 서 있는 선재한테 눈을 흘겼다. 그러다가는 푸우, 웃음을 뱉았다.

"나도 갈래, 아버지 죽는 거 볼래." 선재가 할머니 치맛자락을 붙들고 보챘다. *

아니, 이 사람아

밤꽃이 이울면서 골짜기가 조용히 가라앉았다. 대신에 해가 지고 어둠이 내리기 시작하면 개구리가 왁왁 울어댔다. 개구리 소리처럼 전쟁 소식이 와글거렸다.

동네 큰우물 가에 아낙들이 모여 전쟁 이야기에 열을 올렸다. 정보 소스가 정확한 것은 아니었다. 곽 주사네 머슴이 자전거를 타고 쭈르라니 읍내를 다녀와서 물어들인 소문이 대부분이었다.

"공산군이 서울을 여기저기 떡 떼듯이 먹었다네."

"떡 떼듯이? 팥죽 끓듯이 펄펄 끓는다더면… 이자 다 끝났댜."

"지장골이야 이렇게 깊이 들어앉았는데, 빨갱이들이 어떻게 들어올까 싶지를 않구먼."

"그덜두 발 달린 짐승들인데 산이 높다고 못 오고 물이 깊다고 피해갈 것 같어? 부녀자 겁탈하기를 밥 먹듯이 하고 동네 소 잡아다가 잔치하는 건 예사라더면, 우리랑은 종자가 다른 인간들이라잖아. 전쟁 끌려나간 우리 남정네덜 다 죽을 판인디. 예편네들은 한가하게 주둥아리만 놀리고 자빠졌으니 전쟁은 고사하고, 나라 덜렁 들어다가 바칠 판이구먼."

"누가 아니랍디까. 생각이 달라서 그렇지 그들도 사람이구 우리랑 똑

같은 핏줄이여."

 아낙들은 진봉득이 이쪽으로 다가오는 것을 보고는, 약속이나 한 듯이 입을 다물었다. 아들 선재 손을 잡고 만삭이 된 배를 뒤룩거리면서 고샅길을 올라왔다. 얼굴이 노랗게 쇠어 보였다.

 "전쟁통에 애 낳아서 어떻게 기를라구 애는 만들었디야?" 화성댁이 혀를 차면서 진봉득의 아랫배를 흘금거렸다.

 "그럼 들어선 애를 뱉어내요? 구겨넣어요? 남의 얘기라고 그렇게 마구 늘어놓지 말아요!" 진봉득이 파르르하니 얼굴을 일그러뜨리면서 막아섰다.

 "서방 지서에 끌려간 게, 그냥 끌려간 게 아닌 모양이네. 믿는 구석이 무너진 것이여. 주인 모시고 산다는 게 무어게." 다시 화성댁이 침을 삼켰다.

 "믿는 구석이라니, 내가 빨갱이 들어오길 학수고대한다는 말인겨?" 진봉득이 들이댔다.

 "애 뱃속에 있을 때 말 삐뚜루 하면 입 삐뚤어진 자식 둔다는 기여." 화성댁이 끌어대는 말이었다.

 "당신이 나 애 배는 데 뜨물 한 바가지라두 퍼준 적 있어?" 진봉득은 달려들어 상대의 멱살이라도 잡을 기세였다.

 "탱크 들어오면 만세 부를 장본인이구먼…." 옆에서 귀를 세우고 듣고 있던 선재가 제 엄마 치맛자락을 놓고 앞으로 나섰다.

 "아줌마, 우리 동네 탱크 언제 들어온대요?"

 "왜 탱크 들어오면 만세 부를라구 그러나? 제 에미랑 똑같구먼. 저것도 애비 탁한 것이여."

 진봉득은 끔찍한 여자들 속에 둘러싸여 있었다. 남편이 지서에 끌려간 것을 이들은 사상이 불온해서 그렇다는 듯이 이야기를 늘어놓는 중이었다.

 "엄마, 나 탱크 구경하러 갈래?"

 "탱크 들어오면 너는 죽어, 이노무 자식아."

 "탱크놀이 얼마나 재미있는데… 쿠르릉 콰광! 엄마 탱크 보러 가자아. 엄마 안 가면 나 혼자 갈래." 선재는 제 엄마 치맛자락을 붙들고 늘어져 발을 굴렀다.

 "애들 듣는 데서는 어른들 얘기 조심해야 할 것이네." 대장간집 무시댁이 진봉득의 귀에 대고 속삭이듯이 말했다. 몸이나 상하지 말아야 할 텐데, 하는 내용을 알기 어려운 말을 덧붙이면서였다.

 작은 채반을 머리에 이고, 한 손에 숭늉 주전자를 들고 자갈길을 걷기는 여간 대간한 일이 아니었다. 유치장에 붙들려가 있는 사위 한대성의 얼굴이 눈앞에 어른거려 어지러웠다. 사위 한대성은 집안의 대들보였다. 식구들이 모두 일어나 집안 일으키자고 나서기는 하지만 역시 집안의 대들보는 사위 한대성이었다. 부지런하고 성격이 온순했다. 고생을 해봐서 사람의 고단하고 애달픈 정리를 잘 헤아렸다. 그런 사위를 잡아간다니, 치가 떨렸다.

 순경이 집엘 두 번 다녀갔다. 한번은 지장골로 이사하기 전에 어디서 살았는가 물었다. 호구조사를 정확하게 하기 위해 필요하다면서 묻는 물음이었다. 있는 그대로 대답해주었다. 두 번째 와서는 어떻게 해서 홍대혁의 집을 얻어 살게 되었는가 물었다. 집을 구하던 중에 비교적 헐가이고 사람이 후덕해 보여 집을 빌리기로 했다고 대답했다.

"사람이 후덕하단 말이지? 뭘 보고 후덕하다고 하나?" 대답을 재촉하는 말이 반말 투였다. 나이 새파란 게 반말로 나오는 게 영 성깔을 거슬렀다. 말은 안 했지만 속은 부글거렸다. 그리고 다시 이틀 후에 다른 순경이 와서 물어볼 일이 있으니 지서로 같이 가자는 것이었다. 그리고 사흘 아무 소식이 없었다.

"어머니, 한 서방 어떻게 되는 거 아니요?"

"좀이 쑤셔 못 견디겠는 모양인데, 네가 나설 일이 아니다."

"아버진 벙어리처럼 말이 없고, 어머니가 무슨 대책을 내는 것도 아니고… 어떻게 좀 해봐야지요."

"서방은 그렇게 중하고, 속앓이로 고생하는 늬 아버지는 걱정도 않는 거냐? 자식 아무 소용 없다는 말이 맞는 모양이다." 어머니의 말이긴 해도 섭섭했다. 아버지 속병이야 하루이틀이 아니니 천천히 조처를 해도 별 탈이 없을 걸로 생각했다. 그러나 남편의 일은 당장 길을 타놓지 않으면 목숨이 왔다 갔다 할 만큼 위급했다. 당장 지서로 찾아가 들짱을 놓고 싶었다. 일본놈들 일본놈들 하지만, 공산당보다는 낫지 싶었다. 무고한 사람 잡아다 족치는 게 공산당보다 나을 게 없다는 생각이 들었다. 분노가 치솟았다.

"내가 지서에 갈랍니다."

"그렇게는 안 된다." 단호한 어투였다. 그러면서, 늑대굴을 제 발로 찾

아니, 이 사람아 51

아가는 년이 어디 있느냐, 미친년 아니면… 그렇게 덧붙였다. 진봉득은 일단 뒤로 물러섰다. 아랫배가 묵중하니 땡기는 게 머지않아 애가 나올 기미 같았다. 출산을 위한 준비는 거의 없었다. 부친 진정중이 장에 갔다가 끊어다 놓은 미역 두어 줄기가 출산 준비의 전부였다.

"그런 데는 늙은이가 안전하다. 늙은이를 어떻게 하기야 하겠느냐."
그러면서 딸에게는 동네 밖으로 나가지 말라고 일러두었다.
"할머니, 나도 같이 가요. 아버지 보고 싶단 말예요."
"난리가 났는데, 어린애가 어딜 간다고 설치냐?"
"난리가 뭐야, 할머니이, 응?"
"난리가 전쟁이지 뭐냐."
"전쟁은 어떻게 하는 거야?"
"아군과 적군이 죽고 죽이면서 싸우는 게 전쟁이란다."
"어른들 재미있겠다. 나도 전쟁 나갈래."
"너 쟤 데리고 밖으로 나가라, 애가 언제 철이 들라나, 원." 어떤 때는 숙성해서 신통하던 할머니 말이 이상하게 들렸다.

딸에게 손자를 딸려 내보내고 사식 넣을 준비를 했다. 말이 사식이지 밥이 부실했다. 쌀을 조금 둔 보리밥에 뒤뜰 울타리에서 딴 호박을 기름친 쟁개비에다가 부쳐서 밥그릇에 담고 복주깨를 덮었다. 고등어 한 토막이라도 유념해둘 걸 하는 생각이 들었다. 며칠 전 모밥을 내느라고 만든 콩자반이 찬장에 남아 있었다. 남편이 뿌려놓은 무가 자라 잎이 나풀거렸다. 그 무를 뜯어 된장을 풀어 국을 끓였다. 자기도 모르게 국이 끓는 소두방에 눈물이 방울져 떨어졌다. 머지 않아 오십 줄로 들어서는 세월이 원통하고 서러웠다. 그나마 딸이 머리가 똘똘해서 제사공장에서 도망쳐나왔고, 결혼해서 아들 낳아 기르면서 사람 사는 게 이런 거구나 하는 실감이 나기 시작하니까 전쟁이 터진다는 게 도무지 뭔가, 한심하다는 생각이 들었다. 그런 생각은 채반을 이고 지서를 찾아가는 동안 떨쳐지지 않았다.

사위를 찾아간 장모는 질겁을 하고 뒤로 물러섰다. 하마터면 채반을 인 채 뒤로 나자빠질 뻔했다. 사위 한대성의 몰골이 말이 아니었다.
"아니, 이 사람아! 이게 웬일이란 말인가, 사람이…."
"너무 걱정 마세유."
"놈들이 그래 어떻게 했길래 얼굴이 이런가. 왜놈들만도 못한 승냥이 새끼들…."
"말씀 조심허세유." 한대성이 사무실 쪽으로 눈을 굴리며 입에 손가락을 댔다. 장모 앞에 내놓고 싶지 않은 얼굴이었다. 얼굴에 피딱지가 더덕거렸다. 눈은 모세혈관이 터져 흰자위가 벌건 핏덩어리로 덮였다. 광대뼈에는 퍼렇게 멍이 들어 있었다.
앞에 놓인 채반에 담긴 밥은 거들떠보두 않았다.
"한술 떠보게. 이럴수록 먹어야 사네, 이 사람아…." 한대성은 채반을 당겨 놓다가 어쿠! 허리를 짚으며 얼굴을 찌푸렸다. 몽둥이로 조김질을 당한 허리가 굴신을 할 수 없게 통증을 몰고 왔다.
한대성은 장모가 가지고 온 밥을 국에 말아 입에 떠넣는 시늉만 했다.

목이 컥컥 막혀 밥이 넘어가질 않았다. 장모가 앞으로 밀어놓아주는 호박전을 입에 넣기는 했지만, 목에 넘어가질 않고 컥 막혔다. 주먹으로 얻어맞은 아구가 움직여주질 않았다.

"밥 가지고 올 생각을랑 마세유."

"예서 먹을 건 챙겨준다냐?" 한대성은 고개를 주억거렸다. 눈에 눈물이 비쳤다. 알미늄 양재기에다가 보리밥과 된장국을 주기는 주었다. 먹을 수 있는 음식이 아니었다. 개밥도 그보다는 낫지 싶었다.

"왜 밥을 내오지 말라나? 모밥 내오는 셈으로다가 올라네."

"저들이 무슨 알량한 인심이 있어서 사식 차입하라 하겠어유. 다 그거 생각나서 하는 짓거리 아니겠남유." 한대성이 오른손을 들어 엄지와 검지를 마주 대어 동그라미를 만들어 보였다. 돈 생각으로 사람 부른다는 모양이었다.

"자네한테 무슨 죄를 말하던가?"

"홍대혁 어른 찾아내라는 겁니다."

"왜, 홍대혁을?" 한대성은 입을 다물었다. 빨갱이 집에 사는 놈이 빨갱이 하수인 아닌가 하며, 홍대혁이 어디 있는지 대라고 하다가, 나중에는 네 입으로 불라면서 주먹이 날아오고 몽둥이가 막춤을 추었다.

"올라가세유, 죄 없는 놈 죽이기야 하겠어유…."

장모는 머리에 썼던 수건에 물을 적셔와 사위의 얼굴을 닦아주었다. 수건에 피가 벌겋게 묻어나왔다. 사위라고 보았지만 이렇게 살파심을 만져보기는 처음이었다. 죽은 아들들 키울 때 생각이 났다.

"밥 다 먹었으면 올라가 보시우." 당직 순경인 모양이었다.

"당신들 사람 이렇게 다루면 나중에 죗값 크게 받을 거요. 도무지 사람이라는 것들이 이게 뭐유?"

"빨갱이 사위 둔 늙은이라 입이 사납구먼."

"우리 사위가 빨갱이 짓 하는 걸 봤어, 당신들 눈구멍으루다가?"

"입 조심하는 게 신간 편할 거구먼."

"염병할 놈덜이…!"

한대성은 당직 순경에게 끌려나가는 장모를 쳐다보고서도 몸을 움직일 수가 없었다. 몽둥이로 조김을 당한 허리가 쑤셔왔다. 윗도리를 조금만 틀기라도 할라치면 등골을 칼로 쑤시는 것 같은 통증이 몸을 꺾어내렸다. 사흘 동안 취조를 당하는 중에 주먹다짐과 몽둥이질이 끊이질 않았다. 시작은 제법 점잖은 대접이었다.

"순수히 따라오던가?" 주임이 묻는 모양이었다. 대답은 안 들렸다. 잠시 후, 한대성도 몇 차례 본 기억이 나는 전 순경이 취조실로 들어왔다.

"내가 당신 사정을 왜 모르겠나. 주인 붙여 사는 처지에 주인 고자질하는 건 인정이 아니지. 사람은 인정이 있어야 허넌 법이거든. 그게 왜놈들이 그렇게 입에 발리게 말하던 '기리'라는 게 아니겠나."

"옳으신 말씀입니다."

"요구하지 않은 대답은 항의가 될 수도 있어요."

"알겠습니다."

"그래 그 집 주인 홍대혁이 지금 어디서 뭘 하고 있을까?"

"모릅니다."

"사람이, 그러지 말고 바른대로 이야기하시지. 국민이 말하는 진실이 역사를 만들어간다네."

"저는 그런 어려운 이야기 잘 모릅니다."

"사람이, 그렇게 삐딱하게 나오면 결과는 피를 보게 된다네."

"남에게 삐딱하게 말한 적이 없습니다."

"사람이, 그런 점은 나랑 동항렬이구먼." 한대성은 동항렬이란 말을 정확히 알아듣지 못했다. 이럴 때 어떻게 해야 하는지 하는 걸, 한대성은 감을 잡을 수가 없었다. 처음 당하는 일이기도 하고, 말을 교사스럽게 돌리고 꾸미고 할 줄을 몰랐다.

"내가 한대성 씨 믿는 것만큼 나를 믿어주시오. 사람이 믿음이 있어야…." 전 순경은 그렇게 얼버무리고 취조실을 나갔다. 잘 쉬시오, 하면서 손까지 흔들었다.

전 순경이 나가고 잠깐 천장을 쳐다보고 있다가 졸았다. 형제가 원산으로, 흥남으로, 함흥으로 떠돌던 일들이 떠올랐다. 형은 노래를 잘 불렀다. '신고산이 우르르 함흥차 떠나는 소리에 잠못 드는 큰애기가 단봇짐만 싸누나.' 한대성은 자기도 모르게 흥얼거렸다. 형은 지금 어디서 어떻게 지낼까… 눈 가장자리가 젖어왔다. 스스로 생각해도 어울리지 않는 행동이었다. 그러나 마음속에서 일어나는 진심은 감출 수 없었다.

그때 문이 벌컥 열리면서 사복 차림이 들어왔다.

"흥, 이제 팔자 늘어져서 타령까지 하시네." 비웃는 투가 역력했다. 한대성은 자세를 바로하고 상대를 쳐다보았다. 얼굴이 낯익었다. 전에 미장공 공 씨를 따라가서 무너진 부엌을 고쳐준 적이 있는 강 순경이었다. 사복 차림이었지만 금방 얼굴을 알아볼 수 있었다. 반가웠다.

"강 순경님, 반갑습니다."

"미친 새끼, 사람 잘못 봤어. 나 강 순경 아냐."

한대성의 앞으로 벽이 와르르 무너져내렸다. 그것은 배신감의 벽이었다.

"홍대혁이 어디 있는지 대라구, 씨벌놈."

"모른다고 몇 번이나 말해야 합니까?"

"안다고 한 번만 불면 끝장나, 빨갱이 똘마니 같은 놈아."

"난 빨갱이 모릅니다."

"씨벌놈이, 엎드려 뻗쳐, 새꺄!"

한대성은 뒤로 손을 뻗어 허리를 잡고 일어섰다가, 엎드려 두 팔로 몸을 버티고 엎드렸다. 강 순경 아니라는 자의 구둣발이 한대성의 항문과 치골 사이를 들이찼다. 눈에서 불이 튀었다. 한대성은 콘크리트 바닥에 굴러떨어졌다. 눈앞으로 버러지들이 무리를 지어 날아났다. 노골노골 주물러주라고. 죽지 않을 만큼. 골로 간다는 게 뭔지 알걸. 그런 소리가 벌레 날아드는 것처럼 귓속에서 앵앵거렸다.

"죽었다고 엉까지 말고 일어서, 새꺄!"

"사람을 이렇게 대하는 법이 어디 있어유?"

"불라는 거야. 사실을 불라구."

"내가 왜 거짓말 하겠어유?"

"너더러 거짓말하라고 했어? 사실을, 진실을 터놓으란 말이다."

"말할게요. 저는 정말 주인 어디 갔는지 모릅니다."

사내의 주먹이 얼굴로 날아들었다. 넘어지면 일으켜세워 다시 주먹으로 내갈겼다. 그렇게 쓰러지고 일어서기를 몇 차례 거듭했다. 코에서 피가 주르르 흘렀다. 한대성은 얼굴로 흘러내리는 피를 손으로 훑어 입에 옥물어 사내를 향해 뿜어냈다.
"죽을라구 환장했나…."
옆구리로 등으로 몽둥이가 날아들었다. 처음에는 어쿠 소리가 터져나왔다. 그것도 잠시였다. 몽둥이가 들이치는 데 따라 둔중한 통증이 등골로 지나갈 뿐, 통증은 느껴지지 않았다. 까뭇하고 눈앞에 장막이 내려졌다.

홍대혁이 수상하다는 이야기는 여기저기서 들려왔다. 그 수상하다는 데는 홍대혁의 사생활이 부잡스럽다는 것과, 사상이 불온하다는 두 가지가 섞여 있었다. 그러나 한대성으로서는 관심 밖이었다. 자신이야 세들어 사는 사람일 뿐, 주인이 무슨 생각을 하는지, 어떤 인물과 만나고 어떤 이야길 나누는지 알 바가 아니었다. 그렇게 내 몰라라 지낸 것이 이런 결과로 귀결되는 것은 발등을 찍고 싶었다. 이럴 바에야 홍대혁에 대해 알아보고, 거기 자기한테 불리한 일이 있으면 대처를 해야 할 터였다.
한대성은 잡혀간 지 일 주일이 되는 날, 젓을 담은 몸뚱이가 되어 집으로 돌아왔다. 진봉득은 남편을 붙들고 울음을 터트렸다. 장모는 어디서 구했는지 개고기를 두어 근 구해다가 삶았다. 장인 진정중은 뜰에 나가 하늘만 멍하니 쳐다보면서 담배연기를 날렸다.
"아버지, 빨갱이가 도깨비야?" 선재가 물었다. 한대성은 대답을 하지 못했다. 빨갱이만이 도깨비가 아니라는 생각 때문이었다. *

동생이 생겼다

뻐꾸기 울음이 뜸해지자 매미가 극성스럽게 울어댔다. 가뭄 끝에 비를 기다려 심은 모가 예년보다 키가 작았다. 소출이 부실할 게 걱정이었다. 밖에서는 전쟁이고, 논밭이 황폐해져가는 모양을 보고 발을 굴러야 하는 판이었다.

이런 판에 작대기 들고 뱀 잡으러 나서는 팔자가 한심했다. 차라리 '3·1 만세'에 붙들려 죽었더라면 하는 생각도 들었다. 허나 지난 일이었다. 지난 일은 잊기로 했다. 그래야, 내일이 없어도 오늘을 견딜 수 있었다. 그놈의 오늘이라는 게 늘 그 타령이었다. 신명나는 일이 도무지 없었다. 손주 하나 눈이 빼롱빼롱해서 거기 희망을 걸고 이를 악물곤 했다. 그런데 사위를 끌어다가 초주검이 되게 패 뒹굴리는 놈들을 이 나라 백성이라고 하늘같이 이고 살아야 하는가, 자신도 모르게 후유 한숨이 나왔.

칡넝쿨이 주인 없는 무덤의 활개를 덮어갔다. 칡넝쿨 밑에는 뱀이 우글거렸다. 진정중은 작대기를 거꾸로 들고 가서 칡넝쿨 숲을 뒤졌다.

울고불고 뒹구는 바람에 데리고 나온 선재에게 뱀 잡는 걸 보여주는 게 애를 놀라게 할지도 모른다는 걱정이 들었다.

"할아버지, 할아버지는 왜 뱀 잡아?"

"다아 쓸 데가 있어서 그런다."

"그걸 어디다 쓰는 건데?"

"느이 애비 때문에 이런다."

"아버지가 뱀을 산 채로 먹어?"

"얘두, 그런 걸 물으면 못쓴다."

"그럼, 나는 뱀보다 못한 거야?"

선재를 데리고 돌아오는 길, 구럭에 든 뱀이 구럭 구멍을 뚫고 나와 길바닥을 기어갔다. 진정중은 작대기로 대가리를 누르고 발로 밟은 다음, 목덜미를 잡아 길바닥에 패대기를 쳤다. 뱀은 두어 족장이나 기다가는 몸이 꼿꼿하게 굳었다. 진정중이 뱀을 들어 다시 구럭에 넣을 참이었다. 널브러졌던 뱀이 살아나 꼬리가 팔뚝을 감았다. 선득했다. 냉혈동물… 진정중은 뱀을 다시 길바닥에 던져놓고는 작대기로 후려쳤다. 주둥이에서 꺼먼 피가 흘러나왔다.

선재가 뱀이 불쌍하다고 질질 울었다. 엊그제 대장간을 찾아갔던 기억이 떠올랐다. 그날도 선재는 할아버지한테 '사탕'을 조르다가 발을 구르며 울어댔다.

진정중은 사위 한대성이 혹 잘못되지나 않을까 걱정이 컸다. 한대성은 몸을 젓 담듯이 상해가지고 돌아왔다. 식구들이 모두 사위 걱정을 했다. 한대성은 터지고 깨진 얼굴은 보름이 지나자 딱지가 떨어졌다. 그런데 허리를 못 썼다. 방에서 일어나고 눕고 하는 데에도 아이구! 무너지는 소리를 질렀다.

진정중은 대장간집 소유천을 찾아갔다. 소유천은 집에 없었다. 그의 아내 무시댁이 나와 인사를 했다. 얼굴에 근심이 가득 차 있었다. 무슨 연고가 있는 모양이었다.

"유천 씨는 집에 안 계시우?"

"순사가 와서, 같이 지서에 갔는디, 무신 일인지 말은 없었구만유."

"저런, 몸 상하지 말어야 하겠구먼."

"그게 무슨 말씀인가유?"

진정중은 자신도 모르게 입을 딱 다물었다. 소유천도 홍대혁과 무슨 연관이 있는 건 아닌가 싶었다. 그렇다면, 소유천의 집에 들렀다는 것 자체가 의심을 살 빌미가 될 수 있었다. 홍대혁과 끈이 닿아 있는 작자와 통하고 지낸다는 의심을 받을 수 있었다. 그런 이야기는 사위한테 들은 것이기도 했다.

"세상 믿을 놈 하나도 없어유. 입조심, 발조심 하세유."

"입조심은 알겠는데, 발조심은 뭐라나?"

"돌아다니지 마시라는 뜻이지유."

돌아다니지 말라는 것은 사람 관계 하지 말라는 뜻이었다. 밖에서는 인민군이 나라 전체를 집어먹게 생겼다는 소문이 돌았다. 그것은 소문이 아니라 실제 전황이 그러했다. 그런 상황에서 누가 적과 어떤 끈을 대고 있는지 알 수 없는 일이었다. 그런데 자신은 지금 사위가 조심하라는 짓을 하고 있는 중이었다.

"쇳일 하다 보면 몸도 다치고 그러는 일 많을 텐데, 어떻게 하시는지 궁금하구먼유."

"왜, 누가 몸을 다쳤길래 그러세유?"

"사실은 우리 사위가…."

"그런 얘길 나도 듣긴 들었는데, 사는 게 그렇고 주변머리가 없어서 들러보두 못하고 미안하게 되었시유. 딸 봉득이 만삭이던데 미역꼭지는 준비가 되었시유? 내가 들러본다 들러본다 하면서도, 주변머리가 없어서…."

전에 없이 태도가 고분고분하고 친절미가 넘쳐나는 말이었다. 간신이 간신인 까닭은, 말을 간사하게 할 줄 안다는 뜻이라고 동네 훈장이 한 말이 떠올라 머리를 어지럽혔다.

"애 낳는 데는, 원수 척진 일 없으면, 속곳에 감춰두었던 지전 들고 쫓아간다 않던가유."

"고맙습니다. 말씀만이라두…."

그런 말 끝에, 장독(杖毒)에는 사탕(蛇湯)만 한 게 없다고 자분자분 이야기해주었다. 당신 남편도 사탕 덕에 건강을 유지하고 지낸다는 것이었다. 고마운 일이었다.

선재가 침을 꼴깍 삼키면서 할아버지를 올려다보았다.

"할아버지, 나 사탕 사줘!"

"애들 먹는 사탕하고 다르단다. 너 먹을 게 아니란다."

"그럼 더 맛있겠다." 선재가 할아버지 잠뱅이 자락을 붙들고 늘어졌다. 아무 대답이 없자 선재는 땅바닥에 주저앉았다. 그러고는 다리를 버둥거리면서 눈물도 없이 징징댔다.

그때 무시댁이 말 가닥을 타들었다.

"어른들 말씀에 끼어드는 법 아니다, 내가 엿 줄게 조금 기다려라."

아이가 없는 집에서 엿을 챙겨둔다는 것은 예사로워 보이지 않았다. 집안에 여유가 있어야 그런 주전부리를 유념해둘 수 있을 것 같았다. 집안 일으켜보자고 그야말로 등골이 찌릿찌릿하도록 일을 해댔다. 사위 한대성이 미장일을 다니면서 받아오는 돈을 한 푼도 쓰지 않고 모아두었다. 난리를 피해갈 묘수는 없다. 그러나 살아남을 방법은 가지가지 널려 있다. 그 가운데 하나가 돈이었다. 전대부터 들어서 깨달은 살아가는 묘리였다. 그렇게 푼푼이 모았던 게 한꺼번에 날아가버리게 생겼다.

그런 생각을 하고 있을 때 무시댁이 엿 한 가닥을 가지고 나와 선재의 손에 쥐여주었다. 엿가락을 받아든 선재는 고개를 숙여 인사를 했다. 무시댁이 선재의 까까머리를 쓰다듬어주었다.

"어린것들 배고파서 어른 턱밑 쳐다보는 것보다 애잔한 일이 있을까."

무시댁이 츳츳 혀를 찼다. 안쓰럽다는 눈치였다. 어린 창자 하나 제대로 채워주지 못하는 신세가 주체스럽다는 생각이 들기도 했다.

"그란디, 선재 아버지 워쩌다가 지서에 다녀왔대유?"

"홍아무개 거처를 대라고… 우리가 그 집 셋방살이를 하잖어유."

무시댁은 고개를 주억거리면서 알겠다는 눈치를 했다. 이미 홍대혁은 마을에 소문이 난 인사가 되어 있었다. 홍대혁 집안 오가는 것 자체가 죄로 엮일 일이었다. 뿐만 아니라 홍대혁을 아는 이들과 만나는 일 또한 털어 보일 수 없는 먼지나 다름이 없었다.

"비얌이라는 그거 보기 징그러워서 그렇지 깨끗해유. 몸을 물에 씻은 개구리는 잡아먹지만, 죽은 놈은 안 건드리잖유. 그리구 이걸 항아리에 고아서 베보재기루 가시 걸러내면 뽀얀 국물이 닭국물 뺨치게, 입에 고소히니 국물이 차악 안겨오대니께유."

진정중은 알았다는 듯이 고개를 주억거렸다.

"저어기, 댁에 산골 두신 게 있으면 조금만 나눠주시면… 내가 밭일이래두 해드릴 게유."

"쬐금 기다리슈." 진정중은 휴우 한숨을 몰아쉬었다.

"할아버지, 산골이 뭐야? 그거 맛있어?"

"산골은 느덜 먹는 게 아니라, 느이 애비처럼 허리 다친 사람이 먹는 약이야."

선재는 고개를 끄덕거렸다.

배가 만삭이 된 진봉득은 물동이를 이고 우물가로 나갔다. 어머니가 아침 전 한 두둑이라도 콩밭을 매야 한다고 밭에 나갔기 때문에 물 길어 올 사람이 없었다. 진봉득이 머리에 똬리를 올려놓고 똬리끈을 입으로 물었다. 쉰내가 훅 풍겼다. 어머니가 물을 길어오면서 입에 물었을 때 침이 묻어 쉰 모양이었다. 아랫배에서 아이가 빙그르르 돌아갔다. 애가 아랫배를 밀어내는 모양이었다. 아래가 무주룩하니 내려앉는 느낌이었다. 남편이 아직 몸을 자유롭게 움직이지 못하는데 아이 낳고 들어앉으면 일은 어떻게 하나 걱정이 이만저만이 아니었다.

한대성은 겨우 뒷간 출입을 할 수 있을 만큼 몸이 나아지긴 했다. 그러나 뒤를 보고 일어나는 걸 누군가 거들어주어야 할 정도였다. 한대성의 장인 진정중이 뒷간 서까래에다가 새끼줄을 매주었다. 그 줄 잡고 용변

마치고 일어나라는 것이었다.

언제 허리 펴고 뛰어다닐 수 있을지 앞이 아득했다. 거기다가 '사복'이 사흘이 멀다 하고 드나들었다. 질문은 늘 같았다. 홍대혁이 다녀가면 언제든지, 꼭, 즉각, 지서로 연락을 하라는 것이었다. 사복은 얼굴을 알 만하기도 했다. 그러나 정체를 드러내는 법이 없었다. 악귀의 그림자처럼 따라붙는 '사복'들의 눈초리가 뱀 눈처럼 살기를 띠었다.

"저 배를 해가지구 물동이 이고 다니다니, 에미도 아직 풋풋한데…." 밭에 나갔다는 이야기를 할 짬은 없었다.

"미역이나 준비해놓았을라나?" 남 애 낳는데 자기가 왜 미역 걱정을 하는 거야?

"논에 피가 올라와 난리더만…." 당신이 와서 뽑아줄 거야?

"정부가 대전으로 도망갔댜. 그러니께 우리가 몰러서 그렇지 인민군이 여기 지장골로 언제 쳐들어올지 몰라." 설마 아이야 건드리지 않겠지, 아녀자라고 안전할까 걱정들이 컸다.

"다른 동네에서는 피난을 간다구 난리들인데, 우리만 멍청하게, 청처짐하니 뭉그적거리다가 홈빡 들렀쓰는 거 아녀?"

"홍대혁이… 선재 엄마는 그 사람 어디 있는지 아직도 몰라?" 비싯하니 쳐다보는 눈꼬리가, 너는 알 거 아냐 하는 눈치였다. 남편이 지서에 끌려갔다 초주검이 되어 돌아온 이후, 진봉득은 마음이 편할 날이 없었다. 눈에 가시를 달고 노리고 있는 인간들이 자기를 둘러싸고 있었다. 흘깃거리는 눈알들이 자기를 에워싸고 왈가닥거리면서 돌아가는 느낌이었다. 사방에 불신의 눈알들 돌아가는 소리뿐이었다.

"선재 할아버지가 요새 땅꾼으로 나섰다메?" 엄나무집 여자가 입을 비쭉거렸다.

"집안에 우환이 있어서 그렇지 무슨 땅꾼이래. 땅꾼이라니, 말 가볍게 하지 말어." 차마 이년아, 라고 붙이지는 못 했지만 말이 밉상이었다.

"저어기 말이지, 뱀 골 때, 울 밖에 풍로 내놓고 해야지, 산모가 뱀 고는 냄새 맡으면, 애가 뱀 껍질 들러쓰고 나온디야."

"징그런 소리두 다 허니, 네가 두 눈구멍으로 애가 뱀 껍질 쓰고 나오는 거 봤어? 제 새끼가 그랬으니까 그렇게 뜨르르 알지, 안 그러유?" 진봉득이 우물터에 모인 사람들을 둘러보았다. 아무도 그렇다고 고개 주억거려주는 이가 없었다. 동네 여자들 눈알이 진봉득의 눈으로 왈왈 쏟아져 들어왔다.

아랫배가 꼿꼿 솟아서 땡기고 하초가 무주룩하니 늘어지는 것 같았다. 진봉득은 물동이를 절반 가웃만 채워 가지고 우물터를 벗어났다.

"애가 뱃속에서 너무 큰 모양이다." 진땀을 흘리면서 방바닥을 극매는 딸을, 어머니는 걱정스런 눈으로 내려다보았다.

"산파라두 불러야 하지 않겠어유?" 웃방에 누워 있던 한대성이 샛문을 열고 하는 말이었다. 짚어보니 예정일에서 보름이 지나 있었다. 예정일 지나면 애가 호박덩이처럼 커진다던 친구 이야기가 떠올랐다.

"할머니, 나는 어디서 났어?"

"어디서 나긴, 너는 다리 밑에서 주서왔어."

선재는 다리 밑에서 주워왔다는 그 말이 서러웠다. 누가 버렸는데 주워왔다는 것인지, 그러면 자기는 거지라는 말인지, 어른들이 갑자기 미워지기 시작했다.

"엄마도 다리 밑으로 애 주우러 가야겠다."

"애들 때문에 웃는다더니… 늬 엄마도 다리가 있는데, 어떤 노무 다리로 애를 주우러 간단 말이냐?"

"자네도, 산골 먹고 웬만해졌으면, 좀 일어나 보게. 잘못하다가 애 죽이게 생긴 판인데, 산파한테 얼른 다녀와, 이 사람아." 장모 지청구에 벌떡 일어난다는 게, 허리에서 우둑 소리가 났다.

"자네가 금줄 꼬게, 내가 휘딱 다녀올 테니." 진정중이 새끼 꼬던 자리에서 일어나면서 사위에게 일렀다. 금줄은 왼새끼로 꼬아야 한다고 했다. 왼새끼가 잘 꼬아지지 않았다. 장모가 늘 이번 애는 딸이라고 했으니 금줄에 달 솔가지도 장만해놓아야 했다. 술을 달 창호지는 근래 문을 발라본 게 아득해서 어디 있는지 생각조차 나질 않았다. 황토흙을 파놓아야 했다. 어느 걸 먼저 해야 하는지 어리벙벙했다. 살림살이가, 크고 작고 간에 말처럼 쉽지 않았다. 아랫방에서는 산모가 진통을 계속하고 있었다.

"아이구 어머니, 나 죽어, 나 죽어…"

"소리만 지르지 말고 아래에다가 힘 좀 주어봐라, 서방하고 그거 할 때 모양으루다가 까악 끼어안고 힘을 모아 밀어내, 밑이 빠지라구 밀어내라니까…"

"아이구, 오늘이 나 죽는 날인가벼, 애 낳다가 죽은 년은 저승에도 못 간다는데, 아이구 나 죽어, 엄마 나 살려줘, 불쌍한 우리 엄마, 엄마보다 먼저 죽으면 나 어떻게 한댜…."

"이년아, 사설 늘어놓을 힘 있으면, 애를 밀어내. 산파가 곧 올 거다. 그러구 저러구 산파 데리러 간 늬 아버지는 함흥차사가 되었나 왜 안 온다냐? 애 비릇는데 불수산 지으러 보내게 생겼다더니 꼭 그 짝이다."

애 비릇는 딸 앞에서 어미가 사설이 길어지고 있었다. 진정중이 산파 장한녀를 데리고 허우적대면서 집 안으로 들어선 것은 그 무렵이었다.

"애는 맘대로 안 되는 법이여. 말이야 작게 낳아서 크게 기르라고 하지만, 그게 워디 맘대로 되간디. 초산이 순산이면 둘째야 살좋은 밭에서 무 뽑듯이 쑥 빠지는 법인디, 마음 졸일 일들이 많으면 산모가 고생하는 기여. 지금이 전쟁 중이 아닌가. 내가 삼신할머니한테 쏙쏙 빌거니께 힘이 나 담쑥 써보더라구."

산파는, 더운물을 준비시키고 아이 기저귓감으로 준비한 소청을 내놓으라고 했다. 소청 한끝을 잘라내어 접쳐서 산모의 입에 물렸다. 산모가 통증을 못 이겨 이를 갈면 산후 이가 상한다는 것이었다.

"뱃속에서 애 키운 여자만 에미가 아니라 애 받아준 나도 에미야. 애 낳았다고 나 몰라라 하면 못써. 사람이 고마운 거 잊어버리면 벌받는 게여. 내가 받아준 애들 인근에 그들먹혀. 그러니께 애들 애비들이 너도나도, '늬 엄마댜' 헌게 내가 사내들 다 주워먹은 줄 알고, 당신 밑이 그렇게 대단혀, 그런다니께… 내 별호가 장한년이라니." 그렇게 사설을 늘어놓으면서 가방에서 당목 끈을 챙겨 산모의 목에 걸어주었다. 그리고 그 한끝을 자기가 쥐고 다른 한 끝은 친정어미에게 쥐도록 했다. 그리고 산모의 발을 두 사람의 발에 맞대놓고 뻗게 하고는 힘을 주라고 사설을 넣었다. "얼럴러 애 나온다, 얼럴러 애 나온다, 이애가 옥동자냐 금동자냐, 은자동아 금자동아, 애 만드는 건 네놈이 하고, 밑고생은 이년이 하는구나, 어어차 힘써, 쪼금 더 힘써봐, 등을 뒤로 재치고서 그녀리 홍동지 밀어내드끼, 힘써… 그렇지 밀려난다, 밀려난다, 숨 멈추고, 내쉬고 다시 힘써, 숨 들이쉬구 밀어내구…."

아이가 머리를 내밀었다. 그리고 몸뚱이는 수월하게 빠져나왔다.

"달고 나오는 것도 없으면서 에미 고생시켜, 못된 년 같으니." 산파는 아이를 거꾸로 들고 볼기짝을 손바닥으로 철컥 들이쳤다. 아이가 따그르르 울음을 터트렸다.

"물 데워놓았수?"

진정중이 양은대야에다가 더운물을 떠서 마루에 올려놓았다. 애 낳는 데 뭔 놈의 사설들이 그리 많으냐고 투덜거렸다.

"사내들이란, 다 저렇다니까." 남편을 향해 눈을 하얗게 흘겼다. 그때, 마당에서 구슬치기를 연습하고 있던 선재가 할아버지 앞으로 쪼르르 달려왔다.

"나 동생 보러 갈래."

"아직은 안 돼야, 짚자리나 걷어내고 나서 애기 보거라."

선재는 머주하니 서서 할아버지를 올려다보았다. 이런 때는 자기가 좀 참아주어야 한다는 생각을 하는 모양이었다. 선재는 어머니가 애기를 낳는데, 왜 소나 돼지처럼 방바닥에 짚을 깔아주는지 영 궁금했다.

"선재야, 너는 아버지 황토 놓는 데 가서, 아버지 거들어드리거라."

"나는 미장이 안 할 건데."

"선재야, 말이다, 그건 미장일이 아니라 못된 손님 못 오게 표시를 하는 거란다."

진정중은 반닫이 밑에 넣어두었던 '뭉치'에서 만 환짜리 석 장을 꺼내 아내에게 건네주었다. 아내의 얼굴이 환하게 피었다. 그러나 남편에게 고맙다는 의례적인 인사는 할 줄 모르는 아내였다.

여우가 헤집지 않게 하려면 '태'를 깊이 묻어야 한다고 했다. 진정중은 잣나무 아래를 깊이 파고 손주의 태를 묻었다. 지게를 지고 산을 내려오는 발걸음이 가벼웠다. *

이사 가는 날

인민군이 대구 인근까지 밀고 내려갔다는 소식이 들려왔다. 대구가 떨어지면 전쟁은 끝난다고, 발들을 굴렀다. 대구에서 더 밀리면 낙동강 전선이 무너진다는 뜻이라 했다. 유엔군이 들어와 인민군 밀어낼 거라는 이야기도 돌았다.

"홍대혁이 세상 오는 거 아녀?"

"그럼 한대성이도 옷 갈아입고 나서는 게야?"

"그런 말 함부로 하지 말아. 그럴 사람 아녀."

"우물 속처럼 시커먼 사람 속을 워떡키 알아."

"한대성이 그 사람 법 읎시두 살 사람이라니께."

"법 없이 살 사람이 왜 지서엔 끌려다닐꼬? 뒤가 구리니까, 그러니께 암말두 못 허지."

"터진 입이라구 남의 말 함부로 내뱉는 법 아녀."

"좌우간 우리 동네는 땅크 한번 지나가면 끝장이여. 호두나무가 동네 지켜주지 못히여."

호두나무집 강 노인이 호두나무 쳐들고 나올 무렵이었다. 진봉득의 어머니가 손주 손을 잡고 저만큼서 걸어오는 게 보였다. 남정네들은 입을 다물었다.

"할머니, 탱크 타보고 싶어."

선재가 할머니 치마꼬리를 붙들고 흔들었다. 어른들이 하는 이야기를 알아들었던 모양이었다.

"탱크는 전쟁하는 군인들이 대포 싣고 다니는 차란다."

"그럼 내가 대포 쏘면 되지."

"이리 와라, 코 풀자." 대술댁은 아이의 말캉한 코를 엄지와 검지로 죄면서 '흥 해라, 흥 해라'를 거듭 되뇌었다.

"다시 한번 흥, 애가 코가 이렇게 나온다냐."

"아프단 말여, 놔아." 아이가 저고리 자락을 올리고 배를 긁었다. 배꼽 근처가 뭐에 물린 것처럼 벌겋게 부풀었다.

아이에게 여름살이도 변변하게 장만해 입히지 못한 채로 여름이 갔다. 가용이 여유롭지 못한 것은 물론이다. 더구나 가장이 앓아누워 지내는 바람에 다른 데 눈 돌릴 겨를이 없었다. 결국 집 없는 설움이었.

세들어 사는 집 주인의 행방을 알아내라고 족치는 데다 들이밀 아무런 빌미가 없었다. 그렇다고 한대성이 지어내어 이야길 할 만한 재목이 못 되었다. 한대성은 사람이 사람을 믿지 못하는 게 어떤 것인지를 조금씩 알아가기 시작했다. 그러나 하늘이 무섭지도 않으냐는 그 한마디 말고는 달리 이론이 없었다. 가난이 운명이 아니라는 생각도 하게 되었다. 아이 낳을 준비 없이 지내는데, 장모가 남의 집 드나들며 밥거리 꿈질하러 다니는 것도 참고 못 볼 일이었다. 속에 울화가 점점 자라고 있었다. 한대성은 쩍 입맛을 다시고는 퉤 침을 뱉는 버릇이 생겼다. 입맛은 쓰고 침은 고

무신 코빼기 아래 떨어졌다.

새로 태어난 아이 선아는 보채지 않고 잘 먹고 잘 잤다. 첫애 선재 때보다 몸이 숙성한 모양이었다. 젖이 불어나면서 며칠 젖몸살을 호되게 했다. 그런 곤욕을 겪은 이후로는 젖이 넘쳐 짜내야 할 지경이 되었다.

"오빠가 질을 내주니 동생이 호강한다." 쌀 얻어다가 암죽 만들어 먹이던 일 생각하며 진봉득의 어머니 대술댁이 젖을 빠는 아이를 두고 하는 말이었다. 초산에 어미 젖을 돌게 하자면 아파도 아이에게 젖을 물려야 한다. 젖에 멍울들지 않게 남편이 젖을 주물러주어야 한다. 대술댁은 사위 한대성에게 에미 젖을 자주 주물러주라고 일렀다. 한대성이 아내의 젖가슴을 만지려 들면, 진봉득은 징그럽다고 진저리를 치고 물러섰다. 제 밑으로 난 자식 말고는, 딴 남정네에게 젖가슴 내맡기지 말아야 한다는 게 어머니 대술댁의 가르침이었다. 어머니 얘기가 왔다 갔다 한다는 걱정을 하면서 선아에게 젖을 물리고 있을 때였다.

탱자나무집 향숙이가 언덕길을 올라오고 있었다.

"선재 엄마, 저시기하면 우리 집에 들러주면 쓰겄는데." 탱자나무집 향숙이가 와서 손을 비비면서 꽤나 간곡한 투로 말했다. 향숙이는 홀아버지를 모시고 살았다.

"아직 애 데리고 남의 집에 안 가봤는데…"

"애는 내가 안아다 줄 거구만."

"뭐가 급해서 그런디야…"

"쩌시기 아버지가 눈에 티가 들어가서 밭엘 못 나가서 그랴."

짐작되는 일이 있었다. 눈에 티가 들어갔을 때, 애엄마가 젖을 짜 넣어주면 티가 삭는다는 이야기들을 했다. 그런 이야기를 어머니한테도 가끔 들었다. 젖이 하느님이 주신 신약(神藥)이라는 것이었다.

친구의 청이라 들어주기는 하지만, 막상 남정네 앞에서 젖가슴을 내놓기가 열적었다. 부끄러워 주저주저하고 있을 때, 향숙이 자기 아버지 옆에 앉아 두 손을 붙잡았다. 그러고 보니 양손을 쥐었다 놓았다 하면서 꼼지락거리던 모습이 떠올랐다. 진봉득이 남의 집 남정네 앞에 젖가슴을 내놓은 것은 처음 있는 일이었다. 친구의 아버지라고 하기는 하지만, 남정네라는 건 그대로 사실이었다. 진봉득은 자기 아버지 눈이거니 하고 젖을 짜 넣어주었다.

향숙이 부친은 눈을 끔먹거리면서 천장을 쳐다보고 한참을 누워 있었다. 일어나 앉으면서 얼굴에 웃음을 띠워올렸다.

"티가 삭는 모양이구먼, 한결 부드러워 살겠네. 그저 말여, 여자는 애를 낳아야 사람 구실 헌다니께." 티 들어간 눈에 젖 짜서 넣어주는 게 왜 사람 구실인지는 알 수 없었다.

"애아버지 한대성은 몸이 좀 나아졌나 어쩐가 모르겠네. 워낙 호되게 당한 모양이더먼."

"그냥 그래유, 참 징그럽게 오래가네유."

"어혈 든 데는 골담초랑 산골이 제일인 게라구 예부터 일렀구먼." 향숙의 아버지는 꽤 다감하게 걱정을 해주었다.

"골담초를 워쩌키 해서 먹는대유?"

"골담초 뿌리를 캐서 푹 삶아가지고, 그 국물로 밥을 지어가지고설랑, 통고추 썰어 넣고 감주 맨들어서 마신 다음, 뜻뜻한 아랫목에서 취한하면서 푹 자면 풀리는 뱁이여."

장꽝 담밑에 골담초가 무성하게 자라 꽃을 피웠던 게 생각이 났다. 그러나 감주 담을 쌀이 없었다. 엿기름도 어디서 꾸어오든지 해야 하는 형편이었다.

"거어 말이다, 광에 가서 쌀 좀 푸고 엿기름도 찾아봐라. 젊은 사람이 너무 고생해서 안되았다." 쌀과 엿기름을 얻은 진봉득의 발걸음은 날아갈 것처럼 가벼웠다.

진봉득이 집에 돌아왔을 때, 한대성은 장인 진정중과 이야기를 나누고 있었다. 둘 다 이마에 주름을 잡고 침통한 표정이었다. 그 옆에서 선재가 귀를 세우고 눈을 반짝이며 이야기를 듣고 있었다.

"뭔 놈의 사람들이, 이 동네 떠나야지 못 견디겄슈."

낮에 지서에 다녀온 한대성은 마음이 심란했다. 홍대혁이 나타났다는 소문이 돌아간다는 것이었다. 주인이 움직이는 걸 세살이가 모르면 되겠느냐, 알면 아는 대로 대라는 것이었다. 꼭 어디 있는지 몰라도 귀띔만이라도 하라는 것이었다. 그렇게 정보를 주는 것은 간접진술이라 벌을 받지 않는다고 구슬렀다. 한대성은 고개를 옆으로 저었다.

"모르는 거 모른다고 할 수는 있어도 지어내서 하든 못해유."

사복은, 자네가 언제까지 숨기고 지낼 수 있는지 두고 보겠다고 다짐을 두었다.

"들리는 걸로는, 대성 씨 당신이 밤이슬 맞으러 다닌다는 소문이 있어."

"워디 그런 소리가 있대유, 하늘이 내려다봐유!" 사복은 한대성을 흘금 쳐다보다가, 담배를 빼어 물면서 혼자 끌끌 웃었다. 하늘이 노래진다는 말은 들어봤어도 하늘이 인간 내려다보고 지킨다는 이야기는 들은 적이 없었다.

"어이, 한대성 씨, 저어기 말이지, 자네 예수 믿나?" 사복은 눈을 반짝이면서 묻고 들었다.

"그게 무슨 말이래유?"

"그럴 일이 있어…요."

"누가 그런 말 했는지 모르지만유, 내가 아는 하늘하구 예수의 하늘은 달라유."

"당신 말을 누가 믿을까." 불신의 눈초리가 무서웠다.

버선목이라고 뒤집어 보일 수 없는 일이었다. 환장하겠다고 속을 내뱉을 수도 없었다. 말이 안 나왔다.

"조심하라는 뜻으루다가 허는 얘기네. 세상이 확 뒤집힐 것 같지만, 빨갱이 세상은 죽어도 안 와. 이 등신 같은 양반아. 이북에선 예수 믿다가 가족이 절딴난다는 거 아녀, 그러니 당신두 조심조심 살아야 할 거여. 거짓말은 아무한테도 득되는 일 없어."

"빨갱이든 하앵이든, 그짓말하면 못써유."

"아주 눈이 뒤집힌 모양이구먼. 알았으니 가보더라구, 이 등신 같은 사람아."

한대성이 낮에 있었던 이야기를 장인한테 모두 전하지는 않았다. 공연히 불안하게 할 뿐이었다.

"타동으루다가 이사를 해버려야 귀찮지 않을 거 같구먼유." 타동(他洞)은 한대성이 마음을 정한 데가 있어서 하는 얘기였다. 한대성이 지서에서 주어맞아 앓아누워 지내는 동안에도 겨우 몸을 추슬러 움직일 만하면 근동을 돌아다니며 집 나는 게 있는지 수소문하고 찾아가기를 계속했다.

"우리 식구들 살 만한 데가 있기는 있던데유." 한대성이 장인 진정중의 눈치를 살폈다.

"농사지어놓은 건 워떡하구?"

한대성은 침통한 표정이었다. 일년 농사에 가족의 목줄이 달려 있었기 때문이었다.

"그거야 며칠, 우리 식구들이 와서 추수해가면 될 것이구먼유."

"곡식 익은 거 그저 놔둘라나?"

"아직은 이 동네는 남의 거 손대는 법이 없어서 믿어두 될 거 같구만유."

"난리 때문에 인심이 이미 돌아간 판인 걸 모르구 허는 소리 같네."

한대성은 할 말이 없었다. 전쟁에 인심이 이반되었다는 장인 진정중의 이야기는 옳았다. 자신이 겪은, 지금 겪고 있는 일로 본다면 옳은 말이었다. 그렇다고 논밭에 익어가는 곡식을 누가 손을 댈 것 같지는 않았다.

그때, 할아버지와 아버지 사이에 뭉기적거리면서 이야기를 듣고 있던 선재가 눈을 반짝이며 달려들었다.

"아빠, 우리 이사 가는 거야?"

"넌 입 놀리지 말고 가만히 주저앉아 있어라."

"난 이사 안 갈래." 선재가 풀떡 엉덩이를 방바닥에 내박지르며 소릴 질렀다. 또 한판 난리를 치를 게 마음이 쓰였다. 아이가 성미가 마른 장작 타오르듯 했다. 거기다가 고집이 벽창호라서 어른들이 당하기 어려웠다. 어디서 배운 것 같지는 않았다. 애가 타고나길 그렇게 타고난 것인지도 모른다는 생각이 들었다. 어쩌면 에미를 닮은 것인지도 가름이 되지를 않았다.

"그건 어른들이 알아서 할 일이다. 애들은 나서지 말아라."

"어른들이 뭔데? 왜 어른들 맘대로 해? 나는 이사 안 간단 말야."

선재는 시불시불 중얼거리면서 어른들에게 대들었다. 바닥에 다리를 버둥거리면서 몽니를 부리기 시작했다.

"애가 누굴 닮아서 울뗑이가 저렇다나?"

진정중이 사위 한대성을 흘금 쳐다봤다. 너 닮아서 그렇다는 뜻으로 들렸다. 한대성은 형제간에 닮았다는 이야기는 이따금 들었다. 그것도 사람 착하고 남의 사정 잘 이해한다는 점이 닮았다는 그런 얘기들이었다. 몽니를 부릴 줄 몰랐다. 몽니 부리자면 어른들이 받아주어야 하는데 그런 어른 모르고 살았다. 한대성에게는 몽니 부리는 일이 손해일 뿐이었다. 득 될 구멍이 모두 막혀 있었다.

"여보오, 애 선재 좀 데려가요." 한대성이 소리쳐서 아내를 불렀다. 제 어미 말은 잘 듣는 편이었다. 한대성은 아들 선재가 자기보다 제 엄마를 더 따르는 게 마치 자기 잘못인 것처럼 생각되었다. 어른들 사랑을 받고 자라야 남을 사랑할 줄 안다던, 동네 매파 할머니의 말이 떠오르곤 했다.

그 집 일을 갔을 때였다. 불이 안 들인다고 해서 굴뚝을 고쳐주었다. 방고래 끝에 연기가 타고넘는 언턱을 만들고, 연돌을 세운 밑에는 구덩이를 깊이 파서 연기가 일차적으로 떨어졌다가 그 탄력으로 치솟아 올라가게 하는 것이 불이 잘 들게 하는 굴뚝의 구조였다. 그런데 누가 그렇게 구들을 놓았는지, 구들골 끝나는 데서 문수룻하게 연돌로 이어놓은 터라 굴뚝이 흡인력을 받지 못했다. 굴뚝 밑을 허리에 쥐가 나도록 땀을 흘리면서 파고 굴뚝을 세워주었다.

"자아, 이제 불 넣어보시지유." 매파는 부엌광에서 솔가지를 꺼내다가 불을 지폈다. 한대성은 마당으로 나가 굴뚝에 연기가 훨훨 올라가는 것을 바라보면서, 속이 시원하게 비어나가는 느낌이었다.

"부엌과 구들과 굴뚝은 한대성 씨가 박사네. 이담에 내가 그 집 아들 참한 규수감 골라 중신하리다."

"그럼 좋지유. 손주 수염 날 때까지 살아야겠네유."

"이거, 변변치 못한 것인디, 아내 갖다가 주셔." 매파가 보자기를 풀어 보였다. 진달래 꽃 빛깔 닮은 연분홍 물이 고운 뉴똥치마였다.

"내가 이런 걸 워떻게 받아유, 안 가져갈래유."

"굴러 들어오는 복을 차버릴 사람이네. 내가 주더라고 가지고 가셔." 그런 말 끝에 하는 말이 이랬다. 고기도 먹어본 사람이 먹고, 사랑도 받아본 사람이 받을 줄 안다는 것이었다. 그러면서 혀를 끌끌 찼다. 사랑을 받을 줄 모르는 불쌍한 인간이라는 표정이 역력했다. 한대성은 문득 누구의 사랑을 받아본 적이 있었던가, 그런 생각을 했다. 얼굴이 활활 달아올랐다.

한대성은 집에 돌아오는 길에 주막에 들러 막걸리 한 되를 받아 단숨에 마셨다. 눈앞에 분홍 뉴똥치마 자락이 오락가락했다.

"선재야, 애기 보면서 엄마랑 놀자. 어른들 앞에서 그렇게 굴면 하느님 벌 받아." 진봉득은 자기 입에서 하느님이라는 말이, 자기도 모르게 튀어 나왔다. 별일이었다.

"엄마, 애기 어디서 나왔어?"

"할머니한테 안 물어보았었니?" 진봉득은 자기가 들은 기억이 있어서 하는 얘기였다. 나는 어디서 왔느냐고 하면 어머니는 늘 그렇게 말했다. '저 아래 널다리 밑에서 주서왔어.' 그러고는 다른 이야기로 말머리를 돌리곤 했다.

"아이 이뻐라, 선아도 크면 엄마 돼?"

"그럼, 남자애는 크면 아버지 되고, 여자애는 크면 엄마가 된단다."

선재가 흙벽에서 먼지가 풀풀 날 지경으로 아이와 담벼락 사이를 앉았다 일어났다 하는 통에 아이가 앙앙대고 울었다.

"핏줄은 못 속인다더니, 선재야, 너 선아가 그렇게도 좋으냐?" 대술댁이 방문을 열고 들어오면서 하는 말이었다. '제 동생 안 생겼으면 심심해서 어떻게 했을까 몰라.' 대술댁은 그렇게 중얼거렸다.

"선재 애비가 이사 가는 얘기 하더냐?" 옹서간에 이사 갈 이야기 하는 걸 듣고 언제 저런 궁리를 하기 시작했는지 궁금해서, 딸에게 묻는 중이었다.

"애 운다, 젖 물려라."

"나는 젖배 곯렸다고 했잖아, 왜 선아만 젖을 주는 거야? 내가 미워서 그렇지?" 대답할 말이 없었다. 애들 차별해서 기르면 나중에 장례에 안 오는 놈 생긴다던 외할머니 얘기가 떠올랐다.

"이사 가면, 우리 선재 친구 없어서 어떡하나?"

"난 안 간다니까. 난 이 동네 친구가 제일 좋단 말야, 영수, 장하, 쇠돌이 그리고 나랑, 죽을 때까지 이 동네에 산다고 했단 말야."

"이사 가면 거기서 또 친구들 새길 수 있단다."

"이사 가는 거는 도망가는 거래. 원수진 놈이 있어서 도망치는 거래."

"아니란다, 사람을 여기 저기 옮겨다니면서 살게 마련이다."

"난 다 알아, 아버지 죽이려는 놈들 때문에 도망치는 거 다 알아."

대술댁은 딸을 멀찍이 바라보았다. 선재가 이미 알 것은 다 알고 있다는 생각이 들었다. 가슴에 못이 되지 않게 풀어주어야 할 일이었다. 그러나 그런 일은 대물림이 되기 십상이었다. 다시 어떤 일이 생길지 모르는 것은 물론, 자기가 책임질 일이 아니었다. 책임? 그런 생각을 처음 하는 것 같았다. 손주 왕똥 떨어지는 거 보면 그걸로 할미 노릇 다 하는 거 아닌가 그런 생각을 하면서 살았다.

"등에 애 업고, 선재는 걸리고, 오십 리 길을 어떻게 걸어간댜?" 대장간집 마누라가 찾아와 인사를 한다는 게 그렇게 걱정해주는 품이었다.

"읍내 평안교회에 차가 있기는 한데…."

"우리 사위가 그런 데 신세 지려고 하들 않아서."

"신세는 무슨, 이 담에 부엌 솥이나 걸어주면 갚는 거지."

"할머니, 차가 탱크잖아? 나 그거 타고 갈래."

"그래 알았다. 어이구 소견도 멀쩡해라, 우리 강아지…."

식구들이 이사 날짜 잡고, 기다리는 중에 지서에서 사복이 한 번 더 다녀갔다. 경찰은 전국에 조직망을 그물처럼 펼쳐놓고 있어서, 죄지은 놈은 한 발짝도 못 도망친다는 걸, 박아서 말하고는 돌아갔다. 한대성은 잘 가란 인사를 하지 않았다. *

도적골

농사지은 것은 나중에 와서 걷어가기로 했다. 동네 늙은이들이 논밭 지켜주겠노라고 나섰다. 고마운 일이었다. 그런데 식구들이 오십 리 길을 걸어서 이사를 한다는 것은 난감한 일이었다.

식구들이 모여서 상의를 했다. 달구지를 구하고, 짐꾼 두엇 사서 한꺼번에 이사를 하자고 한대성이 의견을 냈다. 장인은 생각이 달랐다. 하루 식구들이 모두 가고, 다음 날 남자들만 다시 와서 짐을 옮기자는 안을 내놓았다. 여자들의 몫은 겉으로 드러나지 않지만, 고단한 길이 뻔했다. 아직 결론을 못 내고 있을 때였다.

마침 그때 대장간집 마누라가 찾아왔다. 평안교회 목사라는 사람을 대동하고서였다. 잠시 눈을 감고 입술을 달박거리면서 속으로 기도하던 목사가 한대성에게 명함을 내밀었다. '평안교회 담임목사 신목양'이라는 이름이 한글로 새겨져 있었다.

"미안합니다만, 기연미연해서, 저는 한대성이라고 합니다. 청주가 본관입니다." 본관을 대는 것은 한대성으로서는 낯선 인사법이었다. 그동안 본관이니 이름이니 고향이니 하는 것들을 들출 여가가 없었다. 목숨 사는 것, 밀기울이라도 먹고 살아남는 그 이상은 어떤 일도 눈 안에 드는 게 없었다. 따져봐야 30년 못 미치는 세월이었지만, 생애를 돌아보면 자신도 모르는 사이에 눈앞에 아득한 아지랑이가 일었다.

"뭐랄까, 우리 할아버지가, 커서, 목사 잘 하라고 그런 이름을 붙여주었습니다." 신목양이 목사 직분과 어떻게 연관되는지, 한대성에게는 이해가 안 가는 대목이었다. 둘이 인사를 하는 사이 대장간집과 진봉득 모녀는 이야기를 나누고 있었다.

"그간 잘 지냈는데, 이사 가면 섭섭해서 워쩐디야." 대장간집 마누라가 손을 맞잡고 비비면서 말했다.

"이럴 때 찾아와주고, 인심이 고맙구먼유." 진봉득이 애를 돌려 안으면서 말했다.

"고맙긴… 그런디, 이삿짐은 워쩌키 옮긴댜? 저 꼬맹이는 어떻게 하구…, 인천상륙작전이라더냐, 유엔군이 인민군 밀고 북으로 올라가는 중이랴. 머지않아 전쟁이 끝난다는 얘기도 있던디, 그 홍아무개야 별 일 있겠어? 그러니 그저 눌러앉아 서너 해 그냥저냥 지내면서 정황을 봐야지, 겨우 논밭 터가 잡히는데 그걸 버리고 어딜 간다구 난리랴."

답이 궁한 질문이었다. 이쪽으로 등을 돌리고 아이 젖을 물리던 진봉득이 끼어들었다.

"논밭이야 나중에 다시 장만하면 그만이쥬. 그런데 이나라에서 빨갱이 부역했다는 팻말 붙으면 대를 이어서, 집안이 절딴날 거구만유." 그래서 이 동네를 떠나야 한다는 뜻인 듯했다. 그러나 이미 물이 들어 있었다. 서에 불려가 두들겨 맞았다는 건 이미 붉은 물이 들었다는 딱지 달고 다니는 것과 다를 바가 없었다.

그때 평안교회 신 목사가 인사말을 건넸다. 인사 뒤에 이렇게 제안했다. "같은 지역 이웃에 산 정리로 생각하고, 우리 자동차 하루 쓰시지요."

선재가 옆에서 눈을 반짝였다. 자동차라는 말에 귀가 솔깃한 모양이었다.

"뜻은 고마우나, 그동안 우리가 서로 인사 트고 지낸 사이도 아니고, 피붙이도 아닌데 신세 지기는 좀 거시기합니다." 말끝을 흐리고 물러섰다.

"신세랄 게 어디 있습니까?" 신 목사가 손을 모아 잡았다.

"신세 지면 갚아야 하는 부담이 있게 마련입니다." 한대성은 눈을 아래로 내리깔고 양손을 깍지 끼어 손가락에서 우두둑 소리를 냈다. 신 목사의 눈이 휘둥그레졌다.

"하기는 그럴 만도 합니다. 대강 들어서 압니다만, 서에 가서 고생을 많이 했다고 들었습니다. 그래 지금은… 차도가 좀 있습니까?"

"그 징글징글, 이 갈리는 얘길 왜 꺼내십니까. 그만두시지요." 한대성이 일어나 주먹으로 허리를 쳤다. 엉치로 통증이 찌르르 지나갔다.

"집 없는 설움이라니… 주인 뻘그죽죽한 집 잘못 골라 들어와 일이 그렇게 꼬였지만, 한 선생이 무슨 죄가…." 한대성이 신 목사를 치올려보았다. 무슨 뜻으로 하든지 '죄' 운운하는 소리는 진저리를 치게 했다.

"아빠, 아부지, 자동차 타고 이사 가자!" 신 목사가 아이의 머리를 쓰다듬었다. 어떤 집에 가서든지 아이 칭찬하면서 머리 쓸어주면, 틀려 돌아가던 일도 잘 해결된다던 어른의 말이 떠올랐다.

"아저씨가 말이다, 너 아저씨 옆자리에 태워주마." 신 목사가 다시 선

도적골   **85**

재의 머리를 쓰다듬어주었다.

"야아, 신난다… 그런데 이건 뭐야?" 선재가 신 목사의 목에 걸린 나무 십자가를 거머쥐고 물었다.

"이노무 자식, 그따위 거를 왜 만져, 손모가지 확 분질러버릴라." 한대성이 선재를 뒤로 잡아챘다. 선재가 십자가를 손에 쥔 채 나뒹그러졌다. 나무 십자가가 방바닥으로 저만큼 미끄러졌다. 손에 쥔 채였다.

"무식하긴! 애를 워쩌면 그렇게 몰풍스럽게 다룬대유?" 진봉득이 남편을 향해 눈을 하얗게 흘겼다. 선재는 발을 구르며 울기 시작했다. 할머니가 눈깔사탕 사주마고 달래도 헛일이었다. 울음을 그치지 않았다. 얼굴이 노래지다가 입술이 파랗게 변색되면서 땅바닥을 굴렀다.

"애를 구슬러야지 그렇게 윽박지르면 애 성질머리 베리는 벱이여." 사위 한대성을 향해 주먹이라도 날릴 기세로 앉아 있던 진정중이 담배쌈지를 찾아들고 일어섰다. 진정중은 속 터지는 일이 있으면, 어쩌다가 곰방대에 담배를 피워 물곤 했다.

끼룩끼룩 황새 숨 넘어가는 소리를 하던 선재는 아예 숨이 넘어가는 중이었다. 진봉득이 부엌에 나가 찬물을 한 그릇 떠 가지고 들어왔다. 물을 입에 옥물어 선재의 얼굴에 후욱 뿜었다. 선재는 헉헉 흐느끼다가 일어나 앉았다. 젖은 옷자락을 쥐어뜯으며 다시 울기 시작했다. 진봉득이 바람벽 옆으로 밀쳐놓았던 갓난애 선아가 자지러지게 울기 시작했다. 선재가 다가가, 아가 아가 착한 아가, 우리 아가 잠잘 적에 꼬꼬닭아 울지 마라, 멍멍개야 짖지 마라… 선아가 울음을 그쳤다. 식구들이 선재를 쳐다보고 웃어댔다. 핏줄은 잘도 알아본다면서였다.

"아저씨, 나 자동차 태워주라." 선재가 신 목사 곁으로 다가앉으며 보챘다. 보채는 중에도 흑 흑 숨을 말아 쉬었다. 워낙 호된 울음 끝이 남아 있던 모양이었다.

한대성이 이사하는 날이었다. 동네 아낙들이 찾아와 석별의 정이 묻어나는 인사를 했다. 걱정을 늘어놓는 여자들도 있었다. 여자들의 걱정이라는 게 동네에서 듣던 이야기를 전하는 것이었지만, 진봉득에게는 탐탁지 않았다.

"게가 도적골이라는 산골탱이 아녀, 왜 도적골이게?"

"아, 거기가 성남동 오형제패가 소 팔아가지고 돌아오다가, 산도적들에게 돈 다 털리고 칼을 맞어설랑 한꺼번에 몰살했다는 그 골짜기 아닌가베. 아직두 오형제가 흘린 핏자국이 바위에 남아 있다너면."

"워디 그뿐인 줄 알어? 그 집이 말인데, 말하자면 흉가 아닌게벼."

"흉가라니, 이사 가는 사람한테 좋은 얘기나 해주어야지, 그런 숭한 말을 왜 쑤알댄댜." 그렇게 말들을 퍼나르고 이야기가 새끼를 치는 중에 지장골에 살았던 인정이 돋아올랐다. 사람은 어울려 살게 마련이라는 이야기를 누군가 건넸다. 이어서 걱정들이 다시 꼬리를 물었다.

한대성은 허리가 걱정이었다. 그 허리로는 일을 제대로 해낼 수 없을 것만 같았다. 허리가 바윗돌 달아놓은 것처럼 묵직하니 땡기고, 등골로 찌릿찌릿 통증이 밀려 올라왔다. 몽둥이로 조져대던 '사복'의 얼굴이 눈앞에 어른거렸다. 저승사자가 있다면 저런 모양일 게라고 한대성은 생각했다.

병원이라고 찾아가기는 생전 처음이었다. 골담초 나무 감주를 몇 동이를 먹었는지 입에서 골담초 냄새가 가시지를 않았다. 산골을 먹는 것도 진력이 났다. 장인이 잡아오는 두꺼비는 참 고약했다. 두꺼비 가루가 이빨에 닿으면 이가 오소소 빠진대서 '풀종이'에 싸서 목에 넣고 물로 넘겨야 했다. 이가 근질거렸다. 그러나 아직은 이가 흔들린다든지 빠지지는 않았다. 밭뙈기와 논다랭이 아니라면, 인간 꼴 안 보는 데 들어가 살고 싶었다. 읍내 제일의원을 찾아갔다. 양약으로 다스릴 생각을 못 한 게 억울했다.

"모든 병은 물이 좋아야 낫습니다." 하얀 가운 걸치고 환자 보는 양의 답지 않은 말이었다.

"물 좋다는 그런 데가 어디 있을랑가유?" 한대성은 지장골이 물이 안 좋다는 이야기를 어디선가 들은 듯했다. 그 물이 꼭 식수를 이야기하는 것인지는 알기 어려웠다. 동네 인심이 안 좋다든지, 풍속이 순하지 않다는 뜻일 거라는 짐작도 갔다.

"현대 의학으로는 과학적 근거가 없어서, 아무 문제가 없는 일들이, 사람들의 고루한 관념 때문에 과감하게 실행을 못 하는 경우가 허다합니다." 과학적 근거라든지 관념이라든지 하는 말들은 낯설었다. 그러나 고루한 관념이라는 말은 알아들을 만했다.

"그래서, 그 물 좋은 데가 어디냐는 말씀이지유."

"한센씨병이라고 아시오? 나병이라구두 하고, 문둥병이라면 진저리들을 치는데… 그 병을 앓다가 세상을 뜬 사람이 있었소." 문둥이라니 말만 들어도 소름이 돋았다.

"물 좋겠다, 농사지을 터를 닦아 훤칠하니 논 밭 일궈놓았겠다, 명당 중에 명당인데 사람들이 거길 무서워서 방치해놓았소." 한대성은 귀가 솔깃했다. 마치 자신을 위해 예비해놓은 땅 같다는 생각이 들었다. 아무리 명당이니 물이 좋으니 하더라도 사람 목숨 살 만큼 생산이 있어야 했다. 한대성은 이미 여섯 식구 가솔을 거느리는 가장이 되어 있었다. 전쟁은 어찌어찌 피해서 산다고 해도 여섯 식구 입을 살리기는 호락호락한 일이 아니었다. 식구들이 손 놀리지 않고 일을 한다고 해도, 그리고 미장 기술로 가용을 벌어 쓴다고 해도 여전히 밥 들어가야 하는 입들이 걱정이었다.

"나병이 완치가 됩니까?"

"완치 여부는 나도 잘 몰라요. 다만 건강한 사람들에게는, 상처가 없는 사람에게는 감염이 안 된다는 점은, 과학적으로도 분명합니다."

"나처럼 허리 아픈 사람에게도 전염이 안 된다는 말씀인가요?" 의사는 한대성을 뚫어지게 쳐다보다가 말을 이었다.

"예수께서 문둥병 환자의 상처를 어루만져 낫게 했다지 않소? 그 양반이 상처 없는 사람에게는 그 병이 감염되지 않는다는 것을 이미 아셨던 것 같소." 진찰실 벽에 소박하게 깎은 나무 십자가가 걸려 있었다.

"한번 가보고 싶습니다." 한대성은 의사에게 하기 어려운 한마디를 내놓았다. 마침 환자도 없으니 같이 가보자고 했다. 빠른 걸음으로 걸어서 한 시간 반은 착실히 걸리는 거리였다. 주변 풍경은 다른 데서 보기 어려울 정도로 빼어났다. 멀리 강줄기가 들을 가로질러 뻗어나간 게 보였다. 소로길 좌우 양편으로 우거진 숲이 시원한 기운을 내뿜었다. 의사는 산모롱이를 돌아가면 자동차 다닐 수 있는 큰길을 닦아놓았다는 이야기를 하면서, '급할 때는 차가 있어야 합니다.' 그렇게 좀 엉뚱한 소리를 했다.

"지금 우리가 찾아가는 집에 살던 사람은 몹쓸 병에 걸려서 그렇지 하늘이 낸 사람이었습니다." 이야기가 길어질 판이었다.

"하늘에서 내지 않은 사람이 어디 있습니까?" 한대성이 의문을 들이댔다. 의사는 고개를 저었다.

이름이 천구득 씨라 했다. 천 번을 구해 얻을 수 있는 사람이라는 뜻인 모양이라고 했다. 그의 집안에는 한센씨병 병력이 없었다. 그런데 그의 아버지가 현해탄 건너다니면서 사람 장사를 하는 동안 집안은 그야말로 불같이 일어났다. 인근 땅을 몽땅 사들였다. 그리고 자신도 첩을 두엇 얻어서 거드럭거리면서 살았다. 천구득 씨는 부친을 설득할 방법이 없었다. 부친 모르게 살인 청부업자를 샀다. 국내에서 사람 구하기 어려워 상해에서 사람을 구해다가 부친을 없애버렸다.

"아무래도 부자지간은 천륜인데 그럴 수가…"

"천륜도 오도되면 죄악이고 죄악은 응징되어야 합니다." 의사는 한대성의 속내를 눈치챈 듯, 말을 줄이겠다고 했다.

"아무튼, 그 후 자기 재산을 나환자 구제에 모두 털어넣었습니다." 그 과정에서 나환자와 접촉이 지근거리에서 이루어졌던지, 결국 나병에 감염되고 말았다. 나병에 감염되었다는 사실이 확인되자 재산을 정리해서 나환자 수용소에 헌납했다. 그리고 남은 재산을 정리해서 도적골에 자신의 생애 마칠 때까지 살 터전을 마련해두었다는 것이었다.

"그래서 그분이 여기 혼자 살았다는 겁니까유?"

"나환자 수용소에서 여자 하나 구해다가 같이 지내면서 생활했지요." 같이 지내던 여자가 죽고 나서, 겨우 두 달 지나 자신도 죽었다는 이야기였다. 그렇게 산 게 왜 하늘이 낸 인간이라는 평을 듣는지는 이해가 잘 안 되었다.

"평소 내가 좀 도와주었다고 재산권을 내게 넘겨주었지요."

도적골에 조성된 터전은 규모가 반듯했다. 한 삼십 평은 될 만한 고패집 한 채가 널찍한 마당을 안고 앉아 있었다. 집 앞뒤로 대여섯 식구 양도는 착실히 마련할 만한 밭이 개간되어 있었다. 두어 해 묵힌 까닭인지 잡초가 무성하긴 해도 풀만 제쳐주면 농사에는 아무 지장이 없어 보였다. 밭 귀퉁이에는 두레박우물에 물이 남실거렸다.

"이 텃밭 말고 땅은 더 없습니까?"

"장인어른이 아직 건강하다니 개간하면 얼마든지 땅 장만할 수 있을 게요."

한대성은 생각했다. 이건 사람의 힘으로만 되는 일이 아니다, 저 위 높은 곳에 어떤 존재가 있어 자신의 생애를 움직여가고 있다는 생각이 들었다. 원산에서 일할 때 만난 양조장집 사장 생각이 났다.

"남의 말 하기 좋아하는 이들은 나를 부일인사로 징치하려 하지만, 내가 일본 순사를 비롯해서 고등계 형사까지 술 멕여 삶아내는 바람에 얼마나 많은 조선 사람 목숨 구했는지는 몰라요. 그게 저 위에 누가 있어 나를 그렇게 몰아간 거라고 나는 생각해요." 당시로서는 저 위에 있는 누구라는 게 이해가 안 되었다. 그러나 사람의 일 치고 자기 자신의 힘으로만 되는 게 없지 싶었다.

"집이 외딸아서… 도둑이 들거나 하면, 어떻게 당해낼까 걱정이군요."
"저들 눈에는 이 집이 흉가나 폐가로 보이기 때문에, 사람 얼씬도 안 합니다. 여긴 말이 도적골이지 도덕골입니다." 도덕골? 아이들 키우기는 좋겠다는 생각이 들기도 했다. 집에 가서 상의하고 결정해 찾아오겠노라 하면서, 마음이 푹 놓였다. 그러나 정작 집에서는 말을 내지도 못했다. 사람이 얼씬도 않는다는 것은 일종의 안전망이 설치되었다는 느낌이 들었다.

"제가 여기 와서 살아도 되겠는지요?"
"좋습니다, 도적골을 도덕골로 만들어주시오."
"고맙습니다." 식구들과 상의 없이 결정한 일이라 마음이 쓰였다. 특히 이제 막 친구들과 사귀면서 사회성을 갖추어가는 선재를 이런 산골짜기에 처박아 넣는다는 게 마음이 쓰였다. 그리고 태어난 지 이제 겨우 서너 달 된 선아를 어떻게 키울 것인가도 마음이 쓰였다.

신 목사가 운전하는 트럭이 비포장도로를 털털거리면서 달렸다. 진봉득은 선재를 옆에 앉히고 선아는 포대기에 싸서 안고 조수석에 앉았다. 트럭이 크지 않아 자리가 비좁았다. 뒤에서는 항아리가 서로 부딪쳐 땡땡 소리를 냈다. 진봉득은 항아리가 깨지지 않을까 겁이 더럭 났다. 선재는 신이 나서 엉덩이를 들썩거리며 뒤로 먼지를 뽀얗게 뿜어내는 걸 구경하느라고 창문을 닫을 생각은 뒷전이었다.

"아저씨, 자동차는 뭐 먹고 이렇게 잘 달려요?"
"자동차는 기름 먹고 산단다."

"들기름? 참기름?"

"석유기름!"

"그래서 새까만 기름똥을 풍풍 싸는 거야?"

"그래… 그런데 석유는 사람이 못 먹는단다."

"사람이 석유 먹으면 기름똥 싸?"

차가 도착하면 짐 내릴 사람이 있어야 해서 한대성은 짐칸에 타고 갔다. 운전석 옆으로 빼올린 배기구에서 검은 연기가 연방 풍풍거리며 솟아올랐다. 선의로 도와준다고는 하지만 공연히 신세를 지고 싶지는 않았다. 어디선가 들은 얘기가 떠올랐다. 전도부인 물 한 바가지 떠주면 사흘을 멀다 하고 찾아온다는 것이었다. 전도부인이 그럴진대 목사는 오죽하겠는가 싶었다. 부엌 손봐주고 방구들 고쳐주든지 해서 빚을 갚고 싶었다. 한편으로 자신이 찾아갔던 병원과 신 목사가 어떤 연을 맺고 지내는지 하는 게 궁금했다. 그리고 자기 거처 옮긴 것을 서에다가 하나하나 고해바치는 건 아닌가 의심이 들기도 했다.

산길을 터덜대며 올라가던 트럭이 널찍한 개활지에 멈췄다.

"여기서부터는 걸어 올라가야 해유. 찻길은 여기까지거든요."

"이렇게 신세를 져서 워떡한대유…?"

"내가 좋아서 나서서 하는 일인데 부담시럽게 생각하지 마셔유."

"아무튼 덕분에 짐을 이렇게 수월하게 옮기니 인정이 눈물겹습니다."

"말씀도 이쁘게 잘 하십니다."

말을 잘 한다는 칭찬을 듣기는 생전 처음이었다. 한대성은 신 목사 칭찬할 말을 찾지 못하고 멈칫거렸다.

"애들이랑 잘 살아서 성공하세요."

"암마 그래야지유. 고마워유!"

선재는 앞서서 팔랑거리며 뛰어갔다. 그 뒤로 진봉득이 선아를 업고 비슥하게 이어진 산길을 걸어 올라갔다.

"야아, 꽃이다." 선재가 길가에 주저앉으며 소리를 질렀다. 구절초가 청신한 얼굴을 한들거리면서 흐드러지게 피어 있었다. 한대성은 신 목사와 솥을 들고 올라가다가 발을 멈추고, 선재와 함께 들국화 앞에 쪼그리고 앉았다. 그러고는 서로 눈을 맞춰 쳐다봤다. *

제2부

Georgios Jakobides, *Children's symphony*, 1894

겨울 햇살

지장골에서 걷어들인 소출은 짱짱했다. 벼가 두 가마 하고 댓 말이 넘게 나왔다. 고구마가 잘되었다. 고구마는 캐서 진정중이 엮어놓은 섬에 담았다. 두 섬이 넘었다. 팥과 녹두도 몇 되씩 수확했다. 애들 생일 때 수수팥단지 해준다고, 손바닥만큼이라도 빈 땅이 있으면 뒤져서 모종을 낸 수수가 한 말은 실히 되었다. 알도 굵었다. 진정중은 수수이삭을 잘라내고 수숫대는 두어 발 일정한 크기로 잘라 정리했다. 고구마를 갈무리할 '통가리'를 만들겠다는 계획이었다.

"농사 이렇게 잘 되면 이사 가지 말고 여기 눌러 살걸 그랬어요." 진봉득이 아이 선아에게 젖을 물리면서 남편에게 하는 말이었다. 한대성은 고개를 좌우로 세차게 흔들었다.

"한번 마음이 뜨면 다시 주저앉지 못하는 법이여. 더구나 아군이 압록강까지 밀고 올라가는 판이니, 세상 뒤바뀌면 홍가네와 손톱만큼이라도 연이 닿은 집들은 한가하게 지내기 어려울 거구먼. 또 전세가 뒤바뀌면 홍가가 나타나서, 뻘건 완장 차고 대가리 흔들며 설치고 다니면서 엮어 넣기 시작하면 나 같은 사람 미끈하게 빠져나갈 방도가 없단 말이지. 알아듣겠소?" 한대성이 아내 진봉득을 향해 눈을 흘겼다.

"당신, 정말로 홍가네와 저시기한 일이라두 있는 거유?"

"저시기고 거시기고, 그 쪽에서 옭아채면 낚싯바늘 코에 안 걸리는 놈 없단 말이네." 사실이니 진실이니 하는 말은 허울 좋은 언사일 뿐이었다. 몽둥이로 조져대고 주먹으로 치는 데는 당해낼 장사가 없었다. 그들이 말하는 '사실'은 그렇게 만들어졌다.

거기다가 본인은 숨어 지내면서 뒤에서 그림자놀이를 즐겼다. 한대성은 홍가의 그런 술책은 지서에서 대강 눈치챘다. 홍가가 지서를 다녀간 낌새가 흘러나오는 날은 족치는 일이 뜸했다. 사복들은 술냄새를 풍기면서 손등으로 입가를 쓰윽 문질렀다. 그리곤 자기들끼리 말들을 까불렀다.

"그 어른 이다음에 한자리 할 거구만, 통이 엄청시리 크다니께."

"얼간이 같은 치들은 그 양반 국량을 모르고 제 잘난 줄만 알고 설치는 꼴이 꼴같잖어."

한대성은 맥락을 잡아 이해하기가 어려웠다. 행방을 입으로 불라고 들이치고 내치고 하면서, 홍대혁은 밤으로 그림자처럼 동네에 나타났다가 새벽 미명에 어디론가 사라지는 눈치였다. 그러나 지서 순경들을 만나는 일은 예외인 모양이었다. 읍내 요리집에서 그들을 '크게' 대접하는 모양이었다. 어떤 때는 밤으로 색시를 대준다는 이야기도 들렸다. 자기들 이야기로는 강 순경이라는 이가 유자라는 색시와 밤을 지내고는 '파이프'가 고장나서 줄줄 샌다고도 했다.

순경들이 몰래 만나는 게 꼭 홍대혁인지 아닌지는, 사실 확실하지 않았다. 그 사람 아니면 그렇게 통크게 쓸 인물이 인근에는 없다는 이야기를 곧이곧대로 믿는 데서 만들어지는 믿음이었다. 한대성은 홍대혁이 서에 다녀가는 날을 기다리게끔 되었다.

얻어먹은 음식 약발이 떨어질 무렵이면 다시 치도곤을 먹였다. 끊임없이 소문을 흘리고 그 소문이 어떤 약발을 나타내는가를 감시하는 방식으로 사람을 괴롭혔다.

"한 선생, 아니 이 한가야, 네 입으로 불어, 그게 네가 사는 길이야…"

그 생각만 하면 치가 떨리고 오금이 굳어붙었다. 한대성은 지서에서 당한 일들을 생각할 때마다, 지장골을 떠야 한다는 충동이 굴뚝같았다.

여름이 지나면서 들일이 좀 한가한 틈을 타 인근을 더터 다녔다. 그러다가 만난 게 제일의원 의사였다. 그는 언어가 분명했다. 침으로 고칠 병이 있고, 주사 놓아야 낫는 병이 있다는 것이었다. 단방약이 듣는 경우가 없는 바 아니지만, 양약을 써야 할 데는 양약 쓰고, 수술해야 살아날 병은 수술로 다스려야 한다는 것이었다. 당신 병은 원인을 아니 잘 처리해주겠다는 확신에 찬 태도에 믿음이 갔다.

외진 골짜기로 이사를 가면 전쟁의 그림자를 피할 수 있다는 것도 위안이었다. 한대성은 군과 경찰의 수사력과 정보 소통 방식을 아직 잘 몰랐다. 현실을 모르는 게 속이 편하기도 했다. 아는 게 병이고 모르는 게 약이라는 말이 헛되다는 것은 머지않아 정체를 드러냈다.

지장골에서는 살림이 부실하기 짝이 없었다. 이게 무슨 살림인가, 할 지경으로 허접했다. 방 두 칸에 부엌 하나에 들일 살림이 없기도 했다. 도적골로 이사를 하고서는 집안 구석구석이 횅하니 비어서, 살림 채워주기를 기다리고 있었다. 한대성은 읍내를 드나들며 가재도구를 부지런히 사

날랐다. 진봉득은 남편이 집안 살림 사들이는 게 겁이 날 지경이었다.

"살림 늘어나면 이사할 때 힘들어서 어쩌려구 자꾸 사들인대유?"

"다아 수가 있으니 걱정 놓구 애나 잘 기르셔, 당신은…."

"자기가 무신 용빼는 재주 있다구, 수가 있음네 흰소릴 한대유? 그 수 한번 내놔봐유."

"흰소리구 검은소리구 내가 알아서 할 테니 바깥일엔 신경 끄더라구."
아무리 바깥일이라지만 혹 남편이 외길로 빠지는 건 아닌가 걱정이 앞섰다.

도적골로 집을 옮긴 지 몇 달 되었지만 도무지 바깥소식을 물어다 주는 사람이 없었다. 사람 구경을 할 수가 없었다. 귀양살이가 이런 거구나 하는 생각이 들었다. 그런 생각을 하면 지장골이 그리워졌다. 고향 친구들 얼굴이 눈앞에 오갔다. 집을 잘못 들어가 남편이 몸을 못 쓰고 누워 지낸 적이 있기는 하지만, 그래도 자잘한 정을 주고받으며 지낸 시간이 연분홍빛 추억으로 살아나곤 했다.

그래도 위안이 되는 것은 아들 선재였다. 선재가 조잘대면서 이것저것 물어대는 통에 입을 다물고 침묵할 짬이 없었다. 진봉득은, 사람은 이야기로 살아간다는 생각을 했다. 선재를 사이에 두고 어머니와 이야기를 나누는 동안은 사는 재미가 골실곡실 돋아났다.

"엄마 엄마, 엄마 뱃속에 애기가 몇이나 들어 있어?" 진봉득은 답이 궁했다. 어머니 대술댁을 쳐다보았다.

"그건 삼신할미나 아는 일이란다." 딸의 눈치를 챈 대술댁이 대답했다.

"삼신할미는 어디 살아? 우리 집에 오라고 하자."

"삼신할미는 저어 만수산 꼭대기에 살아서 여기 못 온단다. 만수산은 세상에서 제일 높은 산이다. 거기는 신선들이 사는 곳이야. 삼신할미는 신선 한가지다. 세상은 지옥이 있고, 이승이 있다. 그리고 이승에서 잘 산 사람들이 가는 극락이라는 데가 있다. 우리가 사는 이 땅은 더 넓은 세상의 한 구석쟁이란다. 너도 크면 넓은 세상으로 나가야 한다. 알았지, 우리 착한 선재는 꼭 그렇게 될 거다." 진봉득은 어머니가 그런 이야기 하는 건 처음 들었다. 이야기는 아이가 만들어내는 셈이었다. 아이가 어른을 부추겨 어른 속에 들어 있던 이야기를 불러내는 건지도 몰랐다. 아무튼 아이는 어른들이 잊고 있던 이야기를 불러내어 시간이 메마르지 않게 했다. 선아가 말을 시작하면 여자애의 이야기가 집 안에 가득할 것 같았다. 선재는 진봉득의 목숨줄을 붙들고 있는 동아줄이나 다름이 없었다.

도적골로 이사를 와서 달라진 게 있다면, 아버지 진정중이 입이 트여 말수가 늘었다는 점이었다. 그것도 선재가 끊임없이 물어대는 질문에 대답을 하는 과정에서 얻은 소득이었다. 아이들은 어른들의 맺힌 가슴을 풀어준다. 가슴이 풀리면 이야기가 살아난다.

"봉득이 네가 선재 낳아서, 선재가 내 입을 터주었다." 진정중은 옆에 앉은 선재의 궁둥이를 투덕여주었다. 선재가 발딱 일어나 할아버지에게 다가갔다.

"할아버지 등어리 긁어줄까?"

"그렇지 않아도 등이 군시러웠는데, 네가 어찌 그리도 내 가려운 줄을 잘 아느냐. 네가 효자다."

"내 손이 효자손이잖아." 진정중의 주름 잡힌 얼굴이 훤하게 폈다. 진봉득은 저녁 준비를 하러 나가면서 쌀독을 들여다보았다. 쌀이 푹 들어가게 준 것이 속이 아렸다. 그러나 달리 생각하면 쌀이 푹푹 줄어야 식구들 기운이 훅훅 솟는 것이었다.

"할미가, 내 손은 약손이다, 그렇게 가르쳤더니 금방 배웠구나. 아이구 우리 보배 신통하기도 하지. 오늘은 할미와 자자. 내 재미있는 얘기 밤새 해주마." 대술댁이 선재를 끌어안고 볼을 부볐다. 진정중은 얼굴이 훤해져 손자 데리고 재롱 보는 아내를 흐뭇하게 쳐다봤다.

한대성이 읍내에 일을 보러 간 동안, 식구들은 그렇게 이야기를 하면서 시간을 보냈다. 선아가 잠에서 깨어 앙앙 울기 시작했다.

"애 젖 물려라…!"

진정중이 대청마루를 건너 건넌방으로 들어갔다. 대술댁은 우물가에 씻어서 엎어놓았던 요강을 찾아 들고 마루로 올라섰다.

"엄마, 나는 왜 젖 안 주었어? 선아만 젖 주고… 선아도 밥 먹으라고 해. 나도 젖 먹게…."

"네가 나이가 몇인데 젖 타령을 하냐, 미련퉁이 같은 녀석아!"

"엄마가 미련하니까 나도 미련하지."

웃을 수도 짜증을 낼 수도 없었다. 애들은 에미 애비 닮는 법이라고, 아이 귀에 틀어대던 어머니 대술댁이 야속하다는 생각이 들기도 했다.

"할머니 할머니, 저기 굴이 있어. 나랑 가봐. 호랑이 굴인가 봐."

"선재가 웬 야단이냐…! 여기는 호랑이 안 산단다. 호랭이는 더 깊은 산에 산단다."

"산은 높지 왜 깊어?" 대술댁은 손자가 이끄는 대로 손을 잡고 따라가면서, 얘가 머지않아 어른 머리꼭대기에 올라앉게 생겼다는 생각이 들었다. 머리가 굵어지면 어른들이 공부를 해야 따라간다던, 목천댁 이야기가 생각났다. 목천댁네 아들들은 징용 피한다고 삼척 탄광에 탄부로 갔다가, 형제가 갱도에 묻혀 한날 한시에 죽고 말았다.

"이게 무슨 굴이야?"

"방공호 아닌가 모르겠다."

"방공호가 뭐야?"

"공습이 있거나 할 때 들어가 피하는 동굴을 방공호라고 하는 거란다."

"공습은 뭐야?"

"공습은, 비행기가 폭탄 실어가지고 와서 터트려 사람 죽게 하는 거란다."

동굴은 북쪽 산언덕 밑에 있었다. 입구가 갈대를 엮은 거적으로 가려 있어서 그동안 눈에 잘 안 들어온 모양이었다. 거적을 들치고 안을 들여다보았다. 음습한 기운이 확 밀려나왔다. 굴 속에는 아무것도 눈에 띄지 않았다. 석비레 흙을 파내어 만든 굴이었다. 사람 한 키는 조금 넘는 높이였다. 길이가 어른 팔로 여나무 발은 되어 보였다. 석비레 뽀얀 벽에는 포르스름한 이끼가 군데군데 피어 있었다. 굴만 파놓고 쓴 흔적이 없었다. 바닥은 뽀송뽀송했다. 용도를 정확히 알기 어려웠다. 혹시 전에 살던 사람 집안에 적색분자가 있어서 밖에 나가지 못하고 숨어 산 것은 아닌가 그런 생각이 들기도 했다.

겨울 햇살

"죽은 사람 넣어두었던 굴인가 보다."

선재가 두 손을 모아 얼굴을 감쌌다.

"이건 무덤 아니다. 사람이 죽으면 땅을 파고 거기다 묻는단다." 대술댁은 가슴으로 쿵 하는 충격이 밀려들었다. 딸 봉득이 위로 아들 둘을 앞세웠다. 무덤을 제대로 만들어주지도 못한 채 공동묘지에 봉분도 없이 묻었다. 큰애는 호열자로 갔다. 열다섯이었다.

"우리 집은 산도 없는데 나 죽으면 어디다 묻어?" 머리맡을 지키고 앉아 있는 어머니 손을 잡고 그렇게 잔망스런 말을 했다. 산은 고사하고 자기 땅 한 자락 없이 살아온 인생이 서러웠다. 세상 모든 산이 우리 산이란다, 그렇게 얼버무리긴 했지만, 눈물이 저절로 볼을 적셨다.

작은애는 같은 나이에 급성 맹장염이었다. 수술도 못 하고 갔다. 배를 틀어쥐고 방바닥을 뒹굴다가 눈을 홉뜨고 숨이 멎는 순간, 남편 진정중은 돌아앉아 담배만 피웠다.

"담배가 자식보다 중한가베. 담배가 애 목숨 살려준다오?" 대술댁은 진정중의 담뱃대를 빼앗아 꺾어서 마당에 던져버렸다. 죽은 아이를 거적에 말아 지게에 지고 나가던 남편은 도로 지게를 바쳐놓았다. 대술댁이 마당에 동댕이쳐버린, 부러진 담뱃대를 집어들었다. 낫을 찾아 부러진 부분을 잘라내고 잠뱅이 굇말에 꽂았다. 대술댁은 담배쌈지를 집어 남편에게 넘겨주었다. 담배쌈지 위로 눈물이 방울졌다. 눈가가 알알해져왔다.

"여기다가 무랑 배추랑 넣어두면, 얼지 않아 봄까지 잘 먹겠다."

"친구 있으면 술래잡기 할 때 숨으면 좋겠다."

"그래라…."

"씨이, 근데 친구 없잖아!"

"씨이씨이 하면 못쓴다." 선재는 더는 씩씩대지 않고 수그러들었다. 걱정하던 대로 아이에게 친구 없는 게 문제였다. 사위에게 애 데리고 마실이라도 자주 가라고 일러야 하겠다 싶었다. 그나마 할아버지 진정중이 말벗을 해주니 다행이었다. 애들한테는 애들 친구가 필요한 것이지 늙은이들이 데리고 이야기를 한다고 그게 친구를 대신할 수 없는 노릇이었다. 사람을 피해 산골로 들어오긴 했지만, 막상 들어와보니 사람이 그립고 아쉬웠다. 아퀴가 맞지 않는 맘자리였다.

그날따라 사위 한대성은 집에 돌아오는 시간이 지체되었다. 밤길 삼십 리를 걸어오는 게 녹록치 않을 터였다. 더구나 짐승들이 나타나 사람을 해코지한다는 소문도 들렸다. 식구들이 불안해서 잠을 못 이루었다.

선재는 아버지 올 때까지 기다리겠다면서 할머니에게 이야기를 해달라고 졸랐다. 같이 자면 재미있는 이야기 많이 해주겠다고 했지만, 정작 할 이야기가 별로 없었다. 그렇다고 이제까지 살아온 이야기를 하기는 아이가 제대로 알아들을까 싶지 않았다. 아이들은 생활을 모른다.

"할머니, 호랭이 얘기 해줘…!"

"밤에 호랭이 얘기 하면 증말 호랭이 온단다, 어흐응 소리치면서 너 잡아먹자, 달려든단다."

"산이 깊지 않아 호랭이 안 산다면서…?"

"아까 본 방공호에 말이다, 거기 호랭이 오면, 그때 내 호랭이 얘기 해주마."

"지금 해줘…."

"그래, 옛날 옛적 간날 갓적, 호랭이 담배 먹던 시절에, 만수산 꼭대기에 호랭이와 곰이 살았단다. 이 짐승들이 인간이 기루어서, 인간이 되고 싶어서, 하느님 전에 빌었단다. 불쌍한 우리를 인간으로 태어나게 해주세요. 이렇게 손을 싹싹 비비면서 열심히 빌었단다."

"짐승이 빌면 사람이 된대?"

"그런 시절도 있었단다."

"나는 하느님한테 빌면 뭐가 돼?"

"착한 사람이 되지." 선재는 물음을 그치지 않았다. 뭐가 착한 사람인가, 무슨 복을 받는가, 복을 받으면 어디 두는가, 복을 누가 훔쳐가면 어떻게 하나, 외딴집에 살면 복이 어떻게 찾아오는가… 대술댁으로서는 선재의 질문에 하나하나 대답할 자신이 없었다. 잠이 쏟아져왔다. 할머니가 조는 사이 선재는 엄마한테로 쪼르라니 달아났다. 동생 선아가 울고 있었다. 진봉득이 아이 안고 젖을 먹이다가 조는 바람에 아이가 방바닥으로 굴렀기 때문이었다.

한대성이 제일의원에 드나들며 주사를 맞은 것은 벌써 다섯 차례나 되었다. 함인덕 원장은 진료비를 안 받았다. 언제든지 불 안 들이는 아궁이를 손봐주면 그걸로 진료비 대신한다는 것이었다. 고맙기 이를 데 없었다. 사실, 첫날은 진료비를 챙겼지만 다음부터는 빈손이었다.

"원장님 덕분에 제가 몸 추스르면서 돌아다닙니다. 고맙습니다."

"이제는 고맙단 얘기 그만하시오. 소문만 내지 말아주오."

"좋은 일은 널리 알려야 하지요."

"아하 이 양반, 고지식하기는… 나도 밥은 먹어야 하지 않겠소?" 한대성은 주춤 뒤로 물러섰다. 의사가 '직업'이라는 생각을 잠시 잊고 있었다.

"아궁이 언제 고쳐드리면 좋을까유?"

"그건 마누라한테 물어봐야 할 일인데… 간호원이 좀 다녀오지."

병원을 나갔던 간호원이 원장 부인을 대동하고 돌아왔다. 간호원이 사모님이라고 부르는 원장 부인은 어딘지 낯이 익었다. 그러나 딱 짚이는 데가 없었다. 한대성이 흘금흘금 원장 부인 얼굴을 살피고 있는데, 보자기를 풀어 마호병을 탁자에 올렸다.

"어른들이야 일하느라고 적적한 거 모르겠지만, 애기는 심심해서 워쩐대유?"

"할머니 할아버지 있어서, 어른들이 말벗해주니께 잘 놀아유."

"애들은 애들끼리 어울려 놀면서 커야 하는 건디…." 자기 집안 걱정해주는 게 고맙기도 하고, 한편으로는 자기를 책망하는 것처럼 들리기도 했다. 결국 외딴집 생활은 아이 키우는 데 커다란 제약이었다.

"그 집 애기 우리 유치원에 보내는 방법 읎을까유?" 한대성으로서는 낯설기 짝이 없는 제안이었다. 학교 보낼 나이가 되면 도적골 벗어나겠다는 작정은 하고 있었다. 그러나 아이를 유치원에 보낸다는 건, 아득히 먼 남의 나라 이야기처럼 들렸다. 그리고 현실적으로, 유치원에 넣기는 여유가 없고, 거리가 너무 멀었다.

"아침 일 나가면서 애기 데리고 와서 유치원에서 시간 보내게 하고, 저녁에 데리고 들어가면 어쩌겠어유?"

겨울 햇살 107

"읍내에 일이 노상 있는 것도 아니고, 읍내 일 없는 날은 논밭 가꿔야 하고… 간단치 않은 문제네유."

"아예, 우리 집에다가 애를 맽기면 안 되겠어유?" 한대성은 흠칫 놀라 한 발 뒤로 물러섰다. 애를 남의 집에 맡긴다는 게 뭔지, 그 의중을 얼른 납득할 수가 없었다.

한대성은 앞에 따라놓은 식혜가 식는 줄도 모르고 이리저리 집안 형편을 짚어보고 있었다. 그때 밖에 차를 대는 소리가 부르릉거리며 들려왔다.

"오라버니가 연락도 없이 웬일이래유…?" 한대성은 눈에 익은 그 얼굴이, 자기 이사할 때 차를 대주었던 신목양 목사의 얼굴이었다는 걸 알고는, 세상 좁다는 생각이 들었다.

"아이구, 목사님… 인사도 못 치르고 이렇게 밍기적그리면서 날만 가네유. 죄송해유."

"죄송하긴… 할 수 있는 일 조금 한 것뿐인걸… 좌우간 우리 방고래가 내려앉아, 손이 필요한데 같이 갈 수 있을라나…." 한대성은 창밖을 내다보았다. 짧은 겨울 해가 제법 기울어 있었다. 머지않아 저녁노을이 곱게 물들 터였다. *

눈 오는 날에

겨울이 깊어가고 있었다. 몇 차례 눈이 내렸다.

지난 밤에는 밤새도록 함박눈이 쏟아져 쌓였다. 눈이 갠 아침은 그야말로 새로운 세계를 펼쳐주었다. 하늘은 깨어질 것처럼 파랗게 개어 올라갔다. 눈을 무겁게 둘러쓴 소나무 가지가 축축 늘어져 그림 속에 들어와 있는 느낌을 자아냈다. 햇살이 벌면서 눈은 물기를 머금어 나뭇가지에서 툭툭 떨어져내렸다.

"이런 날은 토끼가 골짜기로 내리 치달려 처박히는 법이라…." 진정중은 사위 얼굴을 쳐다보며 혼잣말처럼 중얼거렸다.

"같이 나가보실까요?"

"그러세, 광에 괭이자루 쓸라고 잘라놓은 물푸레나무가 있네. 가지고 나오게."

눈 속을 헤집고 다닐 만한 신발이 마땅치 않았다. 진정중이 안으로 들어갔다. 언제 장만해둔 것인지 기름종이를 들고 나왔다.

"이걸로 감발을 하고 신을 신도록 하게." 한대성은 장인의 속 깊은 준비성에 혀를 찼다.

둘이는 집 뒷산으로 올라갔다. 겨울에 땔나무를 하느라고 오르내린

길이 눈 덮인 위로 흔적을 드러내주었다. 그 길을 따라 산을 중간쯤 올라갔을 때였다.

"아무래도 동작은 자네가 빠를 것이지 않나. 하니 저쪽 왼편으로 돌아 골짜기에서 기다리게. 그러면 내가 저 능선으로 올라가 토끼를 아래로 내리 몰도록 허지." 한대성은 잠시 멈칫하다가 알았다 하고는 진정중과 방향을 달리해 산비알을 내려갔다. 생각해보니 아직 회복되지 못한 몸을 배려해주는 게 틀림없었다. 산능선을 향해 올라가는 길이 한결 힘들 거라고 누구라도 짐작해 알 수 있는 일이었다.

눈은 무릎까지 빠졌다. 바람에 눈이 몰려 쌓인 골짜기는 허벅지까지 빠질 정도였다. 한쪽 다리가 눈에 빠지면서 몸이 휘뚱 눈 속으로 굴렀다. 찌릿한 통증이 등골을 훑고 지나갔다. 서에서 맞아 어그러진 허리는 아직도 깔끔하게 낫지를 않았다.

눈 속에 무언가 발에 툭 걸리는 게 있었다. 한대성은 발로 눈을 옆으로 밀어붙였다. 누리끼리한 옷자락이 드러났다. 한대성은 다리가 풀려 그 옆에 주저앉았다. 인민군 병사의 시체였다. 비애감과 분노가 함께 일어났다. 후퇴하는 길에 길을 잃었거나 대오를 벗어나 도적골로 내려오다가 주저앉았는지도 모를 일이었다. 아무튼 젊은 청춘 하나가 이 골짜기에 몸을 묻었다. 한대성은 눈이 녹으면 올라와 묻어주겠다는 다짐을 두었다. 눈의 무게를 이기지 못하고 꺾여 내린 솔가지를 주워다가 어리막을 만들어주었다. 장인에게는 이야기하지 않기로 했다. 다른 이야기 하다가 산골짜기에 인민군 시체가 있다고 털어놓으면, 다른 식구들이 몸을 오소소 떨 게 분명했기 때문이었다. 혹 인민군과 내통했다는 이야기를 지어내는 인간이 있을지도 모른다는 위구감이 들기도 했다. 너 같은 놈 어느 골짜기에 처박으면 귀신도 몰라, 그러니 순순히 불어. 한대성은 어금니를 깨물었다. 뽀드득 소리가 났다.

"한 서방, 토끼 내려가네. 왼편 골짜기네." 장인 진정중이 외치는 통에 소나무에 얹혔던 눈이 와르르 무너져내렸다.

골짜기로 쫓겨 내려오던 토끼는 한 쌍이었다. 눈 속을 굴러 내려오다가 형제바위 밑으로 굴러 들어갔다. 형제가 나란히 서서 멀리 산능선을 바라보는 형상의 바위였다. 전에 언제던가 제일의원에 갔다가 함인덕 원장에게 들은 얘기였다. 말이 도적골이라 그렇기는 하지만 골짜기 뒤에 형제바위가 지키고 있어서, 그 골짜기를 잘 지킬 만한 기가 있는 사람에게는 도화원이나 마찬가지라고 했다. 형제바위 맞은편 산능선은 다섯 봉우리가 줄지어 늘어서서 '일월오봉도' 자락을 펼친 모양이었다.

그날 진정중과 한대성은 토끼 두 마리를 잡았다. 애들 보는 데서 토끼 목을 비틀고 껍질 벗기는 모양은 보이지 말자면서, 암샘[岩泉] 물줄기 아래에서 토끼 두 마리를 잡아 깔끔하게 손질했다. 그만하면 식구들이 포식을 할 수 있다면서, 진정중은 산이 어수룩하다고 흐뭇한 웃음을 띠워올렸다. '어수룩하다'는 건 사람이 먹고살 걸 넉넉하게 내준다는 뜻이었다. 지장골에서 고구마를 캐면서도 그 말을 거푸 했다.

"땅이 어수룩하긴 어수룩허지."

"땅이야 그렇지만, 당신은 사람이 어수룩해서 노상 내 속을 긁잖유."

진정중은 어수룩하다는 이야기를 자주 들었다. 그러면 진정중은 아무 대꾸 않고 입가에 웃음만 베물었다. 대술댁은 그런 남편을 두고 '먹던 떡'

이라고 극박았다. 하기는 약삭빠르지 않으면 목숨 부지하기 어려운 세월이었다. 넘어야 할 장애물을 비켜서 멀리 외돌면서 어수룩하니 살아온 셈이었다.

선재는 아버지가 토끼 고기 들고 들어오는 걸 보고, 눈살을 찌푸렸다.

"오늘은 우리 선재 입이 호사하겠다."

"왜 토끼 두 마리를 다 잡아왔어?" 한대성은 선재를 쳐다보면서, 어떤 말이 이어질지 조마조마하니 기다렸다. 애가 어른들하고는 생각하는 게 영 달랐다. 엉뚱한 생각이 귀엽기도 하고 어떤 때는 걱정이 되기도 했다.

"토끼네 애기들 얼어죽겠다." 엄마 아빠가 품어주지 않으면 애기들은 눈 속에서 얼어죽을지도 모른다면서 울먹거렸다.

"털짐승은 아무리 추워도 얼어죽지 않는단다." 대술댁이 선재 머리를 쓰다듬었다.

"쌩이야. 호랑이도 얼어죽는대." 선재가 입을 비쭉 내밀었다.

"그런 소리 어디서 들었냐?"

"지장골 대식이가 그랬단 말야. 얼어죽을까 봐 대장간 불무질하는 데 와서 불 쬐다가, 대장간집 애들 잡아먹는대. 그래서 애들은 대장간에 가면 안 된대." 희한한 소리였다.

대술댁이 선재를 이끌고 안으로 들어갔다.

"토끼 잡아오니께, 제일의원 함 원장님 생각이 나누먼유." 한대성이 장인 진정중을 쳐다보면서 말했다.

"그러네. 전에 진찰비 안 받았다고 했지?" 그런 이야길 언제 했는가 싶었다.

"나무는 큰 나무 덕 못 봐두, 사람은 큰사람 덕 본다데." 한대성은 장인이 자기 의견을 순순히 들어주는 게 고마웠다.

한대성은 헛간에 들어가 볏짚을 한 뭇 꺼내들고 나왔다. 시간 나는 대로 새끼를 꼬아 가마집에 넘길 셈으로 구해다 놓은 볏짚이었다. 볏짚에 붙은 검북데기를 손갈퀴를 해서 긁어냈다. 손질한 토끼를 볏짚 위에 놓고 세 매듭을 지어 깔끔하게 묶었다. 한대성은 오봉산 쪽을 바라보았다. 해가 산봉을 조금 비껴 서쪽으로 기울었다. 제일의원에 토끼고기 전하고 돌아오자면 길을 서둘러야 했다.

한대성이 옷을 갈아입는 걸 보고, 선재가 눈을 반짝이면서 어디 가느냐고 물었다.

"저어기 읍내 다녀올 데가 있다."

"나도 갈래. 유치원 보러 갈래." 아이 듣는 데서 유치원 이야기는 하지 않았는데, 갑자기 유치원이라니. 제 에미가 벌써 이야기를 해놓은 건가. 그저 눈치만으로 하는 이야기는 아니지 싶었다.

"너는 집에 있어. 고기 익으면 엄마랑 같이 먹고 있어라."

"싫어. 나도 갈래." 애가 고집을 부리기 시작했다. 애 뜻을 안 들어주면 땅바닥에 주저앉아 발을 구르면서 울어재낄 판이었다.

"눈길에 어딜 간다고 그러냐. 어른들도 힘든 길이야." 진봉득이 선재를 달랬다. 혼자 놓아둔 선아가 따그르르 울어대기 시작했다.

"힘들다고 업어달라면 안 된다, 너어."

"그러면, 호랭이가 잡아간다고 할 거지…?" 우리 산에는 호랑이가 없으니 안심하라고 했던 적이 있었다. 그리고 그건 사실이었다. 그런데 말은 달리 나왔다. 말 안 들으면, 동생한테 주먹질하면, 할머니한테 졸라대면… 그럴 때마다 호랭이가 동원되었다.

눈길을 혼자 타달거리며 걷는 것보다는 아이가 있어서 한결 나았다. 선재가 조잘거리며 앞질러 가는 게 신통하기도 하고, 믿음이 가기도 했다.

"우리 집에 도적이 언제 와?" 선재가 물었다.

"도적골이라고 할 때 도적은 도둑이 아니란다. 너는 아직 모를 건데, 도를 쌓는 산골이라는 뜻이야."

"돌을 쌓는다고? 그럼 탑이 되겠네."

한대성은 속으로 기겁을 할 뻔했다. 그러나 길 도(道), 쌓을 적(積), 골 곡(谷)의 골, 그런 말의 조합을 설명할 길이 없었다. 도를 쌓는다는 건 도를 닦는다는 말과 같은 뜻일 터였다. 산자수명한 속에서 도를 향해 정진하기 좋은 그런 골짜기가 도적골이었다. 도를 닦는 일은 탑을 짓는 일이기도 했다. 절에 탑을 세우는 일은 도를 닦는 정진의 한 형태이다.

"아버지, 저기 소나무 장군 같다, 그치?" 선재가 소나무가 선 산모롱이를 가리키면서 말했다. 사람들은 그 산모롱이를 '신선날'이라고 했다. 신선날이 신선이 배를 타고 도적골로 드나드는 나루라고 설명해준 것은 제일의원 함인덕 원장이었다.

"그게 장군이 아니라 신선인 것 같다."

"치이, 아빠가 신선 봤어?"

"신선은 저런 소나무 아래서, 바둑판에다가 바둑돌을 턱턱 두면서 논단다." 선재는 아무 대답을 하지 않았다.

"아버지 내 발 다 젖었어, 발 시러워…." 선재는 얼굴이 발갛게 얼어 보였다.

"거봐라, 눈 속을 쑤시고 다니니까 그렇지. 사내자식은 추워도 춥다고 안 하는 거야."

"치이, 난 사내자식 아니야. 엄마 자식이야." 한대성은 허허 웃었다. 틀린 말은 아니었다. 그러나 설명이 안 되었다. 파랗게 개어 올라갔던 하늘에 구름이 끼기 시작했다. 발걸음을 서둘러야 했다. 그래야 날 저물기 전에 도적골로 돌아갈 수 있겠다 싶었다.

"아니, 이 눈 속을 뚫고 여기까지… 우선 앉아요."

"원장님, 늘 고맙게 생각하고 있습니다."

"그런데 이건 뭐요?"

볏짚 꾸러미 밖으로 피가 내밴 모양이 보기 흉했다. 기름종이를 쓰든지 해서 좀 잘 꾸릴 걸 잘못했다는 생각이 들었다. 한대성은 토끼 잡은 이야기를 간단간단 털어놓았다. 함 원장은 고개를 연신 끄덕이면서, 고맙다는 이야기를 거푸 했다.

"얘가, 이름이 뭐라고 했던가, 친구 있어야 한다던 그 아들?" 함 원장이 선재의 머리를 쓰다듬었다.

"너 이름이 뭐냐?"

"선재, 한선재입니다."

"대답이 아주 씩씩하구나. 그래야지. 사내녀석이… 그런데 너 이름 쓸

줄 아나?" 선재는 대답 대신 아버지 눈치만 살폈다. 한대성이 아직은, 못 쓴다고 하려는데 선재가 나섰다.

"이름, 어디다 쓸까요? 이름이 쓸까 달까?" 함 원장이 선재를 쳐다보며 놀라운 얼굴을 했다. 간호사를 불러 종이와 연필을 내다주라고 했다.

"자, 여기요." 선재가 자기 이름을 써서 함인덕 원장에게 내밀었다.

"될성부른 나무 떡잎부터 알아본다는데, 아이가 싹이 싱싱하니 누굴 닮았을까?" 함 원장은 부전자전이란 이야기는 하지 않았다. 한대성이 나서서 자기 닮았다고 하기는 열적었다.

함 원장은 아버지, 어머니, 할머니, 할아버지 이름을 써보라고 선재에게 주문했다. 선재는 한대성, 진봉득, 진정중… 그렇게 써 나가다가, 뭔가 막히는 모양으로 연필을 들고 눈을 반짝이며 생각을 굴리고 있었다.

"그래 잘 썼다. 그런데 왜 아버지하고 할아버지 성이 다를까? 할아버지가 선재 아버지 어디서 주워온 모양이네." 함 원장이 빙글빙글 웃으면서 한대성과 선재를 번갈아 쳐다봤다. 한대성은 잠시 충그리고 있었다. 처가살이한다는 이야기 실토하기가 맘에 켕겼다.

"선재 외조부 함자가 진 자, 정 자, 중 자 그렇게 되십니다."

"아, 알겠소. 그런데, 이름 쓰는 걸 어디서 배웠나, 아이가 똘똘합니다." 함 원장이 진료의자 옆에 놓인 함에서 알사탕을 꺼내 선재의 손에 쥐여주었다. 병원에 와서 주사 맞고 울어대는 아이들 달래는 용도였다. 이름 쓰는 것은 어미한테 배운 모양이었다.

간호원의 연락을 받은 함 원장 부인이 진찰실로 들어왔다.

"눈이 펑펑 퍼붓네요. 겨울에 눈 많이 오면 내년에 풍년 든다는데. 한

씨가 눈을 몰고 온 모양이네요." 한대성이 의자에서 일어나 창밖을 내다봤다. 장막처럼 잔뜩 가라앉은 하늘에서 눈이 쏟아져내렸다. 벽에 걸린 시계를 쳐다봤다. 4시 반을 가리키고 있었다. 겨울이라, 금방 어둠이 내릴 참이었다.

"도적골에서, 토끼를 잡았다고 이걸 들고 왔어요. 당신이 어떻게 좀 해보시오."

"이 귀한 걸, 그냥 댁에서 해 드시지 않고."

"마침 두 마릴 잡았길래, 노상 신세만 지고… 해서… 인사드렸으니 가봐야겠습니다." 한대성이 서둘렀다.

"날이 이렇게 험한데 길 나섰다가 큰일납니다. 우리 집 방 여럿이니까, 걱정 놓고 자고 가도 돼요." 아이 유치원 이야기도 하자고 덧붙였다. 유치원 이야기가 나오자 선재가 눈을 반짝였다. 자기 이야기라서 호기심이 발동하는 모양이었다.

집안 식구들이 걱정할 것이 마음이 쓰였다. 그러나 어디 어떤 목적으로 간 것인지를 알기 때문에, 그다지 큰 걱정은 하지 않을 듯했다. 가족들이 걱정을 한다고 해도 어떻게 해볼 도리가 없는 형편이었다. 한대성은 제일의원에서 하루 자기로 마음을 먹었다.

토끼를 고추장볶음을 해서 내놓은 요리는 입맛을 돋우었다. 안주가 생겼으니 술도 한잔 하자면서, 어떻게 구해놓은 것인지 호주(胡酒)도 몇 잔씩 했다. 그 호주는, 청진에서 일을 다닐 때, 먹어본 적이 있었다. 목으로 화끈하게 넘어가는 느낌도 기억에 남았다. 서럽게 지낸 시절이었다.

"애기가 친구 없어서 심심하겠어요."

눈 오는 날에

"할머니랑 엄마가 있어서 그나마 다행이지유."

"동생이 있어서 시샘할 텐데… 더구나 동생이 여자애잖우." 그동안 한대성이 본 걸로는 시샘을 하는 게 틀림없었다. 그럴수록 아버지가 잘 해야 한다는 이야기도 달았다, 그러나 아버지로서 할 수 있는 일이라는 게 막연했다.

"사실, 애비는 애들한테 할 수 있는 게 없더구먼유."

"그래요. 아버지들도 애 키우는 거 무관심하면 안 되지요. 아버지들도 육아 공부해야 합니다." 한대성은 아무 대답을 하지 않았다. 애 키우는 일을 아버지 몫이라는 생각은 해본 적이 없었다. 돌아보면 무책임했던 게 사실이었다. 그러나 애들 커가는데 꼭 먹이고 씻기고, 옷 만들어 입히는 것이 애 키우는 데 필요한 모든 것은 아니었다. 애들과 함께 돌아다니며 놀아주는 것부터 같이 일을 하는 것까지 교육 아닌 게 없었다. 심지어 오줌을 눈 다음 고추에 묻은 오줌방울을 어떻게 털어내는가 하는 것도 아버지가 가르쳐주어야 하는, 아버지의 몫이었다.

"먹고사는 게 그렇다 보니…."

"충분히 이해가 갑니다. 그러니 애를 우리 유치원에 보내세요."

"글쎄요, 우리 형편에…."

"아니, 그 집 형편이 어떻다고 그러우. 아시겠지만 지금은 전쟁통이 아니우?" 나라는 전쟁에 빠져 있는데, 애를 끌어안고 있다고 해서 애가 제대로 클 것인가 보증할 수 없다는 이야기는 한대성으로서는 제대로 알아듣기 힘들었다.

"유치원에 애를 넣으려면, 지가 얼마를 부담해야 하나유?"

"아, 당장 돈 내라는 게 아니라니까 그러시네."

"그럼 무슨 방법이…?"

"아니구, 그런 걱정 놓으셔…." 애가 먹으면 얼마나 먹고, 쓰면 얼마를 쓴다고, 그런 소소한 일에 마음을 태우는가, 핀잔에 가까운 말을 이어갔다. 결론은 사실 간단한 것이었다. 믿고 아이를 맡기고, 필요한 때에 집 손질할 일이나 해주면 된다는 제안이었다. 아이를 전적으로 '제일유치원'에 맡길 것인가는 금방 답을 하기 곤란한 과제였다.

"엄청 쏟아지네. 이렇게 눈이 많이 오면 산짐승도 길을 잃고 골짜기에 처박히기도 하지. 후퇴하는 우리 군인들 걱정이네." 함인덕 원장이 혼잣말처럼 말하고는 쩍 하고 입맛을 다셨다.

한대성의 가슴으로 쿵 하는 충격이 지나갔다. 아침나절 도적골 골짜기에서 보았던 인민군 병사의 시체. 차마 얼굴을 확인하지는 못했다. 그게 어떤 부류의 어떤 인간인지는 관계없이 죽은 자의 얼굴을 정면으로 대하기는 난처한 일이다. 이미 다른 세계에 속하는 인간의 얼굴이기 때문이다. 그 얼굴이 살아 있는 것처럼 보이면 보일수록 더 끔찍한 상상을 불러온다. 인민군 병사에게도 아이가 있었을까, 그 아이 때문에 대열에서 이탈한 것은 아니었을까, 아니면 고향에 두고 온 부모가 그리워 대오 옆으로 벗어난 걸까, 애인이 있어서… 한대성의 연상은 줄기가 통제를 벗어나 얼크러졌다.

"유치원은 말이지요, 앞으로 성황을 이룰 겁니다. 왜냐면 전쟁에 나가 희생되는 이들의 아이들을 엄마 혼자 힘으로 키우는 건 거의 불가능해요. 천상 유치원을 이용할 겁니다. 그러면 자연스럽게 유치원이 고아원을 겸해야 할 거구요." 그러면 유치원에 전속으로 들어와 일을 해줄 수도 있다는 이야기였다. 결국 아이를 유치원에 맡기면 자신은 용코없이 얽혀 들어갈 수밖에 없는 처지가 될 터였다.

"마침 오늘 집사 아저씨가 제사가 있다고 해서 방이 비었습니다. 거기서 아들하고 부자간에 오순도순 하룻밤 잘 지내봐요. 방바닥은 뜨끈뜨끈하게 불을 때놨어요." 고맙고 한편으로 염치없는 일이었다.

"나무는 여름에 키가 자라고 겨울에 딴딴하게 영근단다." 함인덕 원장이 선재의 등을 투덕여주었다.

밖에서는 여전히 눈이 푹푹 내려 쌓였다. *

별이 내리는 언덕

도적골에 들어온 뒤로 한대성은 오히려 바깥출입이 잦았다. 한대성을 찾는 이들이 늘어났다. 그는 여기저기 불려다니면서 일을 하는 사이 토수로 불리는 미장공에서 '기사'로 승격했다. 부뚜막 고치고, 굴 안 들이는 고래 뜯어서 다시 놓고, 굴뚝 손질해주는 그런 일에서 멀리 벗어나기 시작했다. 머지않아 '대목'으로 나설 기미까지 보였다.

읍내에서 헛간을 여러 채 세웠다. 전쟁통이라 헛간 손질할 생각 못 하고 그냥 지냈다. 잿간 개축하는 일도 이틀이면 뚝딱 해치웠다. 목수 따로, 토수 따로, 데모도(てもと)라는 막일꾼 따로 쓰지 않아도, 잡부 하나 붙여주면 한대성 혼자 일을 시원시원 해나갔다.

전쟁에 나갔다가 몸이 상해 돌아온 이들을 조수로 썼다. 읍내 목수를 형님으로 모시면서 손재간을 익혔다, 함께 일하는 이들 품삯을 남들보다 한결 높이 쳐주었다. 지붕 이엉 엮어 올리는 일은 동네 중늙은이들 손을 빌려야 했다. 특히 '용구새' 짜는 일은 아무한테나 맡길 수 없었다. 나머지는 모두 한대성이 훤칠하게 처결했다. 일을 시키는 편에서는 품을 줄일 수 있었고, 일꾼이 적어 참을 해대는 데도 힘이 덜 들었다. 한대성의 성가가 높아지기 시작했다.

돈이 조금 쥐어지자, 한대성은 읍내에 거처를 마련하기로 했다. 피난 갔다가 돌아오지 않는 집 헛간이 비어 있었다. 그 집안 인척 되는 이에게 그 헛간을 하나 빌려 손질해서 임시 거처로 삼았다. 생활이 틀 잡히면 읍내에다가 건재상회를 하나 열 계획도 세웠다. 그러나 아직은 '기사' 소리 들어도 일꾼일 뿐이었다. 한대성을 도와 일하는 이들도 계산 끝나면 남으로 돌아섰다. 자기 일을 해야 일에 정이 붙기도 하고, 돈도 모인다는 걸 차츰 깨달아갔다.

아들 선재가 공부하는 제일유치원에는 보름에 한번 꼴로 날짜를 정해 들르곤 했다. 선재는 만날 때마다 몰라보게 자라나 있었다. 밤낮으로 크는 애들이었다. 원장 말로는 아이가 장마철 외 자라듯 한다며 옆에 나와 있는 아이의 머리를 쓰다듬었다. 유치원에 들어올 때는 까까머리를 하고 있었는데, 목 위로 머리를 쳐올려 상고머리를 한 모양이 아이를 한결 숙성해 보이게 했다. 전보다 목이 길게 팬 것 같기도 했다.

한대성이 제일유치원에 들렀을 때였다. 유치원 원장 황정숙 여사가 집무실에서 쫓아나와 인사를 하고는 아이 칭찬에 침이 마를 지경이었다.

"아이가 얼마나 총명하고 깍듯한지… 글씨 잘 쓰고, 노래 잘하고, 셈본도 잘하는 데다가 어른들한테 인사는 얼마나 사근사근 잘 하는지… 이 아이 잘 가르치면 이다음에 크게 쓰일 인물이 될 겁니다."

아이가 크게 쓰일 인물이 될 거라는 이야기는 마음에 걸리는 구석이 있었다. 물론 하느님의 일꾼으로 크게 쓰일 거라는 뜻으로 들을 만했다. 한대성은 아직 '하나님'보다는 하느님이 입에 익었다.

한대성이 청진에서 그의 형과 일을 나갔을 때였다. 청나교회 기도실 방바닥이 무너졌다고 손을 보아달라는 것이었다. 남쪽 벽 밑으로 방고래 한쪽이 대여섯 자는 되게, 벽과 나란히 내려앉았다. 한대성은 자리를 걷어 말아서 문밖에 내놓고는 구들장 위 흙을 긁어냈다. 그러고는 구들장을 들어 한옆으로 치웠다. 그런데 구들장을 들어내자 그 옆으로 돌로 된 석관 비슷한 게 모양을 보이기 시작했다. 한대성은 흙을 걷어내던 삽으로 그 석관을 두드려보았다. 안이 비었는지 '떵떵떵' 공명음이 울렸다. 한대성이 고개를 갸웃거리고 있을 때였다.

"아니, 한대성 씨, 그건 건드리면 아니 됩니다."

전신명 목사가 놀라서 한대성에게 다가서서 삽자루를 잡아챘다. 한대성은 어리뻥해져서 전 목사를 쳐다봤다. 미리 단속을 해두든지 아예 일을 시키지 말든지 할 것이지….

"잠시 쉬셔." 전 목사가 한대성을 붙들고 방을 나왔다. 댓돌 위에 나란히 앉은 전 목사가 초근초근 이야기를 내놓았다.

"그게 말하자면 성인의 무덤인 게요." 방구들 아래 성인의 무덤이 있다는 소리는 처음 듣는 터였다.

"방고래에 무덤을? 사람 죽으면 산으로 가야지, 어디 방고래 그을음투성이 안에 모셔둔대유?"

"나라마다 죽음을 다스리는 풍속이 다르답니다." 전 목사는 이야기를 이어갔다. "서양에서 성인들은 교회 지하실에 있는 무덤에다가 모시고, 교회 지하묘지가 설치되어 있지 않으면 교회당 건물 뜰에다가 무덤을 앉힙니다. 무덤가에는 떡갈나무를 심어 돌아가신 분을 기념하기도 한답니다. 우리나라에서는 소나무가 제일이지만, 서양에서는 오크라 해서 떡갈

나무를 매우 중히 여깁니다. 목사님이 부임해 오면 그 기념으로 떡갈나무를 심어요. 그리고 목사님이 시무를 마치고 퇴임할 때, 떡갈나무를 베어 의자를 만들어 가지고 노쇠한 몸을 쉬면서 하나님의 역사하심에 대해 명상을 하며 지내시게 합니다. 후우, 우리는 풍속이 달라, 나는 죽으면 아마 산으로 갈 겁니다."

"저어기 방고래에 묻혀 있는 분이 성인이란 말씀인가요?"

전 목사는 우렁우렁한 목소리로, 껄껄껄 호탕하게 웃었다. 한대성이 말귀가 밝다는 느낌이었다.

"이야기가, 설명이 필요할 거 같아요." 전 목사 부인, 사모님이 타 가지고 온 주스를 마시면서, 전 목사는 이야기를 계속했다. 어느 겨울밤이었어요. 하루 마무리하는 감사기도를 올리고 잠자리에 들려고 할 때였는데, 밖에서 누가 무슨 짐승이 숨 넘어가는 소리를 내는 거예요. 할할 숨을 몰아쉬는 소리가 들리다가는 이어서, 쿨럭쿨럭 기침을 하고… 그러다가 잠시 할할 하다가는 기도를 하는 거예요. 하나님 저의 쓰임이 끝날 때까지만 저를 살려주세요. 저는 저의 죄가 하나님의 뜻이라는 걸 증명해야 합니다. …그래서 그를 교회 안으로 불러들였어요. 밖이 춥고 바람이 사나워서 코가 발갛게 얼어 있더라구요. 사지를 벌벌 떠는 모양이 밖에 두었다가는 얼어죽게 생겼더란 말이지요.

"저녁은 먹었습니까?"

"밥이라곤 사흘 전에 한 그릇 먹었습니다."

"저런…." 찬밥 덩어리를 국에 말아 먹고는 이야기를 하지 못하고, 고개 떨구고 졸다가 그 자리에 쓰러져 잠이 들었습니다. 그러고는 몸을 가

누지 못해서 이불을 덮어주었는데, 사흘을 내리 잤습니다. 중간에 한 번 일어나서 오줌을 누고는 다시 잠에 빠져 들어갔습니다. 죄라는 게 뭔지 궁금해서 수소문을 하는 중에, 이런 걸 알게 되었습니다. 신의주에서 교회에 불을 지른 '주의자'를 어떤 신도가 칼로 찔러 죽이고 도주했다는 기사를 보았습니다. 그 살인범이 잡혔는지 여부는 아무 데서도 찾을 수 없었습니다.

"살인자를 하나님이 용서하리라고 보세요?"

"아무튼… 죽은 사람은 죽었거니와, 회개하는 사람을 징치할 수는 없어서 우리 교회에서 품어주기로 했던 겁니다. 그는 죽기 한하고 열심히 기도를 했습니다."

"저도 이 교회에서 먹고 잘 수 없겠습니까?"

"나는 농담에 진지하게 달려드는 사람이 아닙니다."

한대성은 막연하지만, 전 목사에게 의존하려던 생각을 걷어넣었다. 그 무렵 한대성의 형 한우성이 고향에 돌아가자는 이야기를 내놓았다.

"고향에 돌아가야, 일도 없고, 벌이도 여기만 못하고, 이제 겨우 사람들이 우리 찾는데, 여길 왜 떠나려구 그래요, 성님?"

"대성이 네가 모르는 게 있다."

"그게 뭔데유?"

"사람은 사람마다 쓸 데가 따로 있는 법이라잖더냐?"

사실 한대성의 형 한우성은 다른 계획이 있었다. 청진에서 여자 하나를 만났다. 별명이 호마였다. 조랑말이 아니라 호마라 하는 데는, 사람이 씩씩하고 막히는 데가 없었기 때문이었다. 어디 풀어놓아도 자기 앞가림에 아무런 하자가 없을 인물이었다. 한우성은 자신의 신세를 생각했다. 흔히 하는 말로 끈 떨어진 연이나 다름이 없었다. 바람 부는 대로 날려 어디로 날아갈지 알 수 없는 신세였다. 아버지는 일찍 세상을 떴고, 자기 돌보아줄 친척 하나 없는 맨바닥에서 견뎌낼 수 없는 나날을 보내다가, 어머니는 아들 둘을 먼 친척에게 맡기고 개가를 했다. 마을에서는 안잠자기로 들어가 애들 건사하며 살라고 개가를 말렸다. 그러나 애들 앞에서 남의 집 자식 낳아주고 그집 머슴처럼 살기는 도저히 용납할 수 없는 일이었다. 애들이 열 살 넘었으니 어디 가면 굶어죽기야 하겠는가, 그리고 개가하면 그 집 도움 받아 애들 먹고살게 해줄 수도 있지 않겠나 하는 어수룩한 판단이었다. 개가해서 들어간 뒤 세 해까지만 그런대로 사람 노릇하며 살았다. 그 뒤로는 애 없는 집안 애 낳아주러 들어간 거나 마찬가지였다. 친척집에 맡긴 애들 도와주라고 하던 용돈도 딱 잡아떼고 말았다.

한대성은 형에게 의지해서 살아갔다. 나이도 나이지만 세상 돌아가는 걸 날로 깨달아가는 과정이 신기하고 놀라운 일들이 가득했다. 형을 따라다니면서 어깨너머로 일을 배워나갔다. 그런 일을 해도 목숨 살아가는 데는 아무런 지장이 없을 것 같았다. 작은 심부름이라도 시키면 그대로 돌려보내는 법이 없었다. 밥을 먹여주었고, 어떤 때는 옷가지를 내주기도 했다. 하다못해 돈푼이라도 쥐여주었다. 세상은 따뜻하고 훈훈했다. 그러나 형 한우성은 달랐다. 세상은 바람이 무섭게 불어대고, 물결은 높게 설렜다. 자기한테 딸린 동생을 위해서라도 집안을 이루어야 했다.

"저어 말이다, 말도 말 나름이지만, 어떤 마부를 만나는가 그게 문제야. 두고 봐라, 저 여자 우리 집에 오면 크게 쓸 데가 있을 것이야."

어디서 오는 자신감인지 이해가 안 되었다. 그러나 형의 일이고 내가 데리고 살아야 하는 여자도 아닌데, 공연히 고집을 부릴 이유는 없었다.

형제가 고향 충청남도 천안 근처로 와서는 얼마간 환영을 받으면서 지냈다. 거기다가 고향에 돌아오자 세상은 마구 뒤집혔다. 동양 천지는 어차피 일본의 손아귀에 들어갈 것이라는 이야기가 돌아갔다. 아들이 양잿물을 먹고 죽는 바람에 남양군도 못 보낸 어떤 부모는 발등을 도끼로 찍었다는 소문도 돌았다. 한대성이 결혼하고 형 한우성에게서 거리를 두고 자립하자, 해방이 되었다.

사실 해방이 되었다고 해도 세상 달라질 건 별로 없었다. 다만 사람들이 자기 일 자기가 알아서 한다는 게 생활에 윤기를 불러왔다. 정치는 알 수 없는 영역이었다. 고향에 돌아왔다고 해도 타향과 다를 게 별로 없었다.

해방이 되면서 가진 것 있는 이들이 집을 고치고, 헛간을 들이고 하느라고 일거리가 많았다. 몸만 건강하면 어디선가 일거리를 두고 사람을 찾았다. 형제는 같이 일을 하기도 하고, 일감에 따라서 달리 각자 자기 일로 알고, 보조수 채근해서 일을 해냈다. 미장공 공씨 따라다니며 익힌 솜씨 덕을 톡톡히 보았다. 형제들 일 잘 한다는 소문이 인근에 퍼져, 형제들이 앞날이 보인다는 소문이 났다. 미리 일할 날짜를 맞춰놓지 않으면 사람 데려갈 짬이 없었다.

한대성은 진봉득과 결혼하고 3년 가까이 아이가 없었다. 선재를 낳은 뒤부터는 상황이 달라졌다. 선재를 낳고 그 동생 선아 뒤로는 잦은 터울로 아이가 들어섰다. 선재가 선아 보느라고 벽에 흙이 다 드러나도록 달려들어보고, 까꿍까꿍 하면서 아이 놀리던 일이 없어지자 집안이 한동안 조용했다.

제일유치원은 원생이 늘어나고 규모가 커지면서 이웃 교회들과 협조 체계를 구축했다. 유치원 쪽에서는 공간을 제공받고, 교회 편에서는 신도 확보에 큰 도움이 되었다.

"아이를 거두어주셔서 뭐라고 고맙다는 말씀을 올릴지 모르겠네유. 그런데 신 목사님 보시기에 우리 애가 쓰일 데가 어디라고 생각하신대유."

"사람들은 말하지요. 사람이 태어날 때 녹이 없는 사람은 없다고 합니다. 마찬가지로 풀 한 포기도 이름 없이 그냥 던져진 건 없어유." 천불생 무록지인, 지부장 무명지초 그런 말을 하기는 했으나. 한대성은 그 뜻을 제대로 이해하지 못했다.

"사람이 태어나는 건 하늘의 뜻입니까?" 한대성이 진지하게 물었다.

"그렇지요, 물론. 하나님의 뜻으로 사람을 세상에 보내고, 세상에서 거두시기 때문에 세상 모든 사람은 하나님의 자손입니다." 신 목사의 목소리는 신념에 차 있었다.

"그러면, 그 사람들의 쓰임은 어떻게 결정한대유?" 한대성이 또 물었다.

"하나님이 부여한 역할은 사람마다 다 결정되어 있다고 봐야 허겄지유. 헌데 사람마다 자기들이 쌓는 업에 따라, 그 결정이 달라질 수 있는 겁니다." 황정숙 원장이 신 목사를 거들어 말했다.

한대성은 턱을 괴고 앉아 있었다. 황정숙 원장이 말하는 선재가 크게 쓰일 인물이라는 게 맘에 걸렸다. 전쟁에 나갔다가 죽은 사람을 두고, 나라에 목숨을 바친다고 하는 것을 떠올렸다. 천황을 위해 옥쇄(玉碎)한다는 말도 생각났다. 중국이던가 인도 어디서는 하늘에 제사를 올릴 때 사람을 잡아 그 고기를 제단에 올렸다는 이야기를 들은 것도 떠올랐다.

"우리 선재를 목사님처럼, 교회에서 일하는 아이로 만들라는 말씀은 아니지유?" 한대성이 신 목사를 흘금 쳐다봤다.

"하나님께서 사람을 쓰는 일은, 사람이 결정하는 게 아닙니다."

"아무튼 원장님과 목사님께서 우리 선재를 잘 길러주세요."

"우리도 능력에 한계가 있습니다." 신목양 목사는 옅은 한숨을 쉬었다. 그러면 어떻게 하라는 말인가, 한대성은 잠시 망연하게 앉아 있었다. 그때 아내 진봉득이 하던 말이 떠올랐다.

"아무리 자식이라고 해도 밖으로 나돌리면 부모한테 섭섭하다고 하는 거래유." 그럴듯한 말이었다. 자신을 생각해보아도 부모에 대한 살뜰한 정이 없었다. 처음에는 이웃 어른들 말을 따라 이해하고 넘어가기로 했다. 사는 게 얼마나 고달프면 자식 버리고 남의 집 후실로 가겠냐, 세월 탓이려니 하고 너무 원망하지 말아라. 원망하지 않기로 했다. 사는 게 얼마나 고달프면…, 그 말을 그대로 알아들었다. 형제가 나돌아다니면서 지내다 보니 그 말이 전적으로 옳지 않다는 걸 알게 되었다. 나진에서 삼남매를 두고 과수댁이 된 여인이 방물장수로 애들 기르며 사는 것을 보았다. 아이들 얼굴이 꼴이 아니었다. 밥은 있으면 먹고 없으면 굶고 건너는 눈치였다.

"한 씨 허기지지 않게 많이 드시오. 나는 원산댁네 애들 좀 봐주고 오겠소." 그날 일이 늦어졌다. 부엌 벽이 헐어서 뜯어내고 다시 벽을 만드는 일이었다. 부엌 바닥에 널브러진 쓰레기를 치우는데, 소나기가 억수로 퍼붓기 시작했다. 한대성은 이제나 저제나 비가 개기를 기다렸다. 비가 갤 기미가 안 보였다. 한대성은 자기가 먹은 밥그릇을 씻어서 찬장에 엎어놓았다. 찬장에 그릇들이 정갈하게 정리되어 있었다. 공연히 눈물이 났다. 부엌살림 정갈하게 하는 어머니, 한대성은 자기도 모르게 어머니! 하고 혼자 속으로 불러보았다. 이제까지 별로 없던 일이었다. 엉뚱하다는 생각이 들기도 하고, 사람 사는 냄새 나는 곳이면 어디든지 어머니는 살아 있다는 생각을 불러오기도 했다.

"마침 잘되었네. 우리 집안에 혼사가 있는데 한 사흘, 선재 집에 데리고 갔다가 다시 오시지."

"혼사라면 제가 도와드릴 일 없을란가유?"

"마음은 고맙소만, 우리 교인들이 나서서 다 도와줄 겁니다. 선재 데리고 갔다가 올 때는 옷가지 챙겨가지고 오도록 하시오." 가을이 성큼 다가와 있었다.

한대성은, 선재를 데리고 도적골로 돌아오면서 여러 생각에 휩싸였다. 우선 아이를 더 오래 유치원에 맡겨둘 것인가 하는 의문이 들었다. 아무 부담 없이 아이 맡기라 하긴 했다. 그러나 생각해보면 유치원 운영은 일종의 사업이었다. 사업은 이문을 남겨야 하는 일이 아니던가. 아무 대가 없이 아이 하나 맡아서 먹여주고 재워주면서 유치원 교육을 도맡아 해준다는 게 무슨 뜻이 있지 않고서야 선뜻 납득이 안 가는 일이었다.

다른 하나는 아이를 크게 쓸 일이 있을 거라고 하던 말이었다. '크게 쓴다'는 게 혹시 아이를 교회에 봉사하는 사람으로 만들겠다는 건 아닌 가, 그런 의문이 속을 후벼렸다. 지장골에도 가끔 전도사가 다녀가곤 했다. 얼굴이 파리하고 기운이 달려 보였다. 장모 대술댁은 전도사가 다녀갈 때마다 혀를 차곤 했다.

"전도를 할라면 얼굴이나 훤하게 피고 다녀야지, 사흘에 피죽 한 그릇도 못 먹은 사람처럼 파리해서, 누가 믿고 따르겠어…." 그러면서 찐고구마, 보리밥, 옥수수 뭐든지 먹여 보냈다.

"아버지, 아버지, 별들이 서로 다른 별에게 이야길 속삭인대, 진짜야?"

"글쎄다, 해와 달이 이야길 한다면 몰라도 별은 너무 먼 것 같다."

"해랑 달은 서로 못 만나잖아." 하긴 그랬다. 해와 달은 물론 별 이야기는 참으로 아득하기만 했다.

"별들이 서로 이야기한다고, 누가 그러던?"

"우리 원장님이 그러는데, 별이 뜰 때 언덕에 올라가 소원을 빌면, 밤에 머리맡에 별이 내려온대. 그리고 별들은 사랑도 한다는데. 사랑하면 애기 생기느냐고 물었더니, 대답은 않고 머리통에 꿀밤만 먹었어, 씨이."

벼가 누렇게 익은 논두렁길을 걸어가는 동안 선재는 잠시도 쉬지 않고, 이야길 늘어놓았다. 전에는 이건 무슨 풀이야, 이 돌은 왜 동그래, 저 산은 왜 쌍둥이야 그런 질문을 해댔다. 그런데 묻는 게 수준이 달라졌다는 생각을 하게 했다. 선재는 무언가 이야기를 끊임없이 옮기고, 또 이야기를 만드는 눈치였다.

"선재야, 그래 유치원이 그렇게 좋으냐?" 선재는 대답 대신, 어른들은 왜 유치원에 안 가는가 물었다.

"어른들은 배울 거 다 배워서 그런 데 안 가도 된단다."

"쌩이야, 어른들은 무관심해서 뭘 못 배운대…." 그럴지도 모른다는 생각을 하면서, 선재가 할아버지 할머니 앞에서 예수교 냄새를 풍길 게 겁이 났다. 장모는 전도사가 올 때마다 뭔가 먹을 걸 챙겨 먹이기는 하지만, 돌아설 때는 못마땅하다는 듯이 혀를 차곤 했다.

한대성이 아들 손을 잡고 도적골 집에 도착했을 때는 앞산 위에 저녁 별이 산뜻하게 떠올라 빛을 속삭이고 있었다.

"할아버지 할머니 앞에 큰절 해야 한다."

"제사 지내는 거야?" 어른들한테는 그렇게 하는 거라고 이야기를 하는 중에, 대술댁이 쫓아나와 선재를 안으면서, 하이칼라 신사가 되었구나! 등을 두드려주었다.

식구들이 선재를 둘러싸고 반가워하는 동안, 마을은 개 짖는 소리조차 잦아들어 고요했다. *

송홧가루

 도적골에서 세 해를 지내는 동안, 집 안팎으로 많은 변화가 있었다.
 휴전이 되었다는 소식을 들은 것은 재작년이었다. 한대성은 후유 한숨을 쉬었다. 홍대혁의 망령을 잊고 지낼 수 있게 되어서였다. 지장골 서에 끌려가 두드려 맞던 생각을 하면 자신도 모르게 치가 떨렸다. 전쟁이 끝난 게 아니라 '휴전'이라는 말은 께름하게 걸려왔다. 언제 전쟁이 다시 시작될지 알 수 없었다.
 읍내에서는 무너진 집들을 수선하고 전방을 다시 열고 장사를 시작했다. 상이군인들이 물건을 강매하고 다녔다. 팔이 잘려나간 상이군인은 '아이쿠치'라는 쇠갈고리를 팔에 달고 다니면서 상대방의 턱을 올려칠 것처럼 눈을 부라렸다.
 "씨이발 어떤 놈은 전쟁에서 팔 떨어져 나갔는데, 연필 한 타스 못 팔아준다구?" 연필은 애들을 핑계로 들이대는 물건이었다.
 목발을 짚고 다니면서, 양말이며 목도리, 허리띠, 팬티 등을 파는 상이군인도 있었다.
 "자아 보소, 이 양말 사서 마누라한테 진상하고 사랑 받으셔, 이자 고쟁이 벗어던지고 이 미제 빤쓰루다가 마누라 밑을 가려주셔, 이거 하나

채워주면 쫄깃쫄깃 조여들어온다니까. 염병." 말끝에 왜 염병이 붙는지는 알기 어려웠다.

한대성은 전쟁에 안 나간 것이 미안하기도 하고, 몸 성한 게 어딘가 안도의 한숨이 나오기도 했다. 지서에 가서 구타를 당한 허리는 그럭저럭 견딜 만했다. 이따금 통증이 등골을 지치고 지나가기는 했지만 전처럼 굴신하기 힘들지는 않았다. 장모가 해준 흑염소의 효험이었다.

'기사'로 명호(名號)가 승격한 한대성은 읍내에서 솜씨를 날렸다. 솜씨가 좋아 두셋 일꾼 써야 하는 일거리도 한대성이 한나절이면 뚝딱 시원시원 해치운다는 소문이 나면서, 몸뚱이가 둘이라도 당해내지 못할 만큼 바빠 돌아갔다. 바쁜 나날이 그대로 현금이 되어 손에 쥐어졌다. 일이 늦는 날이면 주인댁에서 저녁을 차려주었다. 혼자 거처에 들어가서 저녁 준비할 일이 없었다. 아내 진봉득을 데려다가 같이 지낼 날이 언제인가를 손으로 꼽아보기도 했다. 그런데 애가 들어섰다. 선아와 두 살 터울인 셈이었다. 한대성은 자기가 주책인지 마누라가 칠칠맞은지 헤아려지지가 않았다. 아무튼 밭이 좋고 씨도 튼실한 것만은 용서 없는 사실이었다.

"이십대 자식이고 삼십대 재산이라네. 애들 웃는 소리가 우리 집안을 이렇게 화락하게 하는데… 왜 애를 안 낳아. 아무튼 자식은 집안의 재산이라네. 오형제패가 되면 숭악한 도적놈들도 함부로 못 본다는 게 아니던가. 살림 일어날 때 애들도 줄줄이 낳아 길러보더라구."

도적골에 사는 동안 달라진 것 가운데 하나는 한대성의 장인 진정중이 말수가 많아진 것이었다. 말수가 많아진 것은 물론, 풍하니 지내던 얼굴에 화기가 돌고 웃음이 흘렀다. 한대성도 덩달아 얼굴 피고 장인을 높이 우러르듯이 바라보았다.

"저어기, 이제는 우리도 재봉틀 하나 장만하면 안 될라나유?" 진봉득이 남편의 가슴을 더듬으면서 조심스럽게 말을 내놓았다. 유치원 원장 황정숙 여사도 틈이 나는 대로 재봉틀을 돌려 옷가지를 만드는 눈치였다. 식구가 늘어나고 옷가지 사 대기가 이만저만이 아니었다.

"자기가 재봉틀 돌릴 줄은 알기나 하고?" 진봉득은 대답을 금방 내놓지 않았다. 어떻게 알았는지 곽민영이 양장점을 냈다면서, 한번 찾아오라고 연락을 해왔다. 도적골에 이따금 들르는 방물장수가 그런 소식을 전해왔다. 한번은 분홍색 블라우스를 가지고 와서 '현대양장점' 곽민영이 보내는 거라면서, 그의 솜씨 자랑을 한참 늘어놓았다.

"선재 엄마, 애만 뽑느라고 골병 들지 말고, 저시기, 자기 앞가림할 기술 하나 익혀두라구. 사내들, 그거 다 늑대여, 늑대를 어떻게 믿는다우? 그거 내두르고 댕기면서 어디다가 어떤 자식 떨구고 다니는지 어찌 알기나 할까. 집구석에 처박혀 살림하느라고 등허리 휘는 여자들만 불쌍하지. 안 그려? 그러니 기술, 기술 배우라구. 기술 배워서 남 주는 법 없느니… 츳츳." 불러오는 아랫배를 쳐다보는 방물장수 아지매의 눈길이 느글거렸다.

곽민영, 생각하면 머리 내둘리는 친구였다. 그런데 소식 전하고, 선물까지 챙겨주는 심덕이 미상불 여간 고맙지 않은 게 아니었다. 형제 없이 혼자 굴러다니듯이 살아온 날들이 되돌아뵈는 것이었다.

"애나 낳고 그때 가서 보기로 허지유."

"그렇게 신지무의하고 있으면, 어느새에 황새 촉새 다 울고 지나간다니께."

"무신 얘기가 그렇게 재미있댜? 도적골 예까지 올라온 걸 본게 오늘 장사 다 한 겨?"

"어이구, 대술댁 적삼이 땀으로 다 젖었네. 촌구석에 살면 다 그려. 그렇긴 허지만서두 밭고랑에서 청춘 다 늙힐 건 아니잖여…." 빨랫줄에 걸린 수건을 내려 건네주면서 한참 고시랑거리는 투로 말을 냈다.

"청춘이라께, 시방 나더러 청춘이라고 하는 거여? 망칙해라."

"망칙하긴, 그 고운 얼굴 안 다듬어서 그렇지, 분화장 하구 저 읍내 나가면 사내들이 치마꼬랭이 줄줄 따르게 생겼구먼."

"구리무 사라는 얘기 같은디, 이 동네는 물이 암물이라서 구리무 안 발라두 세수하고 수건으로 닦으면 살갗이 애들매치루다가 매끈매끈허구먼."

"그러지 말구 하나 갈아주시게." 대술댁의 눈꼬리가 치올라갔다. 방물장수 주제에 '하시게'를 한다는 게 가당치 않다는 얼굴이었다. 방물장수는 다음에 또 들르마 하고, 내놓았던 물건을 주섬주섬 챙겨 이고 핑하니 달아났다.

몸은 고단하기 이를 데가 없었다. 그러나 매일 한대성의 손에 쥐어지는 알돈을 챙기는 재미는 몸 고단한 걸 잊게 했다. 그 무렵 한대성은 은행이라는 걸 처음 알게 되었다. 선재를 맡아준 유치원 원장 황정숙 여사의 천거가 있어서 은행이라는 데를 찾아갔다. 은행 창구에 앉은 여행원은 얼굴이 함박꽃처럼 훤하니 밝았다. 은행에서 일하는 아가씨는 모두 저렇게 얼굴이 뽀얗고 말이 사근사근하지, 모처럼 사람 대접을 받는다는 실감이 느껴졌다. 통장이라는 걸 처음 만들었다. 집에 갖다 주어 얼마가 어떻게 돈이 모이는지 알 수 없었는데 은행에서는 달랐다. 이자까지 해서 푼전을 소상히 알려주었다.

봄이 되면 식구들 모두 데리고 읍내로 내려와야 하겠다는 궁리를 하고 있었다. 아등바등 살아온 햇수가 10년을 향해 치달리는 중이었다. 선재가 학교에 갈 나이가 되었다고 생각할 무렵 유치원 졸업을 했다. 사각모를 쓰고 찍은 사진을 들려서 도적골로 들어가는 발길은 날아갈 듯이 가벼웠다.

"얘가 핵교 갈 나이가 되었는데 왜 소식이 없을까유?" 한대성이 장인 진정중에게 슬며시 물었다. 진정중은 찔끔해서 물러앉았다.

"내가 선재 출생신고를 하면서 나이 줄여서 했네."

"쯔쯔, 그거 잘한 일 아니잖유?"

"사람은 내일을 모르는 거 아닌감? 자네도 나이가 많았으니께 군대 안 끌려갔지. 또 나이가 적으면 안 가는 수도 있느니. 그러구 뭐시냐, 우리 선재가 공무원이라두 허면 나이 적으니께 두어 해는 거저먹는다네."

"난 생각이 다르구먼유. 사람이 제 나이 가지구 살아야지유. 생년월일시, 그 사주팔자가 다아 나이에 매인 것인디, 왜 나이 속이면서 살아유. 그거 천리에 어긋나는 거라구유."

"천리 운운하는 거 보니께 자네 엄청 유식해졌네. 읍내 그냥 싸댄 건 아닌 모양이니 다행이네. 자네 알아서 허게."

그렇게 해서 한대성은 읍사무소를 찾아가 선재의 나이를 두 살 올렸다. 해태이유서(懈怠理由書)라는 희한한 문서에 지장을 찍기도 하고, 벌

송홧가루　　137

과금도 물었다. 국민으로서 법에 무식한 연고로 출생신고가 늦어졌으며… 아이의 출생신고를 제때에 하는 게 국민의 의무라는 것도 처음 알았다.

　선재가 학교에 들어가던 해, 아직 읍내로 이사를 하지 못하고 있었다. 집에 모아둔 돈과 은행에 저축해둔 돈을 닥닥 긁어모아도 집을 마련하는 데는 턱이 닿지를 않았다. 우선 한대성이 마련한 거처에 선재와 아내 진봉득을 내려오게 했다. 학교가 이웃 면과 경계에 있어서, 도적골에서는 아이 혼자 걸어서 학교에 갈 그런 거리가 아니었다. 먼 거야 그렇다고 해도 길이 사나웠다. 읍내를 돌아 나무골 앞의 숲을 헤치고 지나가서 신선나루 음침한 산모랭이를 돌아가는 길은 어른들에게도 벅찬 길이었다. 그리고 신선나루 산비알 방공호에는 전투에 희생된 군인들의 인골이 흩어져 있었다.

　"즈들만 알콩달콩 살면 되는 거여? 애 데리고 한번 도적골에 올라와야 쓰지 않겄냐?" 재봉틀을 돌리고 있는 딸에게 대술댁은 눈을 곱게 흘겼다.

　"낼모레 공일날 데리고 올라갈게유."

　"그래라, 애들은 그저 식구들과 어울리면서 커야 헌다. 그래야 정도 붙고 그런다."

　"알았어유."

　"그라구 말이다, 너 재봉틀에 너무 매달리지 말아라. 에미 몸이 고되면 뱃속에 든 애가 제대로 못 자란다. 우리 때야 그렇게 살았지만, 너의 애들은 멀끔하게 자라야 하지 않겄냐. 대가집에서는 태교라더냐 뭐라더냐 해서 자리도 갈라 앉았다더라. 뭐라더냐 석부정부좌라더냐…" 또 잔소리가 시작되는구나 싶어, 늦지 않게 올라가라 채근하고는 재봉질을 마무리했다.

아이를 데리고 일요일에 올라갔다가 당일 내려오기는 시간이 빠듯할 듯했다. 토요일 선재가 학교에서 돌아오는 대로 도적골로 갈 참이었다. 남편 한대성에게는 미리 이야기를 해놓았다. 배가 불러오기 시작하는데 힘들지 않겠느냐면서 한대성은 아내의 배를 어루만졌다.

"그런데 말유, 저 재봉틀 이름이 뭐래유?" 뜬금없는 질문이었다.

"징거라던가, 싱거라던가 그렇지 아마?"

"재봉틀이 싱거운 게 뭐래유, 우습네유." 말로만 들었지 한대성은 SINGER라는 상표를 읽을 줄 몰랐고, 뜻은 알 생각도 없었다.

"내가 황정숙 원장한테 물어봐서 가르쳐주지."

"선재 교회 보내라고 안 하던가유?" 한대성은 금방 대답을 하지 못했다.

사실은 이번 일요일에 국민학교 입학한 아동을 위한 축하 예배가 있으니, 선재를 꼭 보내라는 당부가 있었다. 당부 끝에 덧붙였다.

"우리가 매일 아침, 마당 쓸잖아요? 땅에 떨어진 게 없어도 마당을 쓰는 까닭을 아시오? 매일 한다는 게 중요한 겁니다. 마찬가지입니다. 일요일은 교회 나가는 날이다, 그렇게 몸에 배게, 말하자면 인이 박히게 해야 합니다. 갈까 말까 망설이다 보면 의심이 생기고, 의심은 죄를 낳습니다. 죄는 사망에 이르게 하는 무서운 겁니다. 그러니 의심하지 말고 일요일 교회 나오는 거 습관이 되게 하세요. 그래야 선재를 높은 학교 보내줄 건게, 잘 챙겨주시오."

"예, 잘 알았습니다."

"말로만 알았다 말고 실천을 해야 합니다. 사랑은 실천입니다." 사랑이 실천이란 말은 실감이 적었다. 실감보다는 알아듣기가 어려웠다.

"나는 선재 교회 가는 거, 아무래두 상관 안 해요. 우리가 선재가 사는 세월을 대신 살 수는 없는 일이잖유. 요새는 교회 다닌다구 누가 뭐래유? 우리 애들이 미군들한테, 기부미 초콜렛 그런 단작스런 소리 않고 지내면 그만이라구 생각해유. 그런데 애들이 기부란 말을 어떻게 알고 기부 기부 한다나유?"

"기부란 게, 그게 영어지 한국 말 아니요."

한대성은 영어도 공부해야 하겠다는 속셈을 가지고 있었다. 공사장에서 쓰는 '바니루'라는 말을 알아듣는 데 한참이 걸렸다. 하도 답답해서 신목양 목사를 만난 기회에 물었다.

"아, 그거 콩크리트 칠 때 바닥에 대는 베니어판 말이지요? 그게 본래 판넬입니다. 영어로 피 에이 엔 이 엘 그렇게 쓰는 건데, 일본인들이 발음을 제대로 하지 못하니까 바니루 바니루 해서 그렇게 굳어진 거요. 어딜 가나 모르면 설움 받아요." 설명이 명쾌해서 더 물을 건덕지가 없었다. 한대성은 신목양 목사를 다시 한번 쳐다봤다. 저 양반은 어떤 공부를 했을까가 사뭇 궁금했다.

선재와 손을 잡고 도적골로 올라가는 진봉득은 마치 개선장군처럼 당당하고 가슴이 뿌듯했다. 뱃속의 아이가 불끈 머리로 뱃살을 들이받았다. 짜르르하는 느낌이 아랫배를 거쳐 하초로 빠져나갔다. 하마터면 오줌을 지릴 뻔했다.

"엄마, 나 오줌 눌래."

"그래라, 우리 선재 고추 얼마나 컸나 보자."

"안 돼, 우리 원장 선생님이 그러는데, 너희들은 다 컸으니 고추 아무에게도 보여주지 말라고 했단 말야."

"엄마가 보는 건 괜찮아, 아이구 새끼두."

"내 몸은 하나님 거래, 엄마는 하나님 아니잖아." 알았으니 오줌이나 누라고 일렀다. 선재가 벌써 내 곁에서 멀어져 있구나 생각하니 마음이 심란해지기 시작했다.

도적골에 도착했을 때는 해가 서쪽으로 기울어 두어 발이나 남아 있는 무렵이었다. 대술댁은 물에 울궈낸 송홧가루를 갈자리에 펴서 널고 있었다. 송홧가루 덩어리를 펴서 너는 대술댁의 손가락이 봉퉁이진 게 보였다. 도적골에서는 바깥출입 않고 일에 매달려 살았다. 그사이에 대술댁은 눈에 띄게 나이가 들어 보였다. 하기는 두 아이 할머니 아닌가….

"왜 그렇게 머주하니 서 있어, 어서 애 데리고 안으로 들어가지…. 선아는 어떻게 하고."

"선아도 큰똥은 다 떨어졌어요. 애비랑 같이 있겠대요. 송홧가루 내가 널어볼까요?"

"나도 할래. 그런데 이거 먹는 거야?" 선재가 자기 엄마한테 달려들어 물었다.

"먹는 거긴 한데, 다식을 만들어 먹어야 한다. 안 그러면 속에서 잘 안 내려간다."

"그런데, 이게 송화라는데, 송화가 뭐야, 할머니…?"

"뭐든지 물어보는 성미는 안 변했구나. 송화는 소나무 꽃가루란다. 저게 오래오래 변하지 않는 거란다."

대술댁은 밥을 앉혀야겠다고 송홧가루 담았던 양푼을 챙겨들고 안으로 들어갔다. 진봉득은 집에서 송홧가루 말리는 걸 처음 보았다. 그걸로 다식을 만들겠다는 것은 이전에 생각지도 못한 일이었다. 살림이 그만큼 폈다는 증거였다.

"엄마, 이거 먹어봐도 되지? 할머니가 다식 만들어 먹는 거라고 했잖아. 다식 만들어 먹을 수 있는 거면 그냥 먹어도 되잖아. 배추는 김치 담지 않고 쌈으로도 먹잖아." 말인즉슨 옳았다. 구태여 말리고 싶지 않았다. 만져보고 먹어보고 그렇게 뭔가 알아가는 게 신통하기까지 했다. 너무 많이 먹지 말라고만 일러두었다.

선재는 갈자리 구석에 앉아 송홧가루 덩어리를 야금야금 입에 떼어 넣었다. 혼자 미소를 짓기도 하고, 혀를 내밀어 입술을 핥기도 했다.

"맛이 어떠냐?"

"보리감자 찐 것처럼 입안에서 살살 풀려. 짜앙 재미있다. 엄마도 먹어볼래?"

"어디 보자, 정말 감자 녹말같이 입에서 녹는구나. 그런데 많이 먹으면 안 될 거 같다."

"어른들은 맛있는 거는, 아무거나, 애들 먹지 말라고 하잖아." 진봉득은 그런 일이 떠올랐다. 겨울 군것질거리가 없어 마늘을 구워 먹으면, 애들은 그거 먹으면 안 된다고 호통을 치던 아버지 생각이 났다.

저녁은 어머니 음식 솜씨가 묻어났다. 풋나물 무침과 들기름 발라 구운 김에다가, 봄동으로 끓인 된장국이 입에 달게 안겨왔다. 그런데 선재는 밥을 조금 뜨다가는 배를 끌어안고 볼이 부어 있었다.

"비적지그나라도 장만해두어야 하는데, 선재가 입맛이 떨어졌나 보다. 학교 다니느라고 지쳤나, 잘 먹어야 큰일 하는 법이다." 선재는 아무 말도 하지 않고 우두커니 바깥을 내다보고 있다가, 뒷간에 가겠다고 굇말을 붙들고 어정거렸다. 진정중 영감이 손자 손을 붙들고 밖으로 나갔다.

"선재 쟤, 송홧가루 많이 먹었냐? 애들이 그런 거 자꾸 먹으면 말려야 쓰지, 에미라는 게 애를 그렇게 간수할 줄을 몰라서 어떻게 꼬맹이 다 키울래? 시방 네 나이가 몇이냐 도대체…" 송홧가루는 아무것도 섞지 않고 그대로는 아무 맛도 없고, 소화도 안 되는 것이다. 송화다식은 송홧가루에다가 꿀이나 조청을 섞어서 반죽하고, 그걸 다식틀에 박아내야 비로소 소화가 된다. 입에서 살살 풀리는 그 감각에 취하면 무작정 먹게 되는 게 송홧가루다.

선재는 밤새 뒷간에 갔다가 헛방을 놓고는 안으로 들어왔다. 대술댁과 진정중 영감은 손주 선재 때문에 눈을 붙이지 못했다. 송홧가루가 창자에 차곡차곡 쌓여 굳은 것이었다. 새벽에 잠시 자는 시늉을 하고 일어나 노랗게 쉰 얼굴로 똥 마려운 강아지처럼 엉거주춤 돌아다녔다.

대술댁은 남편 진정중에게 어떻게 좀 해보라 하고는 밭을 매러 나갔다. 선재가 따라나섰다. 보리를 간 밭 모서리에 돌무지가 있었다. 정 똥이 마려우면 돌무지에다가 대고 누어보라 하고는, 대술댁은 호미를 들고 밭고랑으로 들어섰다. 그때 선재가 할머니를 불렀다.

"저기, 저거, 저 뱀이 나를 노려본단 말야." 그때 등에 햇살을 인 뱀이 슬그머니 몸을 움직여 돌틈으로 스며들었다.

"뱀이 우리 얘기 알아들었나 봐. 그런데 뱀은 귀가 어디 있어?" 대술댁은 어이가 없어서 찔끔 눈물이 나왔다. 뱀의 귀니 다리니 한가하게 따질 때가 아니었다. 선재가 얼굴이 노래져 땅바닥에 나뒹굴었다. 아이를 어떻게 할 방법이 없었다. 읍내 병원에 가기는 너무 멀었다.

진정중 영감은 빗자루의 대나무 가지를 잘라 대롱을 만들었다. 그리고 대접에다가 세수 비누를 풀어 비눗물을 만들어놓고, 밭으로 달려나가 선재를 업어다가 마루에 눕혔다. 비눗물을 옥물어 대롱으로 선재의 항문에다가 뿜어넣었다.

"자아, 이제 나올 모양이다, 끄응 힘을 주어봐라."

선재가 울상을 하고 힘을 주자 노란 송홧가루 덩어리가 진정중 영감의 얼굴로 왈칵 쏟아졌다. 진봉득이 들고 섰던 물대접을 부친에게 넘겨주었다. 입을 헹군 진정중이 말했다.

"사람은 잘 먹고 잘 싸야 잘 산다." 선재가 푸우, 숨을 뿜어내며 발딱 일어섰다. 그리고는 외양간으로 달려가 송아지를 끌어안았다. 움매애 어미소가 송아지를 불렀다. *

팔려간 아이

유치원에서 사귄 친구 말고는 선재에게 다른 친구가 없었다. 학교에 들어가면서 친구가 생겼다. 학교에 가는 날 하루하루가 신명이 났다.

친구 가운데 김형수라는 아이가 있었다. 덩치는 부대하고 키는 꺼정하니 컸다. 얼굴이 지렁물 빛깔인 데다가 곰보 자국이 있었다. 인상이 그래서 그런지 가까이 다가가는 친구가 없었다. 선재가 보기에 '불쌍했다.' 친구 없는 애.

"나는 한선재… 너는 이름이 왜 형수야?"

형수는 흐흐 웃으면서 선재의 어깨를 툭 치고는 돌아섰다.

"너네 형수가 너를 낳았다는 거야?"

"새애끼, 죽을래?"

"이름이 왜 형수냐구, 그냥 그게 궁금했어. 미안해… 우리 친구 하자."

"나랑 내기해서 네가 이기면 친구 하는 거구." 친구를 하자는 데 대해, 내기라고 내놓은 게 싱거웠다. 선재가 자기보다 학교에 먼저 오면 친구를 하자는 것이었다. 그건 자신이 있었다. 유치원에서 '새나라 어린이 운동'이라는 걸 했다. 아침 6시면 시간을 맞추어 일어났다. 세수하고는 기도를 했다. 그 버릇으로 학교에 일찍 오는 것은 자신이 있었다.

김형수와 내기를 시작하는 날, 선재는 가슴이 콩콩 뛰었다. 만약 자기가 지면 김형수와 친구를 못 하게 된다. 일찍 가서 교문에서 기다렸다가, 김형수가 나타나면 내가 이겼다, 손을 흔들 판이었다.

거름을 지고 나가는 할아버지 뒤를 따라 학교에 갔다. 왜 그렇게 서두르는가 할머니가 물었다. 선생님이 학교에 제일 먼저 오는 사람한테 상을 준다고 둘러댔다.

선재는 싸늘한 바람 속에서 땀을 들이고 서 있었다. 형수는 안 나타났다. 자기가 이겼다는 생각이 짙어지기 시작했다. 한참 지나서야 김형수가 나타나면서 손을 흔들었다.

"내가 이겼으니 친구 하는 거야."

"그러자, 근데 넌 잠도 안 잤어? 이렇게 서로 일찍 오려구 하다가, 밤중에 오겠다. 이제는 친구 되었으니까, 먼저 오는 사람이 기다렸다가 손을 흔들고 함께 교실에 들어가자구."

"그거 좋은 생각이다. 그런 생각을 어떻게 했어?"

"나는 학교에서 집이 가깝고 넌 멀잖아."

자기를 생각해주는 마음이 따뜻하게 느껴졌다. 선재는 형수보다 키가 작아 형수 앞에 자리가 정해졌다. 형수는 이따금 선재의 책보에다가 군밤이니 볶은 콩, 그런 것들을 슬그머니 넣어주곤 했다. 집에 가서 그런 이야기를 했다. 자랑스러운 친구가 좋았다,

"어이구, 우리 손자가 좋은 친구 사귀었구먼." 할머니 대술댁이 손자의 머리를 쓰다듬어주었다. 유치원에 보내면서부터 선재는 상고머리를 하고 다녔다. 손끝에 만져지는 손자의 머릿결이 함초롬하니 반들거렸다.

'내가 낳아서 일찍 앞세운 애들도 머리가 그렇게 함초롬하니 고왔다.'

"여러분, 주목, 학교에서 무얼 배워요?"

아이들이 공부요, 공부요 소리쳤다. 선생님이 교탁을 탁탁 쳤다. 아이들이 잠시 조용해졌다. 그 틈에 선재가 손을 들었다. 선생님이, 그래 말해봐!

"친구 사귀는 거요."

"그래, 맞다, 그런데 어떻게 그런 생각을 했을까."

선재가 몸을 돌려 뒷자리에 앉은 형수를 돌아보았다. 둘 사이에 환한 웃음이 오갔다.

학교에서 돌아와 대청에 올라섰을 때였다. 방 안에서 이상한 소리가 들렸다.

"삼신할미 내신 자손 금쪽같이 옥돌같이 궁굴리고 몽글려서, 청송같이 창죽같이 심고매고 매고심고, 금쪽같이 길러낼 제, 머리 검은 미련 중생 삼신할미 뜻을 몰라, 열탕귀신 맹탕귀신 부용 같은 고운 몸에 달려들어 흔들고 또 찍어대고 불을 놓고 물을 뿌려, 화왕님이 열화내고 용왕님이 수화내니 금옥같이 귀한 몸이 펄펄 끓어… 저승 기운 독한 기운 어리고 퍼지고 달겨드니… 청색구신 주색구신…"

"구신이 노했다면 어떤 구신이래유?" 대술댁의 목소리였다. 답은 듣지 못했다.

"아니 그렇게 맹하니 앉아 있지 말고 비손을 하라니까, 애 아픈 데는 어떤 귀신인지 몰라도 귀신이 섭섭해서…. 된장국이래도 얻어먹고 갈라구 애한테 붙는 거여."

선아가 병이 난 모양이었다. 그런데 귀신이 정말 있기는 있는 것인가. 선아가 귀신이 붙었다면 정말 큰일이었다. 집안이 귀신 붙은 집이라고 사람들이 얼굴을 돌릴 게 뻔했다. 학교에서도 애들한테 귀신 붙은 집 애라고 따돌림을 받을 것 같았다.

"미련하고 어리석은 중생이라 조왕님을 알지 못하도다. 어리석고 무식해서… 하도다, 하도다… 시왕님을 아지못고 죄가 깊어 시름시름 앓다 보면, 얼굴에는 웃음 걷고 핏줄에는 피를 걷어 마른 명태…"

선재는 조심조심 다가가 방문을 화닥 열었다. 된장국 냄새가 확 밀려왔다. 상 앞에 된장국을 담은 양푼이 놓여 있었다. 선아는 눈을 껌벅이며 누워 있었다. 다른 때 같으면 오빠야, 하고 달려와 안길 판이었다. 오늘은 아니었다.

상 위에는 밥그릇에 물을 떠놓고, 할머니는 상 앞에서 절을 하고, 어머니는 손을 맞비비고 있었다. 무당 '하도다'가 이쪽을 흘금 쳐다봤다. 눈이 이글거렸다.

삼실마을 무당은 비손을 끝내고, 된장 풀어 끓인 국양푼을 들고, 그릇 전두리에다 칼을 썩썩 문질러 선아의 머리를 향해 물러가라, 물러가라 거듭 외면서 칼을 휘둘렀다. 무서워서 소름이 돋았다.

"너는 따라 나오지 말아라. 부정 탈라."

된장국 양푼을 들고 나가는 무당 하도다의 치마꼬리를 따라 대술댁과 진봉득이 허리를 수굿하니 굽히고 걸어나갔다. 하도다라는 무당이 할머니와 엄마를 한꺼번에 끌고 가서 돌아오지 못할 것 같았다.

"어디 보자, 얘가 한대성이 맏아들이란 말이지. 거기 앉아봐라, 그래

몇 살이냐?'

"여덟 살인데유."

"그려, 숙성하구나, 생일은 원제라냐?"

"정월이구유…."

대술댁이 나서서 정월 그믐 한밤중에 낳았다고 귀띔을 했다. 하도다는 손가락을 꼽아가면서 속으로 뭔가 헤아리고 있었다.

"그랴? 그라믄 어디 보자, 하도다 하도다 하니, 하도다로다, 사주가 천문성이 들어 남이 우러러볼 사람이 되겠구나. 하도다 하도다 하니 하도다로다, 어디 보자… 츳츳, 애가 타고나긴 잘 타고났는디, 못할 말이긴 하지만 시영을 걸어두지 않으면 명이… 명이 짧은디 워쩐다나…."

"하도다 양반, 아니 그기 무신 말씀이래유…."

"무신 말이겄남, 나헌티 팔아서 명을 이어주어야 쓰지 않겄어… 니얄모리, 애 데리고 쌀 한 말 가지구 삼실마을루 와, 와서 애의 명을 신에미한티 처매주어야 허는 거여."

"씨이, 안 가. 안 가. 나 팔지 마!"

"승미두 지랄이네. 저게 단명할 징조라니께그려… 뭐니뭐니히두 애들은 무병장수하구 명이 질어야 쓰지 않겄어? 저어 오형제고개 넘어오는 데서 보니께, 애총사리 그 서러운 애총사리마다 다 명이 짧은 건 무지해서 명을 이어주질 않으니까, 그렇게 일찍 간 거여."

"엄마, 나아 물…."

"이자 삼신할미가 운감해서 정신이 돌아오는 모양이다."

그런데 선아는 마시던 물그릇을 놓치고, 자리에 쓰러졌다. 무당 하도다의 치마에 물이 튀어 얼룩이 졌다. 하도다가 벌떡 일어나 치맛자락의 물을 털었다. 대술댁이 마른 수건을 얼른 하도다 앞에 내밀었다. 하도다가 나들이할 때마다 차려 입는 모본단 치마였다.

"엄마야, 요강… 나 토해." 선아가 방바닥을 기면서 우욱 우욱 헛구역질을 했다.

"그래라, 오장에 맺힌 건 풀어야 한다. 토해야 한다. 애가 토할라면 등을 두드려주어야지 밍기적거리고 있으면 어떡허나, 미련한 인간들 같으니…." 하면서 하도다는 된장국 담았던 양푼을 선아 앞에 대주었다. 구토가 멎고, 선아는 다시 자리에 누웠다. 어지럽다면서.

"야아, 다시 보자. 무자생 정월이로구나, 하도다, 그믐날, 하도다 자시면 천문성이 들어 남들이 우러러보기는 하겠으나, 명이 짧은 걸, 천문성이 무슨 소용이냐." 같은 말을 반복하고 있었다. 잘못하면 큰굿을 해야 한다고 혀를 츳츳 찼다. 큰굿? 선재는 귀를 쫑긋 세웠다.

"선재야, 넌 오늘부터 말이다, 하도다 양반한테 시영엄마라고 해라." 수양엄마를 충청도 말로 '시영엄마'라고 했다.

"싫어, 나는 싫단 말야, 씨이…."

"고집이 쇠고집이구나. 아무리 네가 싫다구 해두 염라대왕 뜻은 어기지 못한다. 네 운명이 염라대왕 책에 다 매여 있다." 하도다는 입맛을 쩍쩍 다시다가 상 위에 놓여 있는 사발의 쌀을 주머니에 털어 넣어가지고 자리를 떴다. 대술댁이 따라나가 대문을 열어주었다.

선아는 열이 식지 않았다. 싸고 토하고 하면서 방바닥을 기다가, 벌렁

나자빠져 팔다리를 버둥거렸다. 눈을 홉뜨고 침을 질질 흘렸다.

"애가 저런디 워쩌키 태무심하게 담배나 태우구 있대유, 사위를 찾아 와지유."

일하러 멀리 가니 찾지 말라고, 한마디 하고 나간 사람이 닷새째 연락이 없었다. 한대성은 대술댁이 집에 무당을 끌어들이는 게 질색이었다. 일을 다니면서 대청마루에 예수 그림 걸어놓은 집을 자주 들렀다. 그런 집들은 대개 사람이 사분사분하고 친절했다. 그리고 사람 대접을 해주었다. 선재를 유치원에 보내고 나서 그런 집에 대한 믿음이 더욱 깊어졌다. 사람이 사람을 근중하게 여겨주는데, 그게 부처면 어떻고 예수면 무슨 문제인가 싶었다.

"이사를 하구서두 떡을 안 해먹으니께 지신이 동한 모양이라구."

집안 구석구석 들쑤셔놓은 거 같았다. 진봉득은 넉 달이 된 아이를 낙태했다. 선아는 본래 입이 짧기는 하지만, 밥상 앞에서 숟가락을 들지 않고 보챘다. 진정중 영감은 치질을 앓았다. 나이롱 양말 한 켤레 갈아달라고 상이군인이 와서 매달렸다. 진정중이 십 환짜리 하나 내주면서 돌아가라고 사정했다. 누굴 거지로 아느냐고 상이군인이 엉치를 걷어차는 바람에 앓던 치질이 터졌다.

"대장의 집에 식칼 없다고, 미장이 집에 왜 굴이 안 들인댜? 이래가지구 살림 꾸려나갈 수 있겄남?"

"듣자니 섭섭하네유. 이 집구석에 내 손 안 가면 누가 돈 맨들어준다구 그런 입찬소릴 한대유, 나두 다 마련이 있어유. 장모님 맘대루 해보세유."

"마련이 있다니 그게 무슨 말이란댜?"

한대성은 대답을 하지 않았다. 미미미장원의 양영자의 얼굴이 떠올라 눈앞을 어른거렸다. 긴긴 인생, 진봉득이 아니면 여자 없을까 보냐. 세상에 널리고 쌔인 게 여자였다. 거들거리며 바람난 여자도 있고, 전쟁에 나갔다 남편 돌아오지 않아 허적거리면서 돌아다니는 여자도 수태 많았다. 미미미장원 양영자는 인천인가 어딘가에서 미장원 일을 하다가 집에 불이 나는 바람에 가진 거 홀라당 날리고 어찌어찌해서 굴러들어와, 미장원 장화자 언니한테 몸을 의탁하고 있는 여자였다.
"일 끝나고 나랑 한잔하면 워쩌유?"
한대성은 가슴에서 덜컥 소리가 났다. 여자 편에서 술 한잔하자는 이야기를 들은 것은 평생 처음이었다. 한대성은 일을 끝내고 영양식당에서 미장원집 양영자를 기다리고 있었다. 그날 받은 일당을 주머니에 넣어둔 게 마음이 뿌듯했다. 아내가, 일당 내놓지 않는다고 꼬치꼬치 캐물으면, 뒤에 받기로 했다고 둘러댈 셈이었다. 이른 저녁 때 보자고 한 양영자는 금방 나타나지 않았다. 한대성은 술국이나 먼저 달라고 했다. 술국에다가 밥도 넣어서 내놨다. 한대성은 장국밥처럼 훌훌 입에 걸어넣었다. 찬물 한 모금으로 입을 헹구고 앉았는데 졸음이 쏟아졌다. 불길이 집을 휩싸고 이릉이릉 타올랐다. 누가 어깨를 잡고 흔들었다.
"인생 별거 없어유. 공연히 아등바등 돈 모아봐야 그거 저승에 지구 가유 이구 가유. 그러잖어유, 공수래공수거라구유. 한 기사님도 너무 고되게 일하지 말아유. 몸이 제일이라구유."
양영자의 옷자락에서 분냄새가 확 풍겨왔다. 바짓가랑이를 스치는 치마폭이 등골로 소름이 돋게 했다.

공수래공수거라? 이 사람이 교양도 있는 여자로구나 싶었다. 그러나 제일병원 함인덕 원장의 말하고는 달랐다. 함 원장은 속담을 곧이곧대로 믿지 말라는 말을 이따금 하곤 했다. 빈손으로 오고 빈손으로 가는 것은 사실이 그렇다. 그러나 달리 생각해보면 세상을 사는 동안, 하나님은 당신이 쓸 사람한테는 일을 맡기는 법이다. 그 일을 해낸 손이 어찌 빈손일 것인가, 세상 문명이라는 것도 사람의 손으로 이룩한 것이 아닌가.

　"한 기사도 생각해보시오. 그 손으로 벌어서 식구들 살리지 않소? 그 손으로 벌어서 식구들 먹고 자고, 애들 가르치고 하는 게 다아, 손에 내린 주님의 축복인 겁니다." 한대성은 자신의 손을 물끄러미 내려다보았다. 거칠어진 손이었다.

　"뭘 마셔요?"

　"아무거나 마시지요."

　"어휴, 한 기사님 숙맥이네. 소주는 너무 독하구, 막걸리는 카바이트 냄새 나고… 맥주루 해요." 양영자는 주문을 주워섬겼다. 아주머니 여기 맥주 두 병하구, 땅콩두 한 접시 주세요. 아참, 명태포 있으면 같이 주세요. 그런 식으로.

　더 마셔, 그만합시다, 더 하자니까, 그만하재두… 그러는 사이 양영자는 자기가 살아온 눈물겨운 생애를 자분자분 털어놓고, 한대성은 그사이 화장실을 서너 번이나 다녀왔다.

　"한 기사님, 오늘 나랑 같이 가는 거지?"

　"오늘은 집에 들어가야 해." 그렇게 말해놓으니 정신이 싸아하니 돌아왔다. 한대성은 그날 일당을 모두 영양식당에 바치고, 집으로 발길을 서둘렀다. 집에 혹시 불이 난 것은 아닌가 두려움이 앞섰다.

"애가 이 지경이 되도록 뭐들 하구 있었대유. 식구들이 손이 없어유 발이 없어유. 그리구 당신은 애가 이렇게 되어두 멀뚱멀뚱 쳐다보구만 있으면 어쩌라는 거야, 미련한 것."

"그래유, 당신 잘났구먼."

"포대기 내놔… 어여!"

한대성은 선아를 등에 업고 제일병원을 향해 뛰었다. 코끝에 술냄새가 훅훅 풍겼다. 그리고 숨이 찼다. 속이 울컥거렸다. 아이를 업은 채 올라오는 토사물을 토해냈다. 양영자와 진봉득의 얼굴이 번갈아 눈앞을 오갔다.

한대성이 입을 훔치고 일어나 빠른 걸음으로 걷기 시작했을 때, 아이의 숨소리가 안 들렸다. 당해놓은 일이었다. 눈앞이 깜깜해졌다.

"이 밤중에 무슨 일입니까?" 함인덕 원장은 환자용 침대에 내려놓은 아이를 말없이 내려다보았다. 원장 부인이 땀투성이가 된 한대성에게 마른 수건을 내밀었다. 나프탈린 냄새가 알싸하게 풍겼다.

함 원장은 아이의 눈을 뒤집어보았다. 청진기를 가슴에 대보았다. 아이를 엎어놓고 항문에 손가락을 넣어보았다. 그러고는 고개를 저었다.

"숨이 끝났습니다. 돌아오지 않습니다."

한대성은 침대 모서리를 잡고 몸을 버티다가 그대로 무너져내려 바닥에 주저앉았다.

"하나님의 뜻을 생각해보시오."

대답이 있을 수 없는 말이었다. 한대성은 싸늘하게 식은 아이를 업고 밤길을 걸어 집으로 돌아왔다. 식구들의 입이 얼어붙어버렸다. 선재는 엄마 치맛자락을 붙들고 서 있었다. 엄마 배가 홀쭉해서 엄마 같지 않았다. 진봉득은 속으로 흑흑 흐느껴 울었다. 대술댁은 이게 무슨 일이냐, 이게 무슨 일이냐 소리만 되풀이했다.

"너는 방에 들어가 자거라. 애들은 험한 거 보면 못쓴다." 진정중은 손자의 손을 잡고 사랑으로 건너갔다. 어린아이가 죽으면 천사가 된다던 유치원 원장님의 말이 떠올랐다. 선아도 천사가 될까. 천사는 말을 하고 들을 줄 알까. 천사가 된 아이와 말을 주고받을 수 있을까. 꿈에 선아가 나타나서 하늘나라에 같이 가자고 하면 어떻게 해야 하나. 시영엄마 때문에 선아가 죽은 것은 아닌가. 눈이 아프고 아렸다. 할아버지가 슬그머니 일어나 밖으로 나갔다. 선재는 빙긋 열린 문틈으로 밖을 내다보았.

아버지는 댓돌 밑에 지게를 받쳐놓고 안으로 들어갔다. 새끼줄로 묶은 짚단을 들고 나왔다. 그 속에 선아가 들어 있을 것이었다. 선아가 죽었다. 그 말간 눈으로 쳐다보면서, 오빠 오빠 하고 따르던 선아가 죽었다.

"내가 앞서 갈 테니 조심하게." 삽을 든 할아버지가 대문을 열었다. 대문 밖에 훤한 새벽빛이 마당으로 스며들었다. 아버지가 지게를 지고 일어나 할아버지를 따라 나갔다. 아버지 지게에 얹힌 선아는 그렇게, 새벽에 집을 떠났다. 선아는 다섯 살이었다.

선재는 자기가 울고 있는지 눈을 손으로 문질러보았다. 눈물은 없었다. 대신 이상한 생각들이 머릿속에 버러지처럼 날아다녔다.

선아는 나무가 아닌데, 꽃이 아닌데 땅에 묻을 모양이었다. 땅속은 춥고 물이 질컥거릴 것이다. 어두워서 아무것도 볼 수 없다. 해도 안 뜬다. 달도 안 뜬다. 소리를 질러도 말이 되어 나가지 않는다. 여우가 와서 발톱으로 땅을 헤집고, 선아의 배가 보이면, 할금할금 사방을 두리번거리다가, 이빨을 드러내고 뱃살을 찢고 처벅처벅 먹기 시작한다. 여우 주둥이가 벌겋게 피로 젖어 있었다. 여우는 캐앵 한번 울음소리를 내고는 다시 선아의 몸뚱이를 뜯어먹기 시작했다.

"아으으…!" 선재는 오줌을 지렸다. 대술댁이 사랑으로 건너와 선재를 품에 안아 들였다. 가슴이 팔딱거리는 소리가 들렸다.

"삼신할미는 애 하나 데려가면 다시 하나를 보내준단다." 할머니의 말이 믿어지지 않았다. 삼신할미는 무당 하도다가 비손을 하던 그 할매 아닌가. 몸이 덜덜 떨렸다. *

땅밑에 여우가

선아의 죽음은 선재에게 커다란 충격이었다. 사람이 죽으면 땅밑으로 들어간다는 걸 처음 알았다. 또 아이가 죽으면 꺼적에 말아서 지게에 짊어지고 나간다는 것도 알았다. 땅밑에는 누군가 살아야 했다. 땅밑은 지옥이었다. 지옥에는 악마 살고 염라대왕도 살았다. 할머니는 사람이 죽으면 염라대왕이 잡아간다 했다. 유치원 원장님은 악마의 유혹에 빠지지 말라고 말했다. 염라대왕은 악마였다.

선아는 땅밑으로 잡혀갔다. 땅밑에는 못된 짐승들이 사람을 물어뜯어 먹고 산다. 그 땅속에 사는 짐승 가운데 하나가 여우였다. 여우는 사람의 시체를 뜯어먹는다고 했다. 도적골에 살 때 많이도 들은 얘기였다. 도적골에는 실제로 여우들이 많았다. 저녁 어스름을 틈타 여우들은 골짜기를 내려왔다. 내려오기 전에는 예고라도 하듯이 캐갱거리며 울어댔다.

"여우가 눈에다가 불을 환하게 밝히고, 애총사리를 찾아 내려온단다."

"애총사리가 뭔데?"

"너는 도무지 예사로 넘어가는 게 없어. 어린 애들 죽으면 파묻은 무덤을 애총사리라고 하는 거여."

"애총사리에서도 귀신 나와?"

"애들은 덜 자라서, 맘이 고와서 귀신이 안 된단다."

"어른들은 마음이 못되어서, 죽으면 귀신이 되는 거야?"

"전쟁이 나면, 싸우다 죽은 원혼들이 몽땅 귀신이 되어 밤중에 땅속에서 커엉커엉 울어, 억울하게 죽은 귀신은 저승에 못 가는 거여. 허공중을 헤매지…."

선아가 죽기 훨씬 전에 할머니가 해준 얘기였다. 그런 이야기를 믿게 된 데에는 이유가 있었다. 어느 날 산으로 나무를 갔던 할아버지가 지게에다가 멍개나무 가시를 한짐 가득 지고 왔다.

"그거 뭐래유? 땔나무 다 떨어졌는데…." 할머니가 불평 가득한 목소리로 말했다.

"아하, 뭘 그런 걸 묻고 야단이랴, 선아 묻힌 데 가봤더니, 손님이 다녀갔지 뭐여." 대술댁은 혀를 찼다. 사위 한대성에게 가시나무 쳐다가 덮어 주라고 했는데, 바쁘다는 핑계로 몰라라 하더니… 그 꼴이 되었구먼. 대술댁은 손가락으로 코를 팽 풀어 땅바닥에 동댕이를 쳤다.

"할머니… 손님이 뭐야?"

"뭐긴 뭐여, 여수지." 대술댁은 여우를 여수라고 했다.

"여우가 왜 손님이야?" 대술댁은 선재에게 설명을 해주었다. 대개 이런 이야기였다.

도둑이 들었을 때, 불이야 외쳐야 한다는 것이었다. 도둑 앞에서 도둑이야 하고 소리지르면, 몽둥이가 날아오거나 칼을 들고 덤빈다는 것이었다. 대신, 불이야 외치거나, 웬 손님이셔 그렇게 소리치면 슬그머니 물러간다고 했다. 여우도 여우 소리 듣는 걸 좋아하지 않는다는 것이다. 호랑이를 산신이라고 하거나 사나운 산짐승을 손님이라고 해야 자기 대접하는 줄 알고 물러선다는 것이었다.

"여우가 무덤을 파헤치고 송장을 뜯어먹는 거야? 선아를 말야?"

"그런 숭한 얘긴 하지 말거라. 마음 다칠라."

"진짜지? 진짜니까 말하지 말라는 거지? 내가 가서 선아 지킬래."

"얘가 뭐가 지폈나, 왜 그러냐?" 선재는 뭐가 지폈다는 말도 무서웠다. 수양어머니 하도다도 명도가 지폈다고 했다. 그 명도가 어찌나 눈이 밝고 귀가 훤한지, 사람의 사주팔자는 물론 사람의 마음을 꿰뚫어 본다고 했다. 선재는 명도가 지폈다는 수양어머니 하도다가 무서웠다. 명주 치마가 서걱거리면 소름이 돋았다.

"여우가 왜 송장을 파먹어?"

"송장을… 아니, 그냥 그러고 나서, 재주를 일곱 번씩 일곱 번을 넘을라치면 사람으로 도습을 해서 산 사람도 잡아먹는단다." 대청에서 엿들은 진봉득이 문을 잡아제쳤다.

"애한테 그런 징그런 소릴 하고 그런대유, 엄니 늙어서 망령 들었는 모양이네."

"선아 불쌍해서 어떡해, 여우가 간 빼먹는다는디…" 선재가 컥컥 숨이 막힐 지경으로 울기 시작했다.

선재는 울다가 스스로 지쳐 아랫목에 떨어져 잠이 들었다. 자는 동안에도 어깨를 들썩거렸다. 숨도 고르지 못했다. 저녁때가 되어 밥 먹으라고 깨워도 몸만 뒤틀고 일어날 생각을 하지 않았다. 몸속으로 울음이 묻어들어가 그치지를 않았다.

"엄마, 나 토할래…." 진봉득이 아이에게 요강을 대주었다. 먹은 게 없어서 그런지 넘어오는 게 없었다. 헛구역질을 하다가 오줌을 지렸다. 똥이 마렵다면서 뒷간에 갔으나 금방 곳말을 추키고 일어났다.

식구들이 밤새 한잠도 못 잤다. 선재는 아침에서야 잠이 들었다. 진정중은 담배만 빨고 있다가 날이 훤해지면서 멍개나무 덩굴을 지게에 지고 나갔다. 선아의 무덤에 가는 모양이었다.

"쟤 말이다, 아무래도 쉬영에미 하도다한테 뵈어야 하겠다." 대술댁이 진봉득에게 조심스럽게 말했다. 진봉득은 대답을 하지 않았다. 그럴 일이 아닌 것 같았다. 답답한 울화증이야 비손해서 나을지도 몰랐다. 급체는 사관으로 따야 낫는다는 걸 진봉득은 잘 알고 있었다.

"저어기, 나 일 나가유…." 한대성이 작업도구 가방을 들고 외출을 서둘렀다.

"아니, 당신 시방 제정신이유, 애가 죽네 사네 하는데 그노무 일이 그렇게 중해유?" 진봉득이 푸르르해서 남편에게 들이댔다.

"애들은 그렇게 앓기도 하고 다치기두 하구 하면서 크는 법이여."

"그게 워니 나라 법이랍니까." 진봉득은 무심한 남편이 미웠다. 앞으로 살 일이 아무래도 밝게 보이지 않았다. 돈이 좀 잡히는가 했는데, 선아가 죽고, 선재까지 그 충격으로 병이 나고, 집안이 어딘지 기둥이 틀려 돌아가는 느낌이었다.

"병원에 가서, 의사더러 와달라구 해유."

"의사가 을매나 바쁜디 애놈 아프다구 다 쫓아다니겠어."

"핑계, 핑계 무언 핑계가 그리 많아유, 내가 후딱 갔다올 테니 당신일랑 집에서 애나 보구 있어유." 한대성은 옷을 갈아입었다.

대술댁이 앞치마 벗어 던지고, 하도다 데려온다고 나섰다.

"생각해보니, 이사하구, 떡 한번 신통하게 해먹지 않아서 성주님이 노한 모양이다. 에미 너는 떡쌀이나 담가라. 광 도가지에 팥도 있을 게다. 소지 종이는 내가 사가지고 오마." 선재가 병이 난 것이 동티쯤으로 생각하는 모양이었다.

"식구가 누가 아프면, 안택 않는 거래유. 병마부터 쫓아내구 그 담에 안택을 해두 하는 거지… 뭔 초친 맛으루 떡을 하구 어쩌구 한대유." 입 모양으로 보아서는 저놈의 주둥이, 하는 눈치였으나 말을 입밖에 내지는 않았다.

한대성은 연장 가방을 마루 구석에 던져놓고 대문을 나섰다. 저만큼 고패길 모퉁이를 돌아가는 장모 대술댁의 뒷모습이 보였다.

한대성은 걸음을 서둘렀다. 장모 대술댁이 하도다를 데리고 오기 전에 의사를 보여야 할 터였다. 같은 시간에 둘이 함께 집에 들이닥쳐 마주 부닥친다면 판이 어울리지 않는 것은 물론, 선재가 혼란에 빠질 것 같아서였다. 선재가 제 동생 선아 시신 나가는 것을 본 모양이라고, 한대성은 짐작했다. 할머니나 에미가 챙겨서 못 보게 할 것이지….

병원은 조용했다. 진료실에는 '진료 중' 안내판이 걸려 있고, 대기실에 젊은이 하나가 어깨에 머리를 처박고 앉아 있었다. 진료실 안에서는 여자의 고통스런 비명이 단속적으로 들렸다. 태어나면 안 될 목숨 하나가 죽어가고 있는 모양이었다. 젊은이는 푸우 푸우 한숨을 쉬다가 주머니에서 담배를 빼어 물었다.

"형씨, 이거, 불 쪼매 붙여주소."

한대성은 어무뜩해서 청년을 건너다보았다. 얼굴이 화상으로 일그러져 있고, 빈 소매가 덜렁거렸다. 상이군인이었다. 만나서는 안 될 여자 하나 만나 서로 안고 뒹굴었고, 애가 들어서서 그 애를 지우러 온 게 틀림없었다. 한대성은 청년이 내미는 라이터로 담배에 불을 붙여주고 밖으로 나왔다. 사월 푸른 잎들이 피어나고 있었다. 햇살도 곱게 번져 살랑거렸다.

함인덕 원장이 진찰실에서 나와 세면대에서 손을 씻었다. 한대성은 원장에게 꾸벅 인사를 했다.

"일찍 나오셨네. 딸내미를 잃었다는 얘긴 들었소만… 그런데 어쩐 일로 이렇게 일찍 오셨소?"

"우리 집 선재가 열이 나고 헛소리를 해대면서, 토하고 싸고… 손을 쓰지 않으면 죽을 것만 같습니다. 왕진을 와주셔야 하겠어서유."

"학교 들어간 애가 그래서 어쩌나…" 함인덕 원장은 손목시계를 들여다봤다. 예약 환자가 있는 모양이었다. 어쩐다, 삼십 분 후에 수술 환자가 오기로 되어 있는데…. 혼잣말처럼 입맛을 쩌억 다셨다. 고개를 좌우로 돌리면서 안 된다는 표정을 지었다.

"오늘이 평일이니까, 쪼금만 기다려보시게." 원장실로 들어가 전화를 하는 눈치였다.

"신 목사님이 차 가지고 온다고 했으니, 그 차로 갔다 옵시다."

신목양 목사가 승용차로 장만한 지프차를 몰고 왔다. 신 목사는 차에서 내리자마자, 한대성에게 다가와 손을 잡으면서 인사를 했다.

"내가 한 기사 위해 늘 기도하오. 그런데 한선재가, 그 똑똑한 한선재가 병이 났다는 거요?"

"제 동생 내보내는 걸 보고 충격을 받은 모양이구먼유."

"사람 목숨 나고 지고 하는 게 모두 하늘의 뜻인데, 지는 생명은 사람들, 특히 어린애들에게는 충격이 커요. 어른들에게도 가슴에 못이 되어 남는 기억이 죽음의 기억인데, 애들이야 오죽하겠소. 신앙인들에게야 기도할 데라도 있지만 일반인들은 황망하고 기댈 데 없는 슬픔에 빠지는 겁니다." 자갈길이라서 차가 심하게 흔들리고 털털거렸다. 신 목사의 이야기는 들릴 듯 말 듯 차의 흔들림을 따라 흩어졌다. 함인덕 원장은 입을 굳게 다물고 앉아 있었다.

차가 한대성 집 마당에 들어섰다. 겨우 차를 돌릴 만한 마당이었다. 마당 가의 감나무는 아직 잎이 돋아나기 전이었다.

"함 원장님, 내가 같이 들어가도 될라나 모르겠네요." 신 목사가 조심스럽게 물었다.

"의사 모시고 온 목사님인데, 뭐 그렇게 조심스럽소이까."

함인덕 원장은 아이의 가슴에 청진기를 대고 가슴을 손가락으로 툭툭 두드려보았다. 그러고는 숨을 크게 들이쉬고 내쉬어보라고 하고, 혀를 내밀어보라 하기도 했다. 겨드랑에 꽂았던 체온계를 빼보고는 혀를 찼다.

"선재가 나를 알아볼라나 모르겠네."

"예, 병원장님…." 유치원 원장과 구분하느라고 함인덕 원장을 '병원장'이라고 불렀다. 함 원장은 선재가 유치원에 있는 동안 가끔 불러서 아이가 커가는 걸 확인하곤 했다. 글을 써보라 시키기도 하고 셈하는 방법을 알려주기도 했다. 청진기를 신통히 여기는 눈치를 채고는 선재가 청진기를 만질 수 있게 해주었다. 웃옷을 올리고 가슴에다가 청진기 꼭지를 대보도록 했다.

"쿵쿵 심장 뛰는 소리 들리지? 안 들려?"

"들려요."

"네가 살아 있기 때문에 심장이 뛰는 거야."

"심장이 뛰면, 그럼 나 안 죽어요?"

"무서워하지 말아라. 어른들은 죽는 거 너무 무서워하는데, 심장이 뛰면 살아 있는 거고, 죽었다는 건 심장이 안 뛴다는 차이가 있을 뿐이란다. 네 심장은 아주 튼튼하다. 그런데 혹시 못된 균이 몸에 들어갔는지도 모르니 주사를 맞도록 하자. 따끔하고 안 아파. 자세히 봐라. 바늘이 살갗을 뚫고 들어가 약물을 몸에 넣어주는 거야. 그러면 균이 죽거나 밖으로 쫓겨나가 병이 낫는다."

"예에…."

"뭐가 예야?" 선재는 대답을 않고 빙긋 웃었다.

"학교는 재미있니?"

"예에…." 뭐가 재미있는지 말해보려무나, 함 원장은 그런 이야기를 하다가 선재의 눈이 풀려 있는 걸 보고는 자리에 눕도록 했다. 자리에 눕자 선재는 몸을 떨었다. 함 원장이 선재의 손을 잡았다.

"두려워하지 말아라. 세상에는 실제로 돌아다니는 것들도 있고, 사람들이 말로 만들어놓은 것들이 돌아다니기도 한단다. 호랑이는 사람을 볼 수 있지. 그런데 이야기로 만들어낸 호랑이는 사람을 겁에 질리게 하지만 사람을 해치지 못한다. 산에 사는 호랑이가 정말 무서우니까, 말로만 들어도 무섭게 되는 거란다. 너 귀신 봤어? 못 봤지? 도깨비는? 못 봤지? 모두 못했는데 그걸 왜 무서워하니? 졸리면 편히 자거라. 내일은 학교 갈 수 있을 거다."

선재가 일어나 앉았다. 약효가 저리 빠른가, 한대성이 눈이 휘둥그레져 선재를 끌어당겨 안았다. 선재가 팔을 뻗어 버둥거렸다.

"여우 넋이 사람에게 지핀다는 게 뭐래요?" 한대성이 눈을 짜부룩하고 선재를 쳐다봤다. 자기 없는 사이 누군가 아이에게 여우의 혼신이 지폈다는 이야기를 귀에 틀어넣은 모양이었다. 그렇지 않고서야 그런 이야기를 저처럼 천연덕스럽게 할 수 없는 노릇이었다.

함인덕 원장이 신목양 목사를 쳐다봤다. 당신이 대답해보라는 눈치였다. 어둠 속을 헤매는 이 백성들을 어찌할 것인가, 신 목사는 속으로 그런 생각을 했다. 도무지, 원자탄을 발명해서 태평양전쟁을 끝장내고, 한반도에서 그 끔찍한 과학전쟁을 치른 뒤인데, 아직도 여우의 넋이 지핀다는 게 뭔 헛소리인가. 그런데 함인덕 원장은 다른 이야기를 했다.

"강아지가 죽으면 불쌍하지? 그렇다고? 그래서 울음도 나지? 그래… 제비 다리 부러진 거 어떻게 해야 하니? 그래 처매주어 낫게 해야지. 꽃이 시들면? 그래, 물을 주어야지, 그래야 살지. 잠자리가 거미줄에 걸리면? 그래, 그래 떼어 날려주어야지…. 사람 마음은 그렇게, 강아지에게, 망아지에게, 나무에, 꽃에 통하는 거란다. 선한 마음은 그렇게 통하지만 악한 마음, 흉한 마음은 그렇게 통하지 않는단다. 여우도 자기들끼리는

땅밑에 여우가

사랑하고 자기 새끼 귀여워하고 그런단다. 여우의 그런 사람이 네 마음에 들어오면 아무렇지도 않아. 오히려 마음이 편하고 따뜻한 물이 고일지도 몰라. 여우를 못된 짐승이거니, 그러니 그 마음도 악할 것이라고 생각하면 여우가 무서워지지. 무서우니까 사람한테 해코지할 거라고 생각하지. 너 언제 동물원에 한번 가봐야겠다. 세상에 악한 짐승은 없다…."

"뱀도요?"

"뱀처럼 깨끗한 동물도 없단다."

"그러면 왜 인간을 악에 빠지게 꼬셔요?"

"인간 속에는 악한 마음도 있는 법이란다." 신목양 목사는 함인덕 원장이 아이에게 너무 어려운 이야기를 한다는 생각을 하고 있었다.

"바쁘다면서 나더러 차 대라고 할 때는 언제고, 여기와서는 이렇게 청처짐하니 오뉴월 엿가락처럼 늘어지셔?"

"그렇지, 내 정신이…." 함 원장이 왕진 가방을 챙겨들고 일어나려 할 때였다.

"한 기사님, 내가 기도하면 안 될까?"

"좋으실 대로 하세요."

신 목사가 손을 모으고 눈을 감았다. 잠시 자세를 가다듬는 듯하다가 기도를 시작했다.

"자비하신 하나님, 여기 당신의 종 앞에 가냘픈 어린 목숨 하나가 병마와 싸우고 있나이다. 이 어린 생명을 병고에서 풀어주시어 당신의 선한 뜻이 땅 위에 가득하게 하시옵고, 이 어린 생명으로 하여금 세상에 당신의 선한 의지로 가득하여 영광으로 빛난다는 걸 깨닫게 도와주시옵소서…. 주 예수님의 보혈에 기대어 간구하나이다." 함 원장도 아멘을 외쳤다. 선재가 일어서서 인사하려는 것을 함인덕 원장이 손을 저어 말렸다.

일행이 대문 앞에 이르자 함인덕 원장이 말했다.

"우리 한 기사님, 걱정 안 해도 됩니다. 아이가 호기심이 가득해서, 감수성이 예민한 것 같습니다. 너무 예민한 감수성은 병이 되기도 합니다." 한대성이 고개를 끄덕였다.

"왕진료, 얼마를 드려야 하나요?"

"직업이니 받아야 하기는 하는데… 준비된 대로 주소." 한대성은, 함 원장이 왕진비 안 받겠다고 할 걸 은근히 기대하고 있었다. 그러나 함 원장은 달랐다. '직업'이란 말이 꼬집힌 것처럼 가슴에 걸려왔다. 한대성이 아궁이 헌 데 흙이라도 한 줌 발라주면 꼭 챙겨주던 '수당', 그 이유를 알 듯했다.

"한 기사, 읍내 볼일 있을 텐데, 가는 김에 이 차로 나갑시다."

"나는 이게 직업 아니니까 차비 걱정은 하지 마소."

고마운 일이었다. 사실 그날 중요한 일이 있었다. 집을 새로 짓겠다는 양 사장을 만나기로 되어 있었다. 양 사장은 평택 미군부대에서 일을 한다고 했다. 어떤 일인지는 알 수 없었지만, 전쟁이 진행되는 동안 돈을 꽤 쥘 수 있었다는 소문이 돌았다. 천안에, 온양온천에 집을 하나씩 짓고 '영업'을 한다고 했다.

일행이 탄 차가 마을 어귀를 벗어나고 있을 때였다. 대술댁은 하도다의 북을 머리에 이고 나란히 걸어가고 있었다. 앓는 아이를 눕혀놓고 비손을 할 모양이었다. 아내 진봉득이 쌀을 담가놓은 걸로 봐서 떡을 쪄서

상에 올리고, 쇠를 울리면서 주문을 길게 길게 읊어댈 참이었다. 한대성은 일부러 고개를 옆으로 꺾고 앉아 있었다. *

제3부

Georgios Jakobides, *Children's concert*, 1884-1890

마른 꽃의 기억

학교. 선재에게 학교는 다른 세상이었다.

아침마다 입에다가 환한 해를 물고 인사해주는 친구가 있었다. 까까머리 친구들은 하나하나 얼굴에 자기 나름의 웃음을 달고 새 떼처럼 재깔거렸다. 학교는 커다란 참새들 둥우리였다.

엄마보다 예쁘고 친절한 선생님은 만날 때마다 머리를 쓰다듬어주었다. 옆 반 선생님은 미남이었다. 미남 선생님은 노래도 잘 불렀다. 음악시간에는 담임선생님 대신 풍금을 치면서 노래를 가르쳐주었다.

"산새들이 노래하안다 수우풀 속에서…." 풍금을 치면서 노래하는 선생님의 목소리는 맑고 우렁찼다.

"트랄랄라라 트랄랄라라…." 담임선생은 신이 나서 노래했다. 어른들은 그런 목소리를 꾀꼬리 소리라고 했다. 선재가 듣기로는 꾀꼬리는 아무리 애써도 저런 소리 못 낼 거라고, 어른들 말이 틀렸다는 생각을 했다.

선재는 한 가지 의문이 들었다. 우리 집 어른들은 왜 노래를 안 하는 걸까. 집에 가면 아버지한테 꼭 물어보아야 하겠다는 생각이 들었다.

"우리드을은 아름드리 나아무를 찍고…." 남선생님이 그렇게 불렀다.

"아가씨들은 풀을 베어라." 담임선생은 고개를 깨딱거리면서 노래 박자를 맞추었다. 선재가 손을 번쩍 들었다.

"아름드리 나무를 도끼로 어떻게 벤대요?" 아이들이 깔깔대고 웃었다. 선재는 이상한 질문을 하는 아이로 별호가 났다.

"노래니까…." 선재는 대답이 시원치 않아 무시를 당하는 것 같아 울화가 치밀었다. 씨이… 속으로만 침을 뱉었다.

열 번 찍어 안 넘어가는 나무 없단다. 할아버지는 왜 그런 이야기를 하는지, 알기 어려웠다. 아버지가 일 끝나고 술을 마시고 들어오는 날에는 아버지에게 그런 이야기를 하곤 했다. '고향집' 그 여자, 사내 여럿 잡아먹었다는 이야기는 더욱 알아듣기 어려웠다. 여자가 사내를 잡아먹다니…, 사람을 죽게 하는 것은 악마나 하는 짓이라고 목사님이 말했다. 그때도 선재는 의문이 머리에 차올랐다. 전쟁이 적군과 싸우는 건 악마와 싸우는 일인가? 그렇다면 용감한 국군 아저씨들은 악마와 총질을 해대면서 싸웠나?

"세상에 말이다, 그게 사람이냐, 열다섯 살 된 애를 총 들려가지고 전쟁에 내보내서 피흘리고 죽게 하는 그놈들이 사람이라냐? 어이구 이가 갈린다, 이가 갈려."

왜놈들한테 이 갈리게 당하고 나니 또 전쟁이 나서 이 갈리는 세월을 견뎌야 하는 게, 생각할수록 억울하다는 것이었다. 선재는 왜놈들이나 빨갱이들이 왜 이가 갈리는지 알기 어려웠다. 목사님은 세상의 모든 사람들은 하느님의 자녀라고 하지 않았던가.

할머니는 그런 이야기를 하면서 정말로 이를 갈았다. 뽀드득 하는 소리가 할머니 입술을 제치고 밖으로 나오는 것이었다. 선재는 이를 가는 할머니가 무서웠다. 할머니는 밤에 자다가 정말로 이를 갈았다. 선재는 선아 무덤을 판다는 여우도 이를 갈까, 그런 생각을 했다. 그런 생각을 하다가 겨우 잠드는 날은 가끔 오줌을 싸기도 했다.

"아직은 그냥 보구 있었는데 말이다, 너 오줌 싸면 치 쓰고 소금 받으러 보낸다." 할머니는 키를 '치'라고 발음했다. 그건 사투리였다. 표준말을 모르는 할머니 얼굴에 주름살이 유난히 두드러져 보였다.

'춘계 대청소 기간', 교문 앞에 그런 글씨가 입간판에 붙어 있었다. 대청소? 소청소는 뭐지? 손걸레가 아니라 대걸레로 청소하는 게 대청소인 모양이었다.

'깨끗한 학교 깨끗한 어린이', '깨끗한 나라 착한 어린이', 교실로 들어가는 문 옆에는 그런 표어가 붙어 있었다. 학교가 깨끗한 건 알겠는데 나라가 깨끗하다는 건 무슨 뜻인지 알기 어려웠다.

"자아 자아, 조용히 해요, 손걸레들 가지고 왔지요? 자기가 가지고 온 손걸레들 손에 들어봐요."

정훈이가 옆자리 은주의 손걸레를 뺏어 들고 낄낄거리고 웃었다. 은주가 정훈에게 달려들어 손걸레를 낚아채려 했다. 정훈이는 손걸레를 빼앗기지 않으려고 책상 사이로 도망치며 손걸레를 흔들었다.

"은주 엄마 빨간 빤쓰, 빤쓰 걸레 빨간 걸레." 정훈이가 은주의 손걸레를 흔들면서 책상 사이를 뛰어다녔다.

"조정훈, 너 거기 서지 못해, 나쁜 놈." 담임선생이 정훈의 등깜을 잡아챘다. 담임선생은 조정훈의 손에서 빨간 손걸레를 빼앗아 교탁 속에 던

마른 꽃의 기억 173

져 넣었다. 얼굴이 빨갛게 달아올랐다. 아이들은 종아리 맞는 조정훈을 어벙벙하니 쳐다봤다. 웃는 애들은 없었다.

"일본 사람들, 우리나라 식민지를 하기는 했지만 배울 게 있어요. 그들이 청결 개념, 위생 개념은 참말로 투철해요. 집 안에 먼지 한 톨 없이 깨끗이 하고 사니까 병에 안 걸려요. 화장실 갔다가 나오면서 반드시 손을 씻어요. 너희들 화장실 갔다가 나와서 손 씻는 애들 없지? 그게 후진국 애들이라 그래. 선진국에서는 모두 수세식 화장실을 쓴단 말이다. 그러니까 병에 안 걸리고 잘 사는 거야. 청결한 생활은 선진국으로 가는 지름길이야. 그러니 너희들도 학교에서는 물론 집에 가서도 청소 열심히 해서 새 나라의 깨끗한 어린이가 돼야 한다. 알았지?" 아이들이 제비 새끼 같은 입을 벌려, 예에… 대답들을 했다.

선재는 혼자 비싯비싯 웃었다. 생각나는 일이 있어서였다. 할머니는 아버지와 할아버지가 집에 들어오기 전 오후 시간이면, 놋대야에다가 물을 담아가지고 웃방으로 들어갔다. 어디를 닦는지 추적거리면서 물 쓰는 소리가 들렸다.

"봉득이 너 말이다, 잘 들어두어라. 뒷물 잘 해야 예쁜 딸 낳는단다. 옛날부터 내려오는 말이다."

"엄마는 그거 잘 안 해서 나처럼 못난이 딸 낳았나?"

"애가 한다는 소리가, 미쳤나…"

선재는 마루에 앉아서 책을 읽는 척하고 능청을 떨었다. 놋대야의 물을 버리는 것은 엄마의 몫이었다. 놋대야 물 버리는 곳은 정해져 있었다. 앞뜰 조그만 화단이었다. 그 화단에서는 맨드라미가 닭벼슬처럼 새빨갛게 피어나곤 했다.

청소가 시작되었다. 책상에 걸상을 올리고 양쪽에서 마주 들어 뒤로 밀쳐냈다. 총채로 유리창 먼지 터는 애들이 제일 산나 했다. 양동이에다가 물을 길어 오는 애들은 입이 부루퉁했다. 검정 신발이 물에 젖었다. 여자애들이 걸레로 마룻바닥을 밀고 다녔다. 사내애들이 여자애들 엉덩이를 머리로 들이받고 도망치기도 했다. 아무튼 애들은 우당탕탕 신들이 났다. 선재는 책상을 옮기고 우두커니 창밖을 내다보았다.

"미장일 끝나면 청소는 주인이 좀 나서면 좀 좋아. 요기도 조금, 조기도 조금 손가락질이나 하고 섰는 여자들… 그런 여편네 데리고 사는 것들 뱃속도 좋지…." 그렇게 투덜거리면서, 아버지는 연장을 손질했다. 잘은 모르지만 뭔가 섭섭했다는 얘기 같았다.

"한선재, 너는 키가 크니까 저기 벽에 걸린 화병 갖다 버리고 와라."

키가 크니까? 왜 그래야지? 그런 생각이 들었다. 선재는, 이게 화병인가? 그런 생각을 하면서 자기가 들고 가는 물건을 자세히 살펴보았다. 대나무 뿌리를 잘라 만든 물건이라는 것은 대강 알 듯했다. 할아버지 곰방대 물부리를 만든 대나무가, 크기는 다르지만 모양은 그대로였다. 그리고 뿌리를 잘라낸 자국이 마치 부처님 머리 모양을 하고 있었다. 그런데 선재가 본 대나무와는 비교가 안 될 정도로 굵고 목질부가 두꺼웠다. 이 대나무가 살아 있을 때는 하늘로 줄기가 뻗어 올라가 엄청 큰 모양을 했을 것 같았다.

그런데 선생님은 이걸 왜 버리라고 했을까. 혼자서는 의문이 풀리지 않았다. 친구를 불러 물어보고 싶은데, 청소하느라고 정신이 없었다. 찾

마른 꽃의 기억

아가서 물어보기는 어려웠다. 선생님이 뭐라고 할지도 몰랐다. 왜 안 버리고 다시 오는가 묻고 혼을 낼 것 같았다.

학교 교사는 두 동이 나란히 서 있었다. 약간 비스듬히 벽이 기울어 있었다. 벽에 덧댄 판자에는 검은 콜타르가 칠해져 있었다. 벽에 붙은 판자에서는 석유 냄새 닮은 콜타르 냄새가 났다. 일본 사람들이 지은 학교라서 건물 모양이 그렇다고 했다. 앞동 뒷동 나란히 선 교사엔 학생들이 바글거렸다. 뒷동을 지나 고학년 실습지 채마밭 가운데에 쓰레기장이 마련되어 있었다.

선재는 쓰레기장 앞에서 잠시 생각을 가다듬었다. 이런 좋은 물건을 그대로 버린다는 건 말이 안 되는 것 같았다. 그런데 선생님은 왜 그걸 갖다 버리라고 하는지 이해가 안 갔다. 그러나 선생님 말씀을 어길 수 없었다. 집에서 같으면 보물처럼 간직할 물건인데, 버리라는 선생님 말씀에는 선재가 알지 못하는 어떤 뜻이 있겠지 싶어 버리기로 마음을 먹었다.

그런데, 꽃병에 들어 있는 꽃들은 버리기가 너무 아까웠다. 꽃에 코를 갖다 대었다. 알싸하고 향긋한 냄새가 풍겼다. 엄마는 꽃을 엄청 좋아했다. 마당이며 장꽝 장독 사이로 꽃을 심었다. 봉숭아, 맨드라미, 과꽃, 백일홍… 손에 잡히는 꽃을 다 갖다 심었다.

"엄마는 왜 이렇게 꽃을 많이 심어?" 선재가 채송화 모종을 내는 엄마에게 물었다.

"선재야, 사람이 그리워서 그런다. 선아는 죽어서 꽃이 되었을 거다."

"할미꽃처럼…?"

"어린애는 죽으면 진달래꽃이 된단다." 선재가 울먹거리기 시작했다.

"두견새가 진달래꽃을 먹고 울며 울며 피를 토하고 산을 헤맨단다."
선재가 갑자기 울음을 터뜨렸다. 엄마도 따라 울었다.

엄마는 백일홍을 유난히 좋아했다. 잘 시들지 않고 오래가는 꽃이라 좋아한다고 했다. 마른 꽃들 속에 백일홍도 몇 송이 들어 있었다.

선재는 쓰레기장에다가 화병과 꽃을 한꺼번에 던져버렸다. 속에서 무언가 울컥울컥 올라오는 것 같았다. 아버지는 선아를 지게에 지고 가서 땅을 파고 그렇게 던져 넣었을 것 같았다. 교실로 가는 다리가 자꾸 떨렸다. 하늘을 쳐다보기도 하고, 하늘에 흘러가는 구름을 손으로 걷어잡고 싶었다. 학교 소사 아저씨가 쓰레기를 태우면서 꽃도 함께 태울 것이다. 대나무 화병도 불길에 들어가 타고 말 것이다. 마른 꽃이 불꽃이 되어 타면 거기서 향기가 날까? 선재의 발걸음은 무겁게 터덜거렸다.

"한선재, 너어, 어디서 무얼 하다가 이제 들오는 거야?" 담임선생의 말투가 가슴을 찔러왔다.

"마른 꽃 버리고 왔는데요…."

"그거 버리러 간 게 언젠데, 이제 오는 거야? 어디 돌아다니다가 왔니, 사실대로 말해봐."

"꽃 버리고 왔어요."

"그걸 누가 몰라서 묻는 줄 아니, 이 멍청이야. 다른 친구들이 너 기다리느라고 종례도 못 하고 이렇게 앉아 있잖아…." 담임선생은 츳츳 혀를 찼다. 선재는 할 말이 없었다. 꽃병의 마른 꽃을 갖다 버리래서 그렇게 한 것 말고는, 정말로, 다른 짓 아무것도 한 게 없었다.

"그런데 꽃병은 왜 안 가지고 왔어?" 담임선생의 얼굴에 황당한 빛이 떠올랐다.

"선생님이 버리라고 해서 버리고 왔는데요." 선재는 태연히 대답했다.

"어이구, 밥통 같은 놈. 집안에서 배운 게 없으니 저렇지. 얼른 뛰어가 봐. 가서 꽃병 찾아오란 말야. 그게 얼마짜린데 그걸 버려, 밥통 같은 자식…." 교실 뒷문을 열고 나가는 선재를 아이들이 고개를 돌려 쳐다보았다. 표정들이 굳어 있었다.

"한선재가 꽃병 찾아가지고 올 때까지, 너희들은 눈 감고 허리 꼿꼿 세우고 앉아 있어. 친구가 잘못하면 너희들도 책임이 있는 거야. 그래 안 그래?" 아이들을 어떻게 대답해야 하는지 어리뻥하니 앉아 있었다.

"대답해봐, 그렇지?" 아이들 몇이 예에, 기운 빠진 대답을 했다. 친구가 잘못했는데 왜 다른 친구들이 꾸중을 들어야 하는지 아이들은 이해를 못 했다.

아무리 둘러봐도 대나무 뿌리 꽃병은 안 보였다. 그사이 누군가 그걸 가져간 모양이었다. 담쑥 집어갈 만큼 값나가는 물건인 거 같았다. 선생님이 꽃병 값 물어내라고 하면 어떻게 하나 걱정이 앞섰다. 선생님은 그렇게 말했다.

"저 벽에 걸린 저거, 갖다 버리고 와라. 꽃도 마르니까 영 지저분하다." 말라서 지저분한 꽃이 꽂혀 있던 꽃병을 버리는 건 당연한 일이 아닌가. 선아가 죽었을 때, 선아의 옷가지며 장난감 같은 것을 모두 가지고 가서 태워버렸다는 걸 선재는 잘 알고 있었다.

"장난감 인형은 그대로 두고 가지 그래요?" 어머니는 아쉬워하며 말했다.

"애가 죽었는데 귀신 붙은 인형은 왜 두라는 거요? 이승은 이승이고 저승은 저승인 게야." 아버지는 노기 띤 음성으로 엄마를 나무랐다.

화병은 행방을 알 수 없었다. 선재는 사실대로 이야기하기로 하고 교실로 향해 걸음을 떼었다. 발이 무거웠다. 새로 사면 되지… 까짓거. 그런 생각도 했다.

선재가 교실 문을 열고 들어섰을 때, 종례를 마친 아이들은 막 인사를 하고 일어서는 중이었다.

"가만, 얘들아. 다들 다시 앉아라." 애들이 씨이 씨이 하는 소리가 들렸다.

"화병, 화병 어디 있어?"

"모르겠는데요."

"집에 가져갈 셈으로 감춘 건 아니겠지, 설마?"

"아닙니다."

"아닙니다? 그럼 감췄다는 거냐?"

"아닙니다."

"그럼?"

"누가 가져갔는지 없습니다."

"누가 가져갔을까?" 담임선생의 꼬부장한 눈이 선재를 꼬나보았다.

"전 몰라요. 누가 가져갔는지…."

"정말 몰라?"

"모른다니까요, 안 봤으니까 몰라요."

"얘 좀 봐라. 안 봐서 모른단다." 담임선생은 한숨 반 탄식 반 숨을 크

마른 꽃의 기억　179

게 내뱉었다.

"멍청하긴… 말귀가 그리 어두워서 어쩐다냐?" 앞날이 걱정이라는 표정이었다.

담임선생의 훈화가 시작되었다. 아이들은 선재의 등판에다가 눈길을 쏘고 있었다.

"여러분, 얘들아, 이렇게 생각해봐라. 말귀를 잘 안다는 것은 말하는 사람의 뜻을 잘 알아차린다는 뜻이다. 아이가 기저귀에 똥을 싸서 뭉개고 울어대고 있는데, 기저귀 갈아놓고 아이를 눕힌 엄마가, 이거 갖다 버려라, 그렇게 말하면 기저귀와 아이를 함께 갖다 버리면 어떻게 되겠느냐? 말이란 맥락을 알아서 잘 들어야 한다. 그래 선생님이 아무리 멍청해도 화병과 꽃을 같이 버리라고 하겠느냐? 말하는 사람의 의도를 잘못 파악하면 이런 실수가 생긴다." 담임선생의 이야기는 조금 더 이어졌다. 눈치가 싸야 한다는 것이었다.

"선생님이 꽃과 꽃병을 함께 버리라는 줄 알았다구요." 선재가 담임선생을 쳐다보고 똑똑한 목소리로 말했다.

"그러니까 멍청하다는 거야, 이 멍청아." 선재는 유치원 원장님 생각을 하고 있었다. 세상에 멍청한 사람은 없다는 것이었다. 아무리 현명한 사람이라도 멍청이라고 이름을 붙여주면 멍청해진다는 얘길 했다. 누가 너를 멍청하다고 하면 아니라고 일어서서 말해라. 그래야 너를 함부로 대하지 못한다. 자기를 지키는 건 힘이다. 선재는 어금니를 사려물었다. 가볍게 뽀드득 하는 소리가 났다.

"사람은 자기 잘못에 책임질 줄 알아야 한다. 한선재, 어떻게 해야 쓰겠냐?" 담임선생이 윽박질러 물었다.

"화병이 없으면 꽃 안 꽂으면 되잖아요."

"말이나 안 해야 밉지나 않지… 너 지장골에서 왔지? 내 다 안다. 너네 아버지가 서에 끌려갔던 것도 알아야." 선재는 머리를 푹 숙이고 발끝을 쳐다봤다. 양말이 뚫려 발가락이 감자 싹처럼 나와 있었다.

"내가 너희들에게 이런 이야기 하는 이유는 간단하다. 말을 잘 알아들으라면 눈치가 빨라야 하기 때문이다." 선재는 담임선생의 이야기를 알아듣기 힘들었다. 알아듣기 힘들다기보다는 담임선생이 미웠다. 이유는 단순했다. 담임선생이 자기를 멍청이라고 한 것은 잊을 수 없는 일이었다. 거기다가 지장골 이야기를 슬쩍 끼워넣는 건 어깨를 움츠리게 했다.

종례가 끝나고 돌아가는 아이들의 얼굴이 이전과 달라 보였다. 멍청이가 된 날은 친구도 없었다. 아무도, 잘 가라고 손을 흔들어주는 아이가 없었다. 섭섭했다. 눈물이 날 것 같아 어금니를 사려물었다. 잘 때 이를 갈던 할머니 얼굴이 떠올랐다.

종례가 끝나고서였다. 선재는 집으로 돌아가고 싶지 않았다. 선아가 보고 싶었다. 그러나 선아는 이 세상 사람이 아니었다. 무덤 속에서 잠자고 있을 터였다. 그리고 선아 무덤에는 얼씬도 하지 말라는 엄한 명령이 내려 있었다.

혹시 누가 화병을 다시 갖다 놓았을지 모른다는 생각이 들어서였다. 선재는 쓰레기장으로 천천히 걸어갔다. 쓰레기장에서는 소사 아저씨가 아이들이 갖다 버린 쓰레기를 태우고 있었다. 소사 아저씨는 불을 쑤석거리던 작대기를 들고 선재를 쳐다봤다. 전쟁에서 눈을 다쳐 한쪽 눈이

마른 꽃의 기억

허옇게 적이 돋아 있었다. 아이들이 새까먹은 눈이라고 놀리기도 했다. 아저씨는 한눈으로 보니까 더러운 거 안 보여서 좋다, 그런 알아듣기 어려운 이야기를 하곤 했다. 어른들의 이야기는 참 알아듣기 힘들었다.

"불똥 튈라, 저리 물러서라. 그런데 왜 어기 와서 얼찐거리냐?"

"아저씨, 저어기, 대나무 화병 못 봤어요?"

"그건 왜? 내가 주워다 놓았다만."

선재는 후유, 살았다, 멍청이 면할 게 신이 났다. 집으로 돌아가는 발걸음이 날 듯이 가벼웠다. *

말집 아이

삼봉산 산자락이 단풍으로 물들어갔다.

학교에 가는 아이들의 입술이 푸릇하게 얼어 보였다. 서리아침이었다.

선재는 선생님이 내준 숙제가 마음에 걸렸다. 학교 들어간 이후 처음으로, 집에 돌아가는 발걸음이 무겁게 느껴졌다. 집으로 돌아가는 동네 애들의 재깔대는 소리가 저만큼 멀어졌다.

숙제를 낸 선생님은 이상한 사람이었다. 자기가 관심 가지고 있는 걸 자세히 보고 기록해서 이야기하라는 것이었다. 아이들은 물었다. 대개 관심이란 말이 무슨 뜻인지 궁금해했다. 담임선생은 예를 들었다. 관심은 사람들이 흥미를 가진 걸 뜻한다고 대답했다.

─비행기는 어떻게 하늘로 날아오를 수 있는가?

─바닷속의 잠수함 안에서 군인들은 어떻게 숨을 쉬는가?

─아버지 엄마가 결혼하기 전에 나는 어디에 있었나?

아이들에게는 아무런 '관심'이 없는 일들이었다. 아이들의 관심은 다른 데 있었다. 아이들은 물었다.

"선생님, 비행기는요, 휘발유를 먹고 하늘로 날아오르잖아요? 사람은 휘발유 먹고 살 수 없어요? 왜 그렇지요?"

"재미있는 질문이다. 비행기는 기계다. 기계는 몸 안에서 휘발유를 태워 힘을 낼 수 있다. 사람은 동물이다. 동물은 휘발유를 몸속에서 태울 수 없다. 몸속에서 기름을 태우면 사람이 먼저 죽겠지? 자기 먼저 죽을 짓을 하는 생물체는 없다. 그렇지?" 아이들은 대답 없이 고개들을 끄덕거렸다.

"선생님… 용은 동물이지요?"

"그렇지, 선재가 잘 아네."

"용은 입에서 불을 뿜잖아요? 뱃속에서 불이 타고 있는 거예요?"

"용은 상상의 동물이다. 머릿속에서 그렇게 생각해보는 거란다. 불을 뿜는 동물은 지상에 존재하지 않는다."

"전기뱀장어도 있잖아요."

"선재야, 너 그런 걸 어디서 들었니?"

주일학교에서 들었다는 이야기는 하지 않았다. 학교에서 교회 이야기 하지 말라고 전도사가 주의를 주었던 것 같았다. 학교에는 교회 싫어하는 사람도 있다는 이야기였다. 선재는 책에서 읽었다고 하려다가 입을 다물었다. 책을 가져오라 하면 가지고 갈 책이 없었다. 선재는 울음을 참느라고 얼굴이 벌겋게 달아올랐다. 이 장면에서 왜 울음이 나려고 하는지는 스스로 알기 어려웠다.

"조용히, 자아, 주목, 조용히…!" 담임선생은 아이들에게 설명했다.

"사람이 살아가는 주변에는 재미있는 게 참 많아요. 땅속에 사는 생물들, 땅 위에 굴러다니는 돌 모양과 흙의 빛깔… 하늘의 무지개까지… 그런데 사람들은 관심이 없어요. 우리 주변에 있는 수많은 사물에 관심이 없으면 사람들 사는 거 재미가 없다. 지렁이, 얼마나 재미있는데…"

선재는 흠칫했다. 할머니 말씀이 생각나서였다. 할머니는 선재에게 오줌 눌 자리 가려야 한다고 여러 차례 일렀다. 특히 수채에다가 오줌 갈기지 말라는 말은 거의 꾸짖음에 가까웠다.

새로 이사한 집 수채에는 실지렁이가 가득했다. 수채물이 가라앉으면 밥티, 김치 찌꺼기, 콩나물 껍데기, 그런 지저분한 것들이 얼크러져 있었다. 그 사이에 물에 불은 실 같은 실지렁이가 춤추듯 빼곡하게 몰려 불꽃처럼 일렁였다. 선재는 그게 너무 더럽게 생각되었다. 광에서 삽을 들고 왔다. 실지렁이 일렁이는 수채구멍 흙을 퍼다가 두엄더미에 버렸다. 수채구멍이 깨끗하게 흙이 드러났다. 선재는 고추를 꺼내 수채에다가 오줌을 갈겼다. 어디서 나왔는지 실지렁이가 허옇게 되어 움직임을 멈추었다.

"지렁이에게 오줌 누면 자지 까지는 거여." 선재는 움칠했다. 오줌을 그치자 불두덩이 짜릿했다.

할머니가 어떻게 알았을까. 선재의 고추 모양은 다른 애들과 달랐다. 다른 애들은 고추 끄트머리가 매끄름하니 뾰족했다. 산재의 고추는 끄트머리가 뭉툭하니 껍질이 밖으로 말려 있었다. 선재는 목욕탕에 가서 어른들 고추를 보고, 나는 벌써 어른이 되었나 싶었다. 아무래도 이상했다. 그 이상한 고추를 애들 앞에 내놓고 싶지 않았다. 애들과 삼봉천 개울로 멱을 감으러 갈 때는 언제나 불편했다. 다른 애들이 발가벗고 물에 뛰어들었다. 선재는 '운동빤쓰'라고 하는 속옷을 입은 채로 물에 들어갔다. 운동회에서 입는, 양쪽 허벅지 옆에 하얀 줄을 덧댄 팬츠였다. 잠옷이 따로 없던 시절이었다. 운동빤쓰는 평상복이기도 하고 잠옷이 되기도 했다.

선재가 어깨를 축 늘어뜨리고 논둑길을 걸어가고 있을 때였다. 논둑길 저쪽 앞에 그림자 하나가 출렁이며 걸어가고 있었다. 꼴망태에다가 마른 풀을 걷어넣어 지고 가는 뒷모습은 누군지 알기 어려웠다. 무슨 짐승이 꾸그리고 굼실거리며 움직이고 있는 모양이었다. 선재는 걸음을 빨리 해서 그림자를 뒤쫓았다. 풀짐을 내려놓고 숨을 가다듬는 것은 말집의 막내 마상길이었다.

"상길이 형, 말도 풀 먹어?"

"말이 풀 먹지 그럼 돌 먹냐, 학교 다니는 자식이…."

선재는 얼굴이 확 달아올랐다. 말이 풀을 먹는지 몰랐던 게 문제가 아니었다. 학교 다니는 '자식'이 알아야 하는 걸 모른다는 게 부끄러웠다.

"말은 새끼를 밤에 만들어 낮에 만들어?"

"너어, 애가 의뭉스럽다. 너는, 너네 엄마 아빠가, 밤에 만들었냐 낮에 만들었냐?"

선재는 대답할 말이 없었다. 모르기 때문이었다. 모르는 것은 죄였다. 선생님은 노상 그렇게 말하곤 했다. 무식한 놈들! 배운 거 없는 놈들! 본데 없는 놈들! 불학무식한 놈들이란 말을 듣고는 마을의 무식한 놈들로 알고 낄낄 웃었다. '부락무식한 놈들' … 선재는 그런 무리에 자기는 예외라는 생각을 했다.

"말은 언제 자지 내놔?" 숙제를 생각하며 묻는 말이었다.

"대가리 물도 안 마른 자식이 별걸 다 묻고 지랄이네." 선재는 흠칫 뒤로 물러앉았다. 동네 탁발영감은 대가리 피도 안 마른 자식이란 말을 입에 달고 살았다. 중 노릇 하러 절에 갔다가 그것도 못하고 바리때 하나 달랑 들고 동네로 내려와 묻혀 들어 사랑머슴처럼 산다는 영감이었다. 사랑머슴은 일정한 거처 없이 이 집 저 집 사랑으로 전전하며 남의 집 일 해주고 사는 사람을 두고 하는 말이었다. 아이들은 영감에게 궁금한 게 많았다. 별별 걸 다 물었다.

"중도 부랑 달고 사는감요?" 부랑은 불알을 눙친 말이었다. 선재가 지어낸 말이었다.

대가리 물도 안 마른 자식은, 대가리 피도 안 마른 자식이라는 데 근원이 있었다. 나중에는 호적에 잉크도 안 마른 자식이라는 말로 패러디되었다.

"돈 있으면 처녀 불알도 사 온단다." 탁발영감이 말했다.

"씨이, 처녀 불알이 어디 있어요?" 선재가 발끈했다. 탁발영감은, 꽁알도 불알이라는 이야기는 아이들 앞에서 하지 않았다.

선재는 말을 잘 관찰해보고 숙제를 해결할 생각이었다. 마상길에게 말을 보여달라고 하려는 생각이었다. 선재는 마상길에게 무언가 선물을 준비해야 할 것 같았다. 아버지가 캐다가 웃방 통가리에 저장한 고구마 생각이 났다. 고구마는 말한테 주어도 허발을 해서 잘 먹는다는 걸 선재는 들어서 알고 있었다.

"고구마가 말이다, 본래 남양에서 자라는 작물이다. 그게 일본까지 와서 백성들 먹을거리 걱정을 덜었다." 그 이야기를 들으면서, 선재는 배에서 창자가 슬슬 움직이기 시작했다. 아침에 용변을 보았는데 새끕맞게 뒤가 무주룩해왔다. 그 무렵 사람들은 대변 보는 일을, 고구마 찐다는 근사한 수사를 동원했다. 똥구멍이 찢어지도록 가난하던 시대였다. 먹는 음식이 거칠어 배변이 잘 안 되고, 그 결과 배변 시 항문 열상이 생기곤 했다. 잘 먹지 못한 것은 물론 배변조차 고생고생해야 하는 게 민초들이었다. 주린 배 움켜쥐고 서러운 노래 불러야 하는 시대였다.

"병원 원장님한테, 고구마에 대해, 이런 이야기를 들었다." 어느 저녁 찐 고구마와 식구들이 둘러앉았다. 선재는 아버지 한대성의 말에 귀를 세웠다.

영조 임금 때였다. 조엄(趙曮, 1719~1777)이라는 정승이 있었다. 일본에 사신으로 갔다. 대마도는 일본 본토로 가는 중에 들르게 되어 있었다. 땅이 척박하고 사람들이 포악하다는 이야기를 들었는데 실상은 달랐다. 우선 사람들은 먹을 걱정을 하지 않는 것이었다. 조 정승은 그들이 무엇을 먹는지 예민한 눈으로 살폈다. 겉이 붉고 생긴 모양이 양쪽이 맨초롬한 베틀 북처럼 생긴 뿌리였다.

"저거 하나 먹어볼 수 있겠습니까?" 조엄은 대마도 영주에게 물었다. 미구에 작은 상에 고구마 세 뿌리와 다꾸앙, 오차가 얹혀 나왔다. 조엄은 고구마를 잘라 입에 넣었다. 꿀떡 맛 그대로였다. 조엄은 고구마를 한 조각 떼어 입에 넣고 녹여 삼키다가 눈에 물기가 돌았다.

"이게 이름이 무엇입니까?" 조엄이 물었다.

"고코이모라고 합니다." 대마도 관리가 대답했다.

어떤 효자가 고구마로 부모를 봉양했다고 해서 '고코이모(孝行芋, こうこいも, 효도하는 토란)'라고 불렀다는 이야기가 전한다는 것이었다. 조엄은 붓을 청해 고귀위마(古貴爲麻)라고 일기장에 적어놓았다.

선재는 조금 혼란스러웠다. 할아버지는 고구마를 '무감자'라고 했다.

할아버지 머리에는 감자라는 것만 있는 모양이었다.

"할아버진 왜 고구마를 무감자라고 해요?" 선재가 할아버지에게 물었다. 진정중은 손자의 질문에 대답할 여지가 없었다. 무처럼 생긴 감자라는 뜻일 것으로만 짐작을 하고 있었다.

"그게, 감자라는 게 참마하고 닮았다고 해서 생긴 말이란다." 진봉득이 남편을 흘금 쳐다봤다. 근래에 와서 사람이 어딘가 달라지는 느낌을 받았다. 돌아다니면서 보고 들은 게 많아지면서 남편의 말씨가 유식해지는 게 한편으로 걱정을 불러왔다. 한대성이 견문이 넓어지고 상식이 풍부해질수록 자기한테서는 멀어지는 것 같았다.

"할아버지, 마상길네 말이 몇 마리래유?" 선재가 눈을 반짝이며 할아버지한테 물었다.

"글쎄다, 말이 두 마린가 하구 당나귀두 한 마리 있는 모양이더라." 손주를 신통하다는 듯 바라보며 대답했다.

"말과 당나귀는 어떻게 달라요?" 선재가 물었다. 할아버지는 당나귀가 말보다 몸이 작지만 먹성이 좋고 성질이 온순해서 일을 시키기 편하다는 설명을 해주었다. 한대성은 웃음을 참지 못하고 먹던 고구마를 뱉어냈다. 푸루루, 당나귀 코 부는 소리를 내면서였다.

"선재야, 너 아버지 물 떠다 드려라." 할머니의 말이었다.

"무슨 생각 하다가 사레 들려 그런대유?" 아내가 투덜대듯 다그쳤다.

"아아 거, 내가 데모도 데리고 다니는 곽창하라는 놈이, 마방간 당나귀 지나가는 걸 보고서는, 킬킬거리더니 당나귀 귀 빼고 좆 빼면 남는 게 없다고 해서 어찌 웃었는지…" 그 생각이 나서 웃다가 사레 들렸다는 것이었다.

"곽창자인가 곽창하인가, 그거 혹시 곽민영이 사촌 아녀유?" 진봉득이 푸르르해서 일어났다. 진정중 내외는 돌아 나가는 딸의 뒤꼭지에 눈길을 박고 쳐다보았다.

"할머니, 물독에 물 없는데유…." 선재가 투덜대는 투로 말했다.

"집안 꼴 하구는…." 진정중이 토방을 내려서면서 혀를 찼다.

사실 숙제는 뒷전이었다. 선재의 관심은 마상길네 말들이었다. 말이란 동물 그 자체가 아니었다. 말의 거시기, 말좆이었다. 선재가 말좆에 관심을 가진 것은 문학수 선생이 빌미를 주었다. 담임선생이 독감으로 결근했다. 옆반 문학수 선생이 대강을 들어왔다.

"담임선생님이 결근을 했는데, 요놈들이 왜 떠들어댄다냐… 조용히 해."

선재는 선생님들이 조용히 하라는 말이 듣기 싫었다. 교장선생을 대장으로 해서, 교감, 부장, 담임 등 선생이란 선생은 모두 '조용히' 하라고 아이들을 주눅 들게 했다.

창밖을 내다보고 있던 문학수 선생이 얼른 뒤로 돌아섰다.

"내가 오늘 재미있는 시 하나 소개해주마. 모두 공책 펴고 적어라." 아이들이 어수선하게 공책을 내놓고 교단에 선 문학수 선생을 쳐다보았다.

말아, 다락 같은 말아,
너는 즘잔도 하다마는

너는 웨 그리 슬퍼 뵈니?

말아, 사람 편인 말아,

검정 콩 푸렁 콩을 주마.

이 말은 누가 난 줄도 모르고

밤이면 먼 데 달을 보며 잔다.

 아이들이 그 내용을 이해하고 못 하고는 문학수 선생의 관심 대상이 아니었다. 정지용은 위험한 인물로 지목되어 있었다. 뒤에 알려진 바로는 납북 중에 포격으로 세상을 떴다는 것이다. 그러나 당시는 그런 이야기조차 제대로 할 수 없는 형편이었다. 문학수 선생은 문학의 씨앗은 일찍 심어야 한다는 생각을 했다. 문학의 씨앗은 다른 게 아니었다. 한 구절이라도 작품을 아는 것, 하다못해 작품 제목이라도 아는 것이 문학의 씨앗이려니 했다. 불국사에 가서 박목월의 「불국사」라는 시 제목이 떠오르면, 그만큼 문학을 안다는 주장이었다.

 "얘들아, 다 썼으면, 선생님한테 질문 있으면 질문들 해라." 시끌짝하던 교실이 조용해졌다.

 "말이 왜 다락 같아요?" 송장훈이란 아이가 물었다.

 "너희들이 다락을 잘 몰라서 그렇다. 벽장이라고 하는 허름한 다락만 알아서 그렇지, 본래 다락은 성문 위에 짓는 높은 건물을 말하는 거야. 이순신 장군이 한산섬 달 밝은 밤에 수루에 혼자 앉아… 그렇게 읊었는데 그 '수루'라는 게 다락이다. 말이 엄청 크고 웅장해서 올려다보인다는 뜻이다." 문학수 선생은 알았냐, 그런 말은 하지 않았다. 다만, '또 질문', 그렇게 말하며 아이들을 둘러보았다. 선재가 손을 번쩍 들었다.

"콩은 소가 좋아하는데 말도 콩 좋아해요?"

"그럼, 그렇지 콩은 뿌리, 이파리, 꼬투리 모두 영양가가 높아 짐승들이 다 좋아한단다." 선재가 고개를 주억거렸다. 말에게 콩을 줄 때는 콩알을 주는 게 아니라 콩 꼬투리가 붙어 있는 채로 준다는 설명을 했다. 그러니까 검정 콩 푸렁 콩은, 흑태와 청태를 뜻하기도 하지만 익은 콩 안 익은 콩을 가리지 않고 준다는 뜻이라고 설명을 했다. 아이들은 다시 떠들어대기 시작했다.

"이 호랑말코 같은 놈들, 해볼 도리가 없구나. 자, 따라 읽어, 말아 다락 같은 말아…." 문학수 선생이 선창하듯 읽었고, 아이들은 입을 벌려 따라 읽었다. 선재는 호랑말코에 꽂혔다.

아이들이 '검정 콩 푸렁 콩'을 주절거리면서 집으로 돌아갈 무렵이었다. 마상길이 자기네 말을 몰고 동네 큰마당으로 가고 있었다. 마상길네는 '마방간'으로 불렸다. 그리고 사람들은 '말집'이라고 했다. 말을 두 마리 길렀다. 나귀도 한 마리 덤처럼 길렀다. 말들은 바퀴가 커다란 마차를 끌었다. 장거리 짐들이며 근동으로 이사하는 이삿짐을 '도리해서' 날랐다. 나귀에게는 조그만 수레를 끌게 했다. 수원 비행장이라던가 하는 데서 구해온 고무 바퀴를 단 앙증맞은 수레였다. 마상길이 채찍으로 나귀 볼기를 치면서, 이랴 하는 목소리는 우렁찼다. 어른들은 장래 듬직한 마차꾼이 될 거라고 마상길을 칭찬해주었다. 공부 안 하는 애들을 나무랄 때마다, 마상길 못 보냐고 다그치는 바람에 질시의 대상이 되기도 했다.

"오늘이 말 패주는 날인가 보다." 아이들은 호기심 반 두려움 반으로 마상길이 몰고 가는 말을 따라 동네 큰마당으로 몰려들었다. 초하루 보름으로 있는 마을 행사였다. 말을 끌고 나와 다리를 묶어 높인 다음 마상길의 아버지 마각충은 아까시나무 몽둥이로 말을 패제켰다. "말이, 그 말 못하는 말이 불쌍하지도 않나, 그렇게 패면 나중에 죄받으리, 츳츳." 경기도 파주가 고향이라는 윤 노인이 군시렁거렸다.

"모르는 소리 말아요. 이놈이 콩밭 옆에만 가면 환장을 해설랑 달려들지요, 채소 장사하는 순채네 가게 잎에만 가면 오줌을 좔좔 싸지요, 발굽 갈라줄라고 묶어매면 거품을 물고 지랄이지요… 아무쪼록 맞아봐야 정신을 차려요. 사람이나 짐승이나 지랄을 빵구는 데는 몽둥이가 약이라니까요." 마각충은 좀 더 길게 사설을 읊은 다음, 미리 준비한 몽둥이로 말의 엉덩이며 허벅지를 툭 툭 소리가 나게 쳐댔다. 몽둥이가 떨어질 때마다 말은 경련을 일으켰다.

"상길이 형, 아버지 좀 어떻게 해봐, 저러다가 말 죽고 말겠어." 선재가 마상길에게 매달리듯이 애원을 했다.

"웃기지 마, 짜식아, 너도 말 안 들으면 몽둥이 찜질을 당해봐야 해." 마상길은 당연하다는 듯이 말했다.

"불쌍해, 저 말 거품 뿜는 거 봐, 눈도 홉뜨고… 죽을라나 봐, 형." 선재는 마상길에게 고구마라도 갖다 주어 달래고 싶었다.

"참 너 지난번에, 순채네 왜무수 서리해 먹었지? 내가 다 봤어." 단무지용으로 심은 무를 '왜무수'라고 했다.

"뭐어, 내가 혼자 했남?" 선재가 기죽은 목소리로 말했다.

"남이 나쁜 짓 하는 거 안 말리는 놈은 더 나빠. 뻔히 알면서 빨갱이 신고하지 않는 놈은 빨갱이보다 먼저 총살이래." 마상길의 눈에 번쩍하는 불빛이 비쳤다.

선재는 흉한 꿈을 꾸었다. 몸뚱이에 피가 낭자한 수놈이 암놈에게 달려들어 그 시커먼 코끼리 코처럼 생긴 좆을 암놈의 사타구니에 밀어넣는 중이었다. *

쥐꼬리와 멍멍이

학교 교문 문기둥을 가로질러 광목 깃발이 나붙었다. 거기 이상한 표어가 적혀 있었다.

"쥐 잡아서 국민건강 증진하고 문화생활 이룩하자!"

이상한 표어에 나붙은 건 '쥐 잡는 날'이라는 말이었다. 학교에서 쥐를 잡아오라고 하다니. 선재는 어리둥절하니 서서 현수막을 한참 바라보았다. 쥐를 잡으면 왜 국민들 건강이 좋아지는지 궁금했다. 문화생활이 무언지도 알기 어려웠다. 어린이들 모르는 다른 세상이 있는 모양이었다.

수업이 시작되자 선재는 손을 번쩍 들었다.

"왜, 선재가 무슨 일이 있나?"

"쥐를 잡으면 어떻게 가지고 와요?" 담임선생은 잠시 고개를 갸웃거리다가 빙긋 웃고 대답했다.

"쥐를 잡아가지고 말이다, 발목에다가 끈을 매서 이랴, 이랴, 낄낄 이랴 낄낄 그렇게 학교까지 몰고 와라." 담임선생의 말에 아이들이 깔깔대고 웃었다. 다른 애들은 쥐꼬리를 잘라 가지고 온다는 걸 다 알고 있었다.

"멍청아, 쥐꼬리 잘라가지고 오는 거야." 옆줄의 하영수가 말했다. 하영수 때문에 선재는 멍청이가 되고 말았다. 오랜만에 멍청이 소리를 들었다. 어디 두고보자 하는 생각이 들었다.

 쥐꼬리만 자르고 놔주면 쥐가 살아서 돌아다닐 텐데, 왜 꼬리만 내라는 거야? 선재는 궁금증이 풀리지 않은 채, 선생님이 일러주는 구구단이 머리에 들어오지 않았다. 쥐꼬리를 잘라가지고 올 일이 아득하게 느껴졌다.

 "할머니, 우리 학교 이상해, 쥐를 잡아오래. 아니 쥐꼬리 잘라오래. 쥐 어떻게 잡아?"

 "그거 할아버지한테 얘기해라. 여자들이 하는 일 아니다. 저 건너 나무골에서는 손자 숙제해준다고 쥐 잡다가 쥐한테 물려서 사람이 죽었다는 게여." 쥐를 잡는 게 위험하기 짝이 없는 일이라는 걸 처음 알았다. 쥐한테 물리면 사람이 죽을 수도 있다는 건 처음 들었다. 선재는 할머니가 할아버지한테 쥐를 잡아오라는 이야기를 해줄 걸로 믿고 있었다. 그러나 할머니는 저녁나절이 되도록 할아버지한테 그런 이야기를 하지 않았다. 할머니한테 조르다가 할아버지에게 직접 이야기하기로 했다.

 "할아버지, 씨이, 학교서 쥐 잡아오래. 쥐 잡아서 꼬릴 잘라오래."

 "잘되었다, 너 나랑 같이 나가자." 쥐한테 물리면 사람이 죽기도 한다는 이야기가 겁이 나기는 했지만 할아버지를 따라 나섰다. 할아버지는 지게에다가 곡괭이와 삽을 올려 걸머졌다. 선재는 괭이자루 감으로 잘라 놓았던 물푸레나무 몽둥이를 들고 할아버지 뒤를 따라나섰다. 할아버지는 걸음이 빨랐다.

 "후유, 나도 갑년이 되어가니 그런가, 고거 걸었다고 숨이 차구나. 잠깐 쉬어 가자." 할아버지는 지게를 밭둑에 받쳐놓고 앉아서 하늘을 바라보았다. 왜 그런지 후우, 후우 한숨을 자주 쉬었다.

"할아버지, 조금 전에 갑년이라고 했잖아, 갑년이 뭐야?"

"사람 나이는 갑자 을축 병인 정묘 하는 식으로 따진단다. 그렇게 딱 육십 번을 돌아가면 다시 갑자 을축 그렇게 나간다. 그렇게 해서 육십 년을 돌아가면 다시 갑자을축 그렇게 나이를 셈하는 게여. 이 할애비는 무자생인데 쥐띠라고 헌다."

"무자생이 왜 쥐띠야, 전에 할아버지가 물뱀을 무자수라고 했잖아. 그러니까 무자생이면 뱀띠지."

"녀석도, 갑자, 병자, 경자, 임자… 그렇게 '자'란 글자가 들어가면 모두 쥐띠라는 게여."

"그런디 왜 쥐가 제일 앞에 와? 그 쬐끄만 쥐새끼가…"

"쥐는 동작이 빠르고 머리가 좋아서 노상 일등을 한단다. 내가 얘기해 주랴?" 할아버지는 말을 많이 하지는 않았다. 그런데 이야기를 꺼내면 아주 재미있었다. 어떤 때는 동네 애들이 이야기를 들으러 오기도 했다. 그런데 그 이야기 몫을 교회에 빼앗겼다. 교회에서는 젊은 선생님들이 이야기를 아주 실감 있게 했다. 선재의 할아버지, 정확하게는 외할아버지, 진정중은 이야기를 시작했다.

사람의 나이에 띠를 매기는 동물은 열두 가지이다. 차례로 쥐-소-범-토끼-용-뱀-말-양-잔나비-닭-개-돼지, 그런 순서로 차례가 정해져 있다. 으흠, 아주 까마득한 옛날에 조물주가 보니까 동물들은 어느 게 앞인지 뒤인지 알기 어렵게 몰려다니는 게야. 그래서 날짜를 정해주고, 그날 오는 순서대로 차례를 정해주겠다고 했단다. 쥐는 체구가 작고 낮에는 잘 안 다녀봐서, 누구랑 같이 가는 게 좋을까 따져봤단다. 고양이가 와서 쥐한테 물었어. 하늘나라에 나랑 같이 가면 어떻겠냐? 쥐는 깜짝 놀랐지. 길을 가다가 자기를 잡아먹겠다고 대들 수도 있잖여. 그래서 정해진 날짜를 하루 뒤 다음 날로 알려주어 아주 참여를 못 하도록 돌려놓았단다. 쥐란 놈이 머리가 그렇게 좋은 게여."

대가리는 조그만한 게 머리가 그렇게 좋은 건 이해가 잘 안 되었다.

고양이를 속인 쥐는 소를 따라가기로 했다. 소는 발걸음이 착실하고 부지런하잖냐. 그래서 소가 가장 앞서서 가게 되었다구 한단다. 소 발에 밟히지 않게 따라가던 쥐가, 소 등에 올라타고, 소가 막 조물주의 궁전에 도착할 때, 등에서 폴짝 뛰어내려 일등을 했다는 게여. 덩치 큰 소보다 머리 좋은 쥐가 일등을 했어. 사람도 육덕만 큰 놈보다 머리가 팽팽 잘 돌아가는 놈이 일도 잘 하고 잘 살거든. 머리가 너무 좋아 꾀만 가득하면 제 꾀에 제가 넘어가서 실수를 하기도 하지. 고양이는 정해진 날짜에 못 와서 열두 짐승 가운데 못 들어간 거란다. 고양이 띠는 없어. 그래서 고양이는 원한 감정이 생겨 쥐를 보기만 하면 잡아먹는단다. 열두 가지 짐승 가운데 가장 작은 놈이 맨 앞에 서게 된 것은 말이다, 쥐가 지혜가 있어서 그리 된 거야.

"그러니 너도 머리와 함께 인격을 닦아야 헌다."

"쥐는 인격이 없잖아요. 사람이 만든 거 도둑질이나 하고…."

선재는 쥐가 정말 머리가 그렇게 좋을까 생각을 하고 있었다. 할아버지는 이미 논두렁으로 들어서면서 쥐구멍을 찾고 있었다. 논두렁에 흙더미가 보글보글 올라와 있는 게 보였다. 할아버지는 지게를 받쳐놓고 삽을 내려 쥐구멍을 파기 시작했다. 흙이 물러 삽날에 흙이 수북수북 얹혔다. 쥐 굴이 열리고 벼이삭이며 콩꼬투리, 수수이삭, 알밤과 도토리 그런 저장물들이 쏟아져나왔다. 할아버지가 삽날을 비끼자 어미쥐 한 마리가 머리를 내밀고 있다가 도망칠 자세를 취했다. 선재가 몽둥이를 들어 쥐를 내리쳤다. 쥐는 끼익 소리를 내면서 볼그레한 배를 드러내고 뻐드러졌다. 입에서는 피거품이 솟았다. 선재는 자기도 모르게 진저리를 쳤다.

"이놈이 암놈이다. 요게 쥐젖인데, 젖꼭지가 몇 갠가 너 세어봐라."

"열 개인데요. 히야…."

"엄마는 젖꼭지가 한 쌍, 허니께 두 개지? 그런데 암소는 젖꼭지가 몇 갠 줄 아니?" 선재는 소 젖꼭지를 본 적이 없었다.

"소는 젖꼭지가 네 개다. 개는 젖꼭지가 여덟 개. 왜 그런지는 생각해봐라." 학교 안 다닌 줄로 아는 할아버지가 동물들의 젖꼭지 숫자까지 훤히 알고 있는 건 신통했다. 나도 나이를 먹으면 할아버지처럼 코끼리의 젖꼭지, 기린의 젖꼭지 그 수를 환히 알 수 있을까. 그런 생각이 들었다.

그날 논두렁에서 쥐를 네 마리나 잡았다. 젖꼭지가 자그마치 40개였다. 쥐꼬리는 네 개… 그게 그날, 조손이 벌인 대서전투(對鼠戰鬪)에서 얻은 노획물이었다. 노획물은 전리품이라고 했다.

할아버지는 쥐굴에서 나온 곡식을 푸대자루에 챙겨 담았다. 두어 말은 되는 양이었다. 더럽지 않은가 하려다가 입을 다물었다. 쥐의 양식을 빼앗아 먹는 사람이 단작스럽다는 생각이 들었다. 입이 부루퉁해져 있는 선재에게 할아버지는 말했다.

"어차피 식구가 없으니 양식도 필요없다." 식구와 양식… 식구는 한

쥐꼬리와 멍멍이 199

집안에서 밥을 먹는 입의 숫자라던 선생님의 이야기가 떠올랐다. 선생님은 말했다.

"문제는 입이란 말이다. 사람이 숟가락 놓고 입 닫으면, 그게 죽는 거다." 할아버지가 선아 돌날 사다 주었던 예쁜 숟가락 생각이 났다.

"쥐꼬리는 낙엽으루다가 싸가도록 해라. 쥐는 땅에 묻어주자." 쥐를 땅에 묻다니, 그대로 두면 들고양이들이 와서 다 먹어버릴 건데… 들고양이 먹이를 빼앗은 셈이었다. 할아버지는 왜 꼬리 자른 쥐를 묻어주었을까.

쥐꼬리 네 가닥을 가지고 학교로 가는 선재는 뿌듯했다. 신문지에 싼 쥐꼬리를 풀어서 들여다보았다. 신문지에 기름이 배어 있었다.

할머니는 쥐가 들기름 먹는 이야기를 아주 실감나게 잘도 했다. 요놈이 말이다, 기름병 옆에 놓인 함지박에 올라가서는 꼬리를 빳빳하게 세워 끄트머리를 기름병 아구리에 넣고서는 말이다, 꼬리에 기운을 빼는 거야. 그러면 쥐꼬리가 기름병 안으로 스르르 미끄러져 들어가거든. 꼬리에 기름이 젖으면 요놈을 빼가지고는, 눈을 깜박거리면서, 살살 핥아먹는 거라니께. 그리고 소금단지에 가서 뾰족한 주둥이로 뚜껑을 제치고 왕소금 세 알을 꺼내놓고는 고 작은 세바닥으로 갈금갈금 핥아 먹어요. 그래서 음식 아주 아껴서 먹는 모양을 쥐 왕소금 먹듯 한다는 말이 나온 게야. 할머니가 그런 이야기를 할 때 보면 할머니 입이 쥐 입처럼 앞으로 뾰주룩이 나와 보였다. 아무리 할머니지만 입은 얄밉게 생겼다.

그런 생각을 하고 있는데, 하영수가 다가와 말을 걸었다.

"선재야, 너 어제 우리 논둑에서 쥐 잡았다면서… 우리 아버지가 다 봤대. 쥐꼬리 하나 나 주라. 우리 논둑에서 잡은 쥐는 우리 쥐나 마찬가지 아냐." 선재는 쥐꼬리를 통째로 주기가 아까웠다. 꼬리만 가지고 오고 몸뚱이는 다시 땅에 묻었으니 돌려준 것이나 마찬가지라고 하려다가 말았다. 또 멍청이 소리를 듣고 싶지 않았다.

"한선재, 멍청이야, 쥐꼬릴 잘라서 내자. 어디 보자, 네 마리네. 반씩 자르면 너도 네 마리, 나도 네 마리, 그럼 공평하겠다."

"아냐, 내가 할아버지랑 잡은 거니까 이건 내 거라구."

"멍청이 새끼, 그 논이 우리 논인데, 그러니까 너는 너네 할아버지랑 우리 쥐를 훔쳐간 놈이야. 그러니 잔소리 말고 잘라서 같이 내자니까." 하영수는 학생복 주머니에서 주머니칼을 꺼냈다. 철컥 하고 펴는 칼날이 반짝 빛을 냈다.

"쥐꼬리 여기 책상 위에다 올려놔, 그럼 내가 자를게. 얼른, 씨발…." 하영수의 눈이 희끗 돌아갔다. 금방 주먹을 올릴 기세였다. 선재는 쥐꼬리 두 개를 책상 위에 내놓았다. 하영수는 쥐꼬리를 손으로 붙들고 익숙하게 잘랐다. 그러고는 옆에서 구경하던 전익수에게 두 도막을 쥐여주면서 말했다.

"쥐꼬리 주었으니까, 이따 책보 들어주라." 전익수는 공책 장을 북 찢어서 쥐꼬릴 쌌다. 아직 덜 말랐는지 피가 내배었다.

"나는 두 개만 내라는 거야?" 선재가 하영수에게 항의하듯 말했다.

"빨갱이 새끼가, 공평하게 나눠야 하는 거야. 정 억울하면 내가 남은 거 잘라줄까." 하영수는 주머니칼을 들어 선재 눈앞에 들이댔다. 팔뚝에

쥐꼬리와 멍멍이   201

소름이 돋았다. 선재는 자기를 빨갱이 새끼라고 부르는 애들도 있다는 걸 처음 알았다. 아니라고 변명할 여지가 없었다.

선재는 종일 마음이 어지러웠다. 남의 논둑에서 쥐를 잡으면 그건 잘못인가, 남의 논 논둑에서 쥐굴을 파서 얻은 곡식은 논의 주인에게 돌려주어야 하는가, 할아버지가 하영수네 집에 가서 잘못을 빌어야 하는가 갈피를 잡기 어렵게 생각이 돌아갔다. 공연히 등에서 땀이 흐르는 것 같았다.

학교가 파하고 집에 돌아왔을 때, 선재는 학교 다녀왔다는 인사도 안 하고 자기 방으로 들어갔다. 할머니는 선경을 업고 뜰에서 오락가락하면서 자장가를 불렀다.

선경은 선아가 산에 묻힌 다음 해 태어난 동생이었다. 얼굴이 선아를 빼닮았다. 수양어머니 하도다는 삼신할미가 선아 잃은 거 대봉치느라고 선아 닮은 애를 점지해주었다고 이야기했다. 선재는 수양엄마 때문에 선아가 죽었을지도 모른다는 생각을 했다. 수양어머니가 무섭고 미웠다. 하얀 이를 드러내고 웃는 웃음마저 선재의 마음을 긁어댔다.

주일학교에서 선생님은 그런 이야기를 했다. 거지꼴로 다니는 마귀는 없다. 마귀가 악할수록 화려하게 차려입고 얼굴에 웃음을 띠고 달려든다. 사람을 악의 길로 꾀어내는 악귀는 친절하게 다가온다고 했다. 무슨 뜻인지는 몰라도 악은 달콤한 유혹이라고 했다.

선경은 무슨 병인지 병에 걸린 모양이었다. 할머니는 등에 선경을 업고 헛소리 같은 자장가를 불렀다. 할머니가 그런 자장가를 부르는 건 처음 들었다. 그런데 할머니가 부르는 노랫소리는 어쩐 일인지 슬프게 들렸다. 아기가 잔다는 게 죽는다는 것처럼 들렸다.

> 자장 자장 우리 아가 우리 아기 잘도 잔다
> 멍멍개야 짖지 마라 꼬꼬닭아 울지 마라
> 우리 아기 잘도 잔다 우리 착한 아기 잘도 잔다
> 멍멍개야 짖지 마라 꼬꼬닭아 울지 마라
> 우리 잠든 아기 깰라 잘도 잔다 우리 아기
>
> (이소라, 『한국의 농요』 제2집, 1988)

"선재야, 이리 나와 봐라, 아버지가 너 줄라고 멍멍개 얻어왔다." 한대성은 안쪽을 향해 소리를 질렀다.

선재는 맨바닥에 쓰러져 살풋 잠이 들었다가 깨었다. 꿈에 쥐들이 떼를 지어 집 안으로 몰려들었다. 쥐들은 집 안을 온통 쏠아댔다. 기둥, 마루, 문턱, 횃대의 옷가지는 물론 찬장이며 바가지까지 갉아 먹었다. 선재의 책도 쥐가 쏠았다. 사람들은 떼로 몰려다니는 쥐를 향해 불을 놓았다. 그건 작년 대보름에 구경한 쥐불싸움의 장면이었다. 쥐불싸움 때문에 하영수네 머슴 하나가 머리에 돌팔매를 맞고 쓰러져 죽었다. 그런데 사람들은 쥐불싸움을 쥐불놀이라고 했다. 쥐불놀이를 하다가 죽은 사람은 천당에 갈까 지옥에 갈까, 선재는 그런 판단을 누가 하는지 궁금했다. 그러나 아무한테도 물어볼 수가 없었다. 아이들이 죽는 이야기를 하면, 잔망스럽다고 혼줄이 나는 것을 잘 알고 있었다.

"요놈 잘 기르면, 내년 여름 복날 동네 잔치 치르겠다. 선재 네가 잘 길러라." 한대성은 흐흐 웃으면서 말했다.

그때 진봉득이 약봉지를 들고 들어왔다. 선경이 열이 나고 보채는 바람에 약을 사 가지고 오는 참이었다. 약국에 들렀다가 거기서 곽민영을 만나 이야기에 빠져 시간이 훌쩍 갔다면서 대술댁의 등에서 잠든 선경을 받아 안았다. 아이의 허리가 휘청했다. 아버지가 죽은 선아를 안고 나올 때도 허리가 휘청했다. 섬뜩한 기운이 몸을 스쳤다.

"한 서방은 어디서 눈도 안 뜬 강아질 가지고 왔다나. 이걸 어떻게 기르라고 그런댜." 걱정스런 어투였다.

"어미 잃고 내동댕이쳐진 새끼들이 하도 불쌍해서 하나 가지고 왔구먼유." 선재는 강아지 배부터 살펴보았다. 좁쌀보다 조금 큰 젖꼭지가 쪼르라니 붙어 있었다. 암놈이었다. 이게 자라서 어미가 되면 새끼를 주렁주렁 달고 다닐 것 같았다. 그러면 새끼들마다 예쁘고 씩씩한 이름을 붙여주고 싶었다. 그렇게 해서 멍멍이 가족을 만들어주고 싶었다.

"뭐랄까유, 요새 나라에서 쥐 잡는다고 난리를 치는 바람에 개들이 수난을 당하네유." 선재가 들은 아버지의 얘기는 대강 이런 것이었다.

나라에서 쥐 잡기 운동을 전개하는 가운데 매월 말일을 '전국 쥐 잡는 날'로 정했다. 그리고 쥐가 생활에 미치는 피해를 설명하고, 일제히 가정마다 쥐약을 놓아 한꺼번에 쥐를 잡자는 운동을 전개했다. 전쟁이 끝나고 물자가 부족한 가운데, 여름철 일꾼들의 보양식으로 개를 길렀다. 그런데 주인이 먹을 게 없는 처지에 개를 잘 먹일 턱이 없었다. 개들이 어슬렁거리며 동네 골목을 돌아다니다가 먹을 만한 게 나타나면 아무거나 걸

터듬어 먹었다. 개의 먹잇감으로 쥐만 한 게 없었다. 눈치 빠른 개는 두더지를 잡아먹기도 했다. 두더지가 땅속에서 흙을 파내면서 앞으로 나아가는 모양을 눈여겨보던 개는 두더지 나아가는 앞을 발로 파고 두더지를 잡았다.

 문제는 게으르고 배고픈 개들이었다. 쥐약을 먹고 죽은 쥐를 물어다가 담 밑에서 뜯어먹는 게 그들의 무덤 자리 마련하는 일이었다. 새끼를 일곱 마리나 낳은 개가 오죽 배가 고팠으면, 쥐약 먹고 죽은 쥐를 덜컥 물고 뜯었을 것인가. 새끼 낳고 허기진 암캐의 눈에 무엇이 보였겠느냐면서, 한대성은 장모 대술댁에게 이야기를 늘어놓았다. 그 어미개가 남긴 새끼들이 하도 딱해서 데리고 왔다는 이야기가 그렇게 길어졌다.

 "말두 말어, 이 사람아. 어미 죽은 강아지는 안쓰럽고, 갖은 고생 다 하면서 자식 키우느라고 겉늙어가는 마누라는 요만큼두 안쓰런 정이 없다나. 섭섭하네. 내 사람 그렇게 안 봤더니, 사내들 다 똑같단 말 헛말 아니구먼."

 선재는 한동안 강아지에게 우유 먹여 키우면서 학교에서 겪는 불편은 잊고 지냈다. *

엄마는 하나다

선재는 웃방에서 책을 읽고 있었다.
담임선생님이 빌려준 역사 동화였다.
한글을 일찍 깨친 덕에 책 읽는 데 쉽게 재미를 붙였다. 역사 동화라는 게 무엇인가 궁금했는데, 글 몇 편을 읽으면서 우리나라에 있던 일들을 이야기처럼 쓴 게 역사 동화라는 걸 알 수 있었다. 우리나라 옛날이야기라는 게 더욱 재미있었다.

옛날 신라라는 나라에 아달라왕이 있었다. 신라의 여덟 번째 왕이었다. 대략 1800년 전의 일이다. 나라가 평화롭고 임금은 백성을 사랑했다. 백성들은 임금을 존경했다.
동해 바닷가 마을에 다정하게 사는 내외가 있었다. 남편은 이름이 연오였다. 사람들은 연오가 남자라는 걸 알게 하려고 연오랑이라고 불렀다. 아내는 이름이 세오였다. 여자라서 세오녀라 불렀다. 둘이는 바닷가에서 미역을 따고 고기를 잡아 살아갔다.
하루는 연오랑이 미역을 따러 바닷가에 나갔다. 저만큼 앞에 보이는 바위 언저리에 미역 가락이 너울너울 춤을 추었다. 연오랑은 허리에 미역 따는 낫을 꽂고 바위로 올라갔다. 그런데 이게 웬일인가. 바위가 털컹 흔들리더니 서서히 움직이기 시작하는 것이었다. 바위는 동쪽으로 가고 있었다. 신라에서 동쪽으로 가면, 바다 건너 일본이라는 나라가 있다는 것을 연오랑은 알고 있었다.

연오랑을 태우고 바다를 건너간 바위는 드디어 금빛 모래가 반짝이는 먼 바닷가 마을에 다다랐다. 마을 사람들은 비단으로 장식한 수레를 준비해서 연오랑을 맞이하러 나왔다.

"어서 오세요! 연오님이시지요?"

"그렇소만, 여기가 도무지 어디요?"

"여기는 일본이라는 나라 서쪽 바닷가입니다."

"그렇습니까… 그런데 내가 여기까지 오게 된 연유가 무엇입니까?"

"연오님은 예사 사람이 아니옵니다. 하늘에서 보내신 신이한 어른입니다."

일본 사람들은 연오랑을 가마에 태우고 한참 길을 걸어갔다. 길가에 삼나무가 무성하고 극락조 같은 새들이 명랑한 소리로 지저귀고 있었다.

드디어 가마가 궁성에 들어갔다. 가마가 궁성 마당에 멈추었다. 관복을 갖추어 입은 신하들이 줄을 맞춰 서서 기다리고 있었다.

"하늘이 보내신 어른이시여, 우리를 위해 옥좌에 오르십시오." 연오랑은 머리가 어질어질하고 눈앞이 울렁거렸다.

그들의 요청은 너무나 간곡했다. 연오랑은 그들의 청을 믿고, 왕의 옷을 입고 옥좌에 올라 왕이 되었다. 백성들이 왕을 믿고 잘 따랐다. 온 나라가 평안했다.

신라에 남아 있던 세오녀는 남편을 기다렸다. 혹시 남편이 바다에 빠져 죽지나 않았을까 마음을 졸였다. 매일 바닷가에 나가 남편을 기다렸다. 기다리는 마음은 무척이나 간절했다. 그런데 마을에 멀리서 손님이 왔다. 입은 옷과 얼굴 모양이 신라 사람과는 달랐다. 어디서 온 손님인지 사람들이 물었다.

"저는 일본이라는 나라에서 온 사람입니다. 고기잡이를 나갔다가 태풍을 만나 배가 파도에 밀리는 바람에 여기까지 왔습니다. 여기가 어디인지요?"

"여기는 신라라고 합니다."

"참으로 이상한 인연입니다. 우리나라는 지금 신라에서 온 신인이 임금 자리에 올라 계십니다."

사람들은 그 임금이 이름이 무엇인가 물었다.

"해를 물고 하늘을 나는 새의 집안 어른이라 합니다."

"기이한 인연입니다. 혹시 '까마귀 족속'이라고는 하지 않던가요?"

"연오라고 하는데, 큰 까마귀라는 뜻인 듯합니다."

사람들은 무릎을 때리고 손뼉을 쳤다. 노래를 불렀다. 그리고 그 이야기를 세오녀에게 전했다. 세오녀는 남편이 미역을 따기 위해 나갔던 바닷가를 찾아 나갔다.

거북이처럼 생긴 바위가 천천히 다가와 등을 돌려댔다. 세오녀는 그 바위에 올라타고 일본으로 건너갔다. 그런데 세오녀가 일본으로 건너가자 신라에 이상한 일이 생겼다. 신라의 해와 달이 빛을 잃었다. 임금은 일관에게 해와 달이 빛을 잃은 까닭을 알아보게 했다.

"해와 달의 정기가 일본으로 건너가 신라에서는 해와 달이 빛을 잃었습니다."

신라 임금은 연오랑과 세오녀가 일본으로 건너가 왕 노릇을 하고 있다는 사실을 알았다.

아랫방에서 어머니와 할머니가 소곤소곤 이야기하는 소리가 들렸다. 선재는 어떤 사람이 먼 나라로 가면 해와 달이 사라지기도 하는가 물어보고 싶었다. 할머니라면 그런 건 얼마든지 대답해줄 수 있을 것 같았다.

"그건 그렇고… 세상에 믿지 못할 게 사람인 겨."

"이제 먹고살 만하니까, 자기도 옷가지 깔끔하게 챙겨 입고 싶겠지유."

"애두 어쩌면 저렇게 등신 같어. 사내들 거울 자주 보면 그거 무슨 사달이 났다는 증거여."

"사내끼루 묶어가지구 댕기며 살 것두 아니구, 내둬유."

"미련 곰파지 말어. 그렇게 청처짐허니 신지무의하고 자빠졌다가 뜨건 일 당한다, 이년아."

할머니가 엄마에게 이년 저년 하는 게 선재는 듣기 싫었다. 무슨 이야긴지 아버지가 의심받을 일을 벌인 모양이었다. 그러나 꼬치꼬치 캐고 싶지는 않았다. 전부터 할머니는 애들은 어른 일에 신칙을 하면 못쓴다고 타일렀다.

선재가 아랫방으로 들어설 때, 진봉득은 머리를 빗어 낭자를 고치고 있었다. 다른 사람들 머리를 잘라 '까미'를 한다고 난리들이어도 진봉득은 낭자머리 그대로 지냈다. 머리를 '볶아서' 양 궁둥이처럼 바글바글하게 다녀도 진봉득은 내 몰라라 했다. 오히려 음전하지 못한 여편네들이 머리 볶고 설친다고 생각하는 편이었다.

"어디 가는데, 엄마? 나도 따라갈래."

"너는 숙제나 하고 집에 있어. 할머니 심심해하실라."

"나 하나두 심심치 않다. 데리구 가거라."

"엄니두 참… 애한티 못된 거 뵈주려구 그런다. 얼른 방에 들어가."

"나 엄마랑 같이 갈래."

"안 된다니께. 늬 아버지가 새엄마 생긴 모양인데 가봐야겠다."

"그럼 엄마는 죽는 거야?"

"싹수 없는 자식이 못하는 소리가 없네. 너 누구한티 그따위 소리 듣고 댕기는 거여?"

"집안에 엄마가 둘이면 그 집 자식은 짐승 자식이랴."

한 집안에 마누라 둘이면, 하나는 죽는다는 이야기는 하지 않았다. 동네 드나드는 엿장사 아저씨한테 들은 이야기였다. 말집 옆에 장자어른이라는 이가 살았다. 왜 그렇게 부르는지는 알기 어려웠다. 그 집 손자 가운데 선재의 학교 친구 장영택이라는 아이가 있었다. 그러니까 장자어른은 장영택의 할아버지였다.

얼마 전에 장자영감은 회갑 지나고 얼마 안 되어 젊은 첩실을 들였다. 집안이 한바탕 뒤집혔다. 마을 여자들 입에 오르내리기 시작했다.

"시상이나, 입에 칼을 물고 고꾸라질 일이여."

"시앗 보면 돌부처라두 돌아앉는다는 것이젆어. 속이 오죽하겠어."

"그거 말이지, 속이 새까만 숯덩이처럼 타들어가 오래 못 전딜겨."

"나 같으면, 서방 바람나면 양잿물이라두 먹구 죽을 참이여."

동네 여자들 이바구에 물렸는지, 장자영감네 마누라는 첩실을 들이고 나서 3년이 못 되어 화병으로 죽고 말았다. 동네 여자들은 하나같이, 그럴 줄 알았다니께… 흰자위 굴리는 눈길들을 주고받았다.

장자영감네 머슴이 죽은 마누라가 쓰던 물건들을 상여집 앞에 내놓았다. 태워버리자는 의견들이 있었다. 그러나 큰마누라 쓰던 물건 태우면 작은마누라가 따라간다고, 그냥 내놓으라고 했다.

상여집 앞에 내놓은 물건들은 고물상 엿장사 영감 몫이었다. 경대며 화장품 소쿠리, 방구리, 반닫이, 그리고 철을 바꿔 입던 옷가지까지 한 살림이 몽땅 나와 널브러져 있었다. 죽은 사람 물건이라니까 귀신이라도 붙은 것처럼 섬찟했다. 옷가지들은 지들 실려갈 어떤 상여를 기다리는 모양으로 바람에 날렸다.

"쪼깐한 것들이 먹을 게 뭐 있다고 몰려든댜. 집에 가서 늬 에미 요강단지 엿 붙여놓은 거나 떼어 먹어라."

"아저씨, 엿을 왜 요강단지에다가 붙여놓는대유?"

"작은마누라는 꿀단지구 말이다, 큰마누라는 요강단지인겨. 그래두 큰마누라가 서방 생각하느라구 요강단지 전두리에다가 엿 붙여놓구 오입질 간 서방 지둘른단다."

"그래서요?"

"뭐가 그래서여, 요강단지 붙여둔 엿 다 녹을 때까지 서방 안 오니께 장도칼 물고 캭 고꾸라져 죽는 것이여. 시앗이 그렇기 무서운 것이란다."

"쌩이다, 엿장사 쌩깐다." 돌종애가 도망치면서 소리쳤다. 돌종애의

엄마는 하나다 211

어머니는 집을 나간 지 3년이 되도록 자취를 볼 수 없었다. 인민군이 골짜기로 끌고 들어갔다는 소문이 돌았다.

읍내로 들어서기는 했지만, 어디 가서 남편을 찾아야 할지 종잡을 수가 없었다. 전에 남편 독감약을 처방해달라고 들러본 적이 있던 제일병원이 생각났다.

"원장님, 우리 애아버지가 열병이 나서 죽을 거 같은디, 워쩌키 한대유?" 함 원장은 눈을 감고 속으로 무슨 말인지 중얼거렸다. 그러다가, 아멘! 하고는 눈을 떴다.

"내가 지어서 하는 말이 아니라 인간은, 지위가 높고 낮고 가릴 것 없이 모두가 하느님 자손이요. 약을 지어드려야지."

"고맙습니다."

"내가 가서 보아야 살 것 같으면 대뜸 달려오소."

"고맙습니다, 약 값이 월마래유?"

"됐소. 우리 집 일을 자기 일처럼 해주는데… 몸이 우선해지면 신 목사님이 함실 아궁이 봐달라고 하더란다구 하소." 그냥 가라고 등을 떠밀었다. 원장의 손에서 따뜻한 기운이 등으로 배어들었다. 저런 아버지 모시고 사는 자식들은 행복하겠다는 생각이 들었다. 진봉득이 '행복'이란 말을, 그것도 속으로지만, 생각해본 것은 처음이었다.

병원 문을 열고 들어가는 진봉득의 손이 바르르 떨렸다. 꼭 무슨 잘못을 저지르고 죄를 고하러 들어가는 모양이었다.

"어이이, 이거 한 기사 부인 아닌가. 그래 어쩐 일루다가…"

"우리 애아버지가 안 들어와서 궁금해 찾아나섰는데, 어디루 발길을 해야 쓸지 몰라서유"

"잠시 지둘러보시우." 함 원장은 혀를 끌끌 찼다. 짚이는 데가 있는 모양이었다.

함 원장은 전화기를 들고 번호 구멍을 돌렸다.

…목사님은 심방 가셨다고요? 그렇지, 오늘이 수요일이니까. 그런데, 한 기사 거기 안 들렀던가요? … 거기서 일을 한다고요…? 잘되었습니다. 끝나는 대로 우리 병원으로 들르라고 일러주세요. 저쪽에서 뭐라 하는지, 원장은 아멘! 한 다음에 전화기를 놓았다.

함 원장은 무슨 짐작을 하는지, 남자들 한때 바깥으로 외돌기도 하고 그러는 법이라고, 마음 너그럽게 먹고 회심하기를 기도하란 이야기를 했다. 마음 너그럽게 먹으란 이야기가 가슴을 찔렀다. 용서하란 말보다 더욱 찔리는 구석이 있었다.

집안 소식을 묻고, 아이 학교 잘 다니는가 그런 이야기를 하는 중에 한 대성이 병원으로 들어왔다. 말끔한 차림이었다. 일이 끝나면 흙 묻은 작업복 그대로 입고 집에 오곤 하던 것과는 사뭇 달랐다. 딴 사람 만나는 기분이었다.

"한 기사가 오늘 한인물 허네. 우리 자리 옮겨 앉아 얘기 좀 합시다." 진봉득은 속으로, 잘코사니!를 외쳤다. 요놈의 인간 어디 혼 좀 나봐라 하는 생각이었다. 회의실 같기도 하고 기도실 같기도 한 방이었다. 저녁나절 햇살이 유리창으로 화사하게 비쳐들고 있었다.

"신 목사님 심방 나가셨다니, 오늘은 내가 목사님 대신으루다가 할 이야기가 있소. 목사나 의사나 다 사람 고치는 일을 하느님한테 부여받은 사람들이라오." 그런 이야기를 하면서 한대성 앞에 성경을 한 권 건네주었다.

"왕사불고라 했소. 자초지종은 내가 물을 일이 아니고… 잘못은 회개를 통해 은혜로 전환되는 것입니다. 내가 읽어볼 테니, 회개하는 마음으로, 같이 읽는 심정으루… 에베소서 저어 끄트머리쯤…."

한대성은 손수건을 꺼내 이마를 훔쳤다. 전에 본 적이 없는 손수건이었다. 본 적이 없다기보다는 손수건이란 물건을 지니고 다닌 적이 없는 남편이었다.

"한대성 씨!" 함인덕 원장의 목소리에 어떤 결기가 느껴졌다. 한 씨, 한 기사 그런 호칭이 아니었다. 나한테 혼 좀 나봐라 하는 느낌이 배어났다.

"내외가 지켜야 하는 도리가 어때야 하는지를, 사도 바울은 에베소 교회 성도들에게 보내는 편지 가운데 이렇게 간곡하게 타이르고 있소. 둘이 내외지요? 대답해보시오." 둘이는 기어들어가는 소리로 예에! 그렇다고 대답했다.

"자아, '그리스도를 경외함으로 피차 복종하라.' 내외간에는 성도가 그리스도를 모시는 것처럼 서로 공경하는 마음으로 복종하란 뜻이요. 자아, '아내들이여 자기 남편에게 복종하기를 주께 하듯 하라.' 남편은 하늘이라 하지 않던가요. 그러니 남편을 하느님 모시듯이 공경하라는 뜻이요. 알겠소? 그리고 다음, '이는 남편이 아내의 머리 됨이 그리스도께서 교회의 머리 됨과 같음이니 그가 친히 몸의 구주시니라.' 한마디로 남편은 아내의 머리나 마찬가지라는 겁니다. 머리가 실해야 머리를 따르는 몸이 강하게 되는 겁니다." 한대성이 엉덩이를 달싹거리면서 머리를 긁었다. 진봉득이 한대성의 옆구리를 실큰 건드렸다. 한대성이 허리를 곧추세워 자세를 바로잡았다.

"이 자리는 내 평생 처음 행하는, 말씀을 전하는 자립니다."

"예에… 조심하겠습니다."

"자아, 그럼 다음, 남편은 아내를 절대적으로 사랑해야 합니다. '남편들아 아내 사랑하기를 그리스도께서 교회를 사랑하시는 것처럼 하라.' 그 뜻 아시겠어요? 남편과 아내, 그게 그리스도와 교회, 그 관계와 같다는 겁니다. 아직 신앙인이 아니니 이해가 어려울지 몰라도, 최고로 사랑하다는 뜻입니다." 함 원장은 후유 한숨을 뱉아냈다. 그러고는 이어서 말했다.

"나라고, 왜, 내외간에 꽃길만 걸었겠소. 내가 지금 하는 이 제일병원, 엎어먹고 파산하고 하다가 세 번째, 하느님 뜻으로, 겨우 유지하고 있는 겁니다. 사람 살다 보면 실수도 하고, 허욕에 빠지기도 하고, 자기도 모르게 죄를 짓기도 하고 그렇지 않던가요. 아무튼 큰 죄를 크게 회개하면 크게 거듭나는 법입니다. 이런 이야기는 신 목사님이 와도 똑같이 할 겁니다. 사실 신 목사 그 양반도 크게 회개하고 지금 저렇게 하느님 사역을 하고 있습니다. 사상 문제라 지금은 그 내막을 이야기할 수 없습니다만, 예수님을 공산주의 혁명가, 마르크스로 착각하고 날뛴 적이 있어요…. 아무튼… 곁길로 새지 말고 성경이나 더 봅시다. 그 다음 구절은 한대성 씨가 읽어보시오."

한대성은 잠시 궁싯거리다가 성경 구절을 읽었다.

"이와 같이 남편들도 자기 아내 사랑하기를 제 몸같이 할찌니 자기 아내를 사랑하는 자는 자기를 사랑하는 것이라." 한대성이 뒤꼭지를 긁었다.

"그만…." 함 원장이 손을 들어 탁자를 쿵 소리가 나게 쳤다. 둘이는 자세를 고쳐 앉았다.

"한대성 씨, 당신 아내 진봉득 씨와 결혼했지?" 말투는 낮춤이고 어세는 강경했다. 사실 혼인이라고 하기는 했지만, 동네 사람들에게 국수 그릇이나 대접한 게 전부였다. 결혼했지? 하는 말에 어찌 대답해야 할지 헤아리기 어려웠다.

"세례라는 게 어떻게 하는지 아시오?"

한대성이 아내 진봉득을 흘금 쳐다봤다. 이 여자가 세례를 받았다는 뜻인가 의문을 드러내는 표정이었다. 제물 없이 머리에 물을 붓는 의식이 세례라 했다.

"사람은 자기 하는 일에 뜻을 매기면서 사는 존재요. 의사가 되려면 '히포크라테스 선서'라는 걸 합니다. 자세한 내용은 기회가 닿으면 얘기하죠. 인류를 위해 봉사하겠다는 선서를 하는 순간 내 등 뒤로 불칼이 살을 지지고 지나는 것 같은, 그런 황홀한 통증을 느꼈던 걸 지금도 생생하게 기억합니다. 결혼식도 마찬가지입니다. 하늘이 정해준 연분을 가슴 찌릿하게 느끼도록 해주는 게 그 성스러운 예식인 게요."

냉수 한 그릇 떠놓고 혼례를 치러도 성실하게 살면 하늘의 복이 내린다던, 스님의 말씀이 떠올랐다. 한대성이 혼인하던 날, 광덕사에 있다는 법현 스님이 지나가다가 들렀다.

"자리가 누추해서…." 대술댁이 차일 아래 멍석 자리로 스님을 안내하며 건네는 인사였다.

"잔치야 그렇지만, 둘이 믿고 받들며 성실하게 잘 사시오. 그래야 복이 온다오." 진봉득은 믿고, 성실하게 그 두 마디를 속에 간직하기로 했다.

"아마 신 목사님 왔으면 '하느님이 짝지어주신 것을 사람이 나누지 못할지니라.' 그 한마디만 했을 것이오. 무슨 얘긴지 아시겠나?"

"예, 잘 알겠습니다. 제가 잘못했습니다." 한대성은 머리를 조아렸고, 진봉득은 남편을 안쓰럽게 바라보고 있었다. 함 원장이 탁자 위에 벼루를 내놓았다. 진봉득에게 먹을 갈라고 했다.

"내가 한대성 씨한테 이거 써줄 터이니 집에다 붙여두시오"

'남편은 아내 사랑하기를 제 몸같이 하고 아내도 남편을 경외하라.'

휘호를 받아가지고 나오다가, 진봉득은 한대성의 주머니에 손을 넣어 손수건을 잡아빼서 쓰레기통에 던져넣었다. *

멍덕이 보내는 날

할머니가 양재기에 소금을 한 움큼 담아 가지고 나왔다. 이맛살이 잔뜩 찌푸려져 있었다.

선재는 할머니가 엄마보다 편했다. 선재 하는 일을 늘 칭찬했다. 아이가 속이 깊고 생각이 넓어서 장래 큰일 할 재목이라고 등을 쳐주곤 했다.

한편 걱정을 안 하는 것도 아니었다.

"사내자식이 겁이 많고 눈물이 잦아서 탈이다."

겁이 많다는 것은 선아가 아버지 지게에 얹혀 나가고, 여우가 우는 새벽, 잠이 깨면 오소소 떨면서 할머니더러 여우 쫓아달라고 하는 버릇이 생긴 뒤부터였다. 그것은 할머니한테 '구미호' 이야기를 들은 뒤부터인지도 몰랐다.

선재는 아버지가 품어온 강아지를 정성을 다해 길렀다. 아이들도 먹기 힘든 우유를 구해달래서 강아지에게 먹였다. 자기 밥그릇에서 밥을 덜어 먹이기도 했다. 어쩌다가 상에 올라온 고등어자반을 살을 떼서 가시 발라다 먹였다. 강아지 '멍덕이'는 하루가 다르게 자랐다. 털이 복슬복슬하고 발이 두드럭거릴 정도로 자랐다. 선재는 자기 잠자리 옆에 책보를 깔고 그 위에 멍덕이를 재웠다.

"털짐승 집 안에 들이면 못쓴다."

사람은 집 안에, 개짐승은 집 밖으로, 그렇게 갈라 살아야 한다는 게 할머니의 주장이었다. 개가 추워서 떤다고 선재가 안고 방에 들어오곤 했다. 할머니는 질색을 했다.

할아버지는 강아지에게 몰두하는 선재를 걱정하고 있었다. 멍덕이가 중개 꼴이 나기 시작할 무렵이었다. 선재는 멍덕이를 끌어안고 뒹굴었다. 멍덕이는 목이 패서 컹컹 짖었다. 선재가 멍덕이 목을 끌어안으면, 멍덕이는 하얀 이를 드러내고 아르렁거리면서 선재의 팔뚝을 무는 시늉을 했다. 팔뚝에 멍덕이 침이 흘렀다. 선재는 칫솔을 찾아 멍덕이 이를 닦아주었다.

"세상에 개 양치해주는 놈은 내 머리털 나고 처음 본다."

당시 학교 표어가, 하루 세 번 이를 닦자는 것이었다. '건강한 치아에 오복이 깃든다'는 표어가 나붙기도 했다. 선재는 오복이 무엇인지 궁금했다. 오복이라면 다섯 가지 복일 터인데, 그게 뭔지 궁금하기 짝이 없었다. 더구나, 튼튼한 이빨은 오복에 든다고, 담임선생은 복받으려면 양치질 잘 하라고 강조했다.

"할아버지, 오복이 뭐야?" 선재가 물었다.

"선재 네가 많이 컸구나, 오복이 뭔가 묻기도 하고… 신통하다, 녀석…." 할아버지는 손자의 머리를 쓰다듬었다.

"그게 말이다 수, 부귀, 강녕… 그렇게 나가는데 그 뒤는 네가 아직 알아들을 나이가 안 되었다."

"할아버지, 나 다 들려, 할아버지가 모르니까 말 못하는 거지?" 선재가

멍덕이 보내는 날 219

할아버지에게 대답을 재촉했다.

사실, 진정중 영감은 수, 부, 귀 그런 것들 말고는 귀결으로 흘려들었다. '유호덕'이니 '고종명'이니 하는 것들은 진정중의 언어권 저쪽이었다. 자신은 덕 같은 것하고는 상관없이 살았고, 죽는 거야 때가 되면 다 가게 마련인데 무슨 고종명, 저종명 하는지 귀가 설었다.

"짐승들은 먹으면서 그걸로 이빨을 닦는단다." 선재는 언뜻 알아들을 수가 없었다. 선재는 고개를 갸웃거리면서 할아버지를 쳐다봤다.

"저어 거시기 말이다, 그런 말도 있잖더냐, 도랑치고 가재 잡고, 배 먹고 이빨 닦구, 헌다구 말이다." 세상 이치가 다 그렇다는 할아버지 말씀이 이해가 잘 안 되었다.

할아버지는 호랑이가 양치질하는 거 보았느냐면서, 강아지 양치질 시키는 선재를 꾸짖었다. 선재는 멍덕이 하얀 이빨이 반짝이는 게, 꼭 '산골'을 뿌린 것처럼 생각되었다. 산골은 아버지가 어혈이 들었다고 먹던 민간약이었다. 그게 황동광의 다른 이름이라는 것을 알게 된 것은 선재가 대학생이 되었을 때였다.

선재는 멍덕이가 심심할까 걱정이 되어 학교에 가기 싫었다. 멍덕이가 동네 길목을 어슬렁거리다가 성질 사나운 강도복이네 어미개한테 물릴 게 걱정이었다. 그리고 개들이 죽은 이야기가 화제가 되어 돌아다녔다.

동네 개들은 쥐약의 희생물들이 되었다. 나라에서 벌이는 쥐 잡기 운동 일환으로 쥐약을 나누어주었다. 밥에다가 비벼서 쥐가 다니는 길목에 뿌려주면, 쥐가 그걸 먹고 담 밑에 죽어 자빠지곤 했다. 쥐약 먹고 죽은 쥐를 굶은 개들이 먹어치웠다. 개들은 용서 없이 죽어나갔다.

선재는 어른들이 무서웠다. 누구네 개가 쥐약 먹고 죽은 쥐 먹고 죽었다는 소문이 돌면 동네 어른들이 눈을 번득이며 모여들었다.

"개가 먹고 죽는 독이라는 게 말이지, 쥐의 몸에서 한번 걸러 가지구설랑, 개한테 들어가는 게라. 맹독이 아니라 약독인 셈이여. 그리구 독이라는 그게 말이지, 짐승 창사구에 몰려 있기 마련이여. 어떤 짐승이든지 창사구는 기름기가 많이 끼어 있잖던감. 허니 엉덩이, 갈비, 다리 그런 데로는 한참 걸려야 약이 퍼진당게…." 그러니 속히 잡아먹으면 무탈하다는 얘기였다.

그러니 개가 쓰러지고 하루 지나기 전에 잡아서 창자 훑어내고, 푹푹 삶아서 물 버리고 된장 풀고 마늘 다져 넣어 삶아내면, 세상이 그만한 안주가 어디 있겠나, 입맛들을 다셨다. 워낙 허기가 뼛골에 든 사람들이라 그런 '장국' 먹고 탈 났다는 사람은 없었.

"암, 우리가 싸이나 놓아 꿩 잡아먹는 게랑 한 가지 이친 게여."

"그려, 그놈의 복아지도 독이 적절히 배야 제맛이 난다니." 어른들은 복어를 복아지, 복쟁이라고 했다. 복어 독으로 인한 식중독사, 그런 이야기를 자주 들을 수 있는 시절이었다. 허기진 이들이 복어 알이 하도 탐스럽고 먹음직스러워 그저 끓여 먹고 황천객이 되었다는 이야기는 해안 마을 어디를 가도 흔히 들을 수 있었다. 해안 마을뿐이 아니었다. 그런 식중독사는 전국 곳곳에 번져갔다.

어른들이 쥐약 먹고 죽은 개 이야기를 할 때마다, 선재는 귀를 세우고 들었다. 먹고 죽을지도 모르는 그런 것들을 기필코 먹겠다는 어른들이 무서웠다. 그 무서운 어른들 가운데 아버지 한대성도 포함되어 있었다.

선재는 아버지를 이해하기 어려웠다. 반은 착하고 반은 고약스러웠다. 친절하기도 하고 남에게는 야박스럽게 대하기도 했다. 엄마를 끔찍이 사랑한다고 할머니는 얘기했다. 그러나 다른 여자를 사귀어 살림을 차리기도 하는 아버지였다. 어른들은 반살림을 차린다는 이야기를 했다. 따로 차리는 살림이라도 살림이라는 말은 소꿉장난처럼 재미있을 것 같았다. 어머니는 아버지가 일을 갔다 돌아오면 밤에 다투곤 했다. 요새 일당이 얼만데 겨우 요거 받아 왔다는 거냐고 따지는 듯했다. 아버지가 어머니에게 무언가 속이는 모양이었다. 학교에서는 남 속이는 게 가장 나쁜 일이라고 배웠다.

할머니가 아버지를 대하는 태도도 이전 같지 않았다. 천하에 둘도 없는 사위로 추켜올리던 할머니였다. 그런데 말이 달라졌다. 이미 말이 달라진 것을 선재는 눈치채지 못하고 있었다.

"이 얼빠진 것아, 사내들 속을 어찌 신지무의하고 믿어. 잘 챙겨야 헌다, 그런 말이여."

할머니가 그런 이야기를 하는 근거는 그리 분명하지 않았다. 분명하지 않았다기보다는 선재가 이해하기 어려웠다.

아우성치듯 피어났던 꽃이 와르르 졌다. 특히 벚꽃이 그랬다. 벚꽃이라고 하는 사람은 많지 않았다. 대개는 '사쿠라'라고 했다. 꽃에다가 의미를 부여했다. 세계 여러 나라 '국화(國花)'에 대해 공부할 때였다. 그 가운데 한국의 국화 '무궁화'에 대해서 설명하는 선생님은 신이 났다. 선생님은 무궁화가 애국가에도 나오지 않느냐면서 민족의 꽃이라고, 노래를 불러주기도 했다.

> 꽃 중의 꽃 무궁화꽃 삼천만의 가슴에
> 피었네 피었네 영원히 피었네
> 백두산 상상봉에 한라산 언덕 위에
> 민족의 얼이 되어 아름답게 피었네.

"무궁화는 말이다, 무궁무진하게, 영원히, 민족의 얼을 드러내면서 피는 꽃이란 뜻이다. 내가 불러준 건 어른들이 부르는 노래고 너희들은 너희들 노래, 동요를 불러야 한다. 오늘 동요 가르쳐주마."

담임선생은 옆반에 가서 풍금을 가져오라 해서 풍금을 치면서 아이들에게 노래를 가르쳤다. 아이들이 노래 가사를 공책에 적고 있었다. 담임선생이 칠판에 써놓은 노래가사는 글씨가 단정했다.

> 무궁화 무궁화 우리나라 꽃
> 삼천리 강산에 우리나라 꽃
> 피었네 피었네 우리나라 꽃
> 삼천리 강산에 우리나라 꽃
> 무궁화 무궁화 우리나라 꽃
> 삼천리 강산에 우리나라 꽃

옆자리 정하영이 선재의 옆구리를 손가락으로 쿡쿡 찔렀다.

"한선재, 삼천 리가 몇 킬로야?" 정하영이 진지하게 물었다.

"선생님한테 물어봐. 난 몰라." 정하영이 손을 들었다.

"선생님, 삼천리 강산이라 하는데 그게 몇 킬로예요?"

"정하영이 그런 근사한 질문을 할 줄도 아네." 신통하다는 표정이었다. 담임선생은 삼천 리의 킬로수를 셈하고 있었다. 십 리, 한 시간 걸을 만한 거리 4km, 백 리면 40km, 천 리면 400km, 곱하기 3하면 1200km 인데, 한라산에서 백두산까지 해도 945km… 셈이 잘 맞지 않았다. 담임선생은 '대충'이란 말을 떠올리고 아하, 감탄을 했다.

"옛날 사람들은 대개 그렇게들 말했다. 마늘 얼마나 가져와요? 딸이 어머니에게 그렇게 물으면 너댓 개 가져와라, 그렇게 말한다. 그래도 다 알아들어. 삼천리는 꼭 몇 킬로가 아니라 우리 강토가 넓고 크다는 뜻으로 그렇게 말하는 거란다." 정하영이 알았다는 듯이 고개를 끄덕였다.

"무궁화는 피고 지고, 여름부터 가을까지 피었다 지기를 계속하는데, 벚꽃은 다르다. 벚꽃은 한꺼번에 확 피었다가 아르르 지고 만단다. 일본 사람들 성격이 그렇단다. 바그르르 끓어올랐다가는 폭삭 식고 만단다. 사람은 은근하고 끈기가 있어야 한다. 무궁화처럼 말이다."

선재는 사람은 꽃이 아니잖아요? 그렇게 물으려다가 입을 다물었다. 언제던가, 이학년 때던가, 너는 애가 왜 그렇게 질문이 많아서 선생님 골 때리게 하냐, 그런 타박을 들은 적이 있었다. 질문이 누구에게나 마냥 칭찬받을 일이 아니라는 걸 알았다. 그런데, 담임선생이 정하영의 질문에 대답해주는 게 친절해서 맘에 들었다. 선재는 용기를 내었다. 손을 번쩍 들었다. 담임선생은 또 무슨 질문인가 하는 눈치로 선재를 쳐다보았다.

그러고는 무슨 일인지 말해보라는 듯이 턱을 쳐들었다.

"선생님, 저거 이상해요. 우리나라 꽃 무궁화가 삼천리 강산에 피었다고 하면 다 아는데, 왜 똑같은 말을 하고 또 하고 그런대요?" 선재는 질문을 하고는 고개를 떨구었다.

"중요한 질문인데… 설명은 어렵구나… 같은 말을 반복하면 항창항창 운율이라는 게 생겨. 그게 재미있어서 그렇게 말하는 거란다. 자장가를 딱 한 번만, 우리 아기 자는데 멍멍개야 짖지 마라, 끝! 그렇게 하면 노래가 안 되지. 안 그렇겠냐?"

선재는 할머니가 불러주던 자장가가 생각났다. 선생님 말마따나 자장가는 같은 말을 반복하고 있었다. 자장 자장 우리 아가 우리 아기 잘도 잔다/ 멍멍개야 짖지 마라 꼬꼬닭아 울지 마라/ 우리 아기 잘도 잔다 우리 착한 아기 잘도 잔다.

선재는 문득 멍덕이 생각이 났다. 젖도 안 떨어진 강아지를 데려다가 선재와 같이 놀고, 장난도 치고 하는 멍덕이는 선재의 착실한 친구가 되었다.

학교에서 집에 돌아갔을 때, 어른들은 일 나가고 밭에 가고 해서 집이 비어 있을 때가 많았다. 선재의 발소리를 들은 멍덕이가 쫓아나와 뒷발로 몸을 버티고 앞발로는 선재의 바지를 긁어내렸다. 선재가 고개를 숙여 멍덕이를 끌어안았다. 멍덕이는 선재의 볼을 핥았다. 콧등이 기름칠을 한 것처럼 반들거렸다. 멍덕이 입에서 따끈한 온기가 묻은 입김이 뿜어져 나왔다. 입김은 비릿하니 달큰했다.

선재는 개가 더 크면 썰매를 만들어 타고 다닐 생각을 했다. 알래스카 사람들은 개썰매를 만들어 타고 다닌다는 이야기를 교회에서 들은 적이 있었다. 멍덕이 한 마리로는 썰매를 끌기가 어려울 것 같았다. 어머니에게 졸라서 강아지를 더 사달라고 할 참이었다. 아버지에게는 썰매를 만들어달라고 할 작정이었다. 썰매 발에다가 함석을 잘라 대면 아무 때나 타고 다닐 수 있을 것 같았다. 씰매가 꼭 눈썰매라야 할 필요는 없었다. 함석 구하기 어려우면 대나무를 갈라 다듬어서 대어도 잘 미끄러질 것 같았다.

"자아 주목. 다들 썼으면 이제 노래하자." 담임선생은 풍금에 다가앉으면서 아이들에게 노래를 따라하게 했다. 무궁화 무궁화 우리나라 꽃… 아이들이 따라 불렀다. 선재는 무궁화보다 다른 궁금증이 있었다. 멍멍 개야 짖지 마라, 꼬꼬닭아 울지 마라…? 개가 사람 말을 알아듣는 건 멍덕이를 보면 알 수 있었다. 그런데 닭이 사람 말을 어떻게 알아듣는지 궁금했다. 선재는 손을 들고 선생님을 불렀다.

"선생님, 닭은 귀가 어디 있어요?" 맥락에 닿지 않는 질문을 어떻게 응대해야 하는지, 담임선생은 좀 난감한 표정을 지었다.

"사람은 귀가 어디 있어? 머리에 붙었지? 닭도 그렇단다."

"닭은 귓바퀴가 없잖아요?"

애들은 선재가 이상한 질문을 한다고 두런거렸다. 담임선생이 잠시 멈칫거리고 있는 사이 아이들은 종알거렸다. 쪼다가 머리 좋으면 저렇대… 겉똑똑이라고 하던데… 얼간이 육갑한다는 거야… 그런 소리가 들리는 것만 같았다.

"귓바퀴, 그건 소리를 듣는 데 보조 장치야. 소리가 좀더 잘 들리게 해주는 거란다. 아주 작은 소리에 귀를 기울일 때 손을 모아 귀에 대잖터냐? 닭은 귓바퀴가 없어도 소리를 잘 들을 수 있어."

"닭의 귀가 어디 있는데요?" 정하영이 물었다. 담임선생은 닭의 귀를 본 사람 손을 들라 했다. 손을 드는 아이가 아무도 없었다.

"한선재, 집에서 닭 기르지? 다음 자연시간 든 수요일 닭 가지고 올래? 친구들에게 닭의 귀를 보여주자." 한선재는 닭을 어떻게 학교에 가지고 올까를 궁리하기 시작했다. 학교에 닭 가지고 갈 궁리를 하면서 집에 돌아왔다.

"다녀왔습니다."

양재기에 소금을 담아가지고 부엌문을 열고 나오던 할머니는 선재의 인사를 받지도 않고 반가운 내색을 하지도 않았다. 무슨 불길한 일이 생긴 게 틀림없었다. 할머니는 무슨 불길한 일이 있을 때마다 소금을 준비했다. 전에 선아를 산에다 묻고 돌아오는 아버지를 돌려세우고, 등에다가 소금을 뿌리던 생각이 났다. 무슨 주먹 같은 게 가슴을 쿵 쳤다.

"개짐승 너무 귀여워하면, 자닝스런 일 생긴다고 그렇게 일렀건만… 이게 지 에미를 닮아서 죽는 거도 꼭 그 꼴로 죽었지 뭐냐…" 선재는 울컥 울음이 돌아올랐다. 참아도 눈물이 솟았다. 죽었다는 말만으로도 울음이 났다.

"저게 네 방 댓돌에다가 대가리를 괴고는 죽어 자빠져 늘어졌지 뭐냐."

멍덕이는 댓돌 옆에 널브러져 아직 숨을 몰아쉬고 있었다. 옆에는 멍덕이가 게워낸 토사물이 흘러 지저분하게 흩어져 있었다. 할머니는 멍덕이와 공부방 댓돌, 누마루 그런 데다가 소금을 뿌리면서, 불쌍한 거, 딱한 거, 잘 가거라 멀리 멀리 잘 가거라, 잘 가서 이 집에는 발걸음도 하지 말아라… 멀리멀리 잘 가거라 쉬잇 쉬잇… 선재는 할머니 손에 들린 양재기를 채어 땅바닥에 패대기쳤다. 소금이 땅바닥에 하얗게 흩어졌다.

"아직 안 죽었잖아. 멍덕이가 숨 쉰단 말야…."

"짐승 죽은 데 눈물 짜고 그러면 못쓴다. 사내자식이…."

"당신은 애 데리고 안으로 들어가시오." 호미를 뒷말에 꿰차고 들어오던 진정중이 상황을 눈치채고, 할머니와 손자를 집 안으로 밀어 넣다시피 했다.

선재는 할머니 손을 뿌리치고 할아버지가 지켜보는 멍덕이를 보러 갔다. 멍덕이는 아직 숨이 완전히 끊어지지 않았다. 울컥거리면서 침을 뱉아냈다. 뱃속이 다 비워진 모양이었다.

"멍멍이야, 고생 그만하고, 어서 숨 놓아라." 진정중은 멍덕이 머리를 쓰다듬었다. 멍덕이가 하얀 이를 드러내고 으르렁거렸다. 눈물이 질금거려 눈꼽이 낀 채로, 눈을 뜨지는 못했다.

"할아버지, 멍덕이 구정물 먹이면 살아나지 않아요?" 선재가 할아버지에게 매달렸다.

"살리기는 너무 늦었다. 네 애비 오면 내다 묻으라고 해야겠다." 진정중의 목소리는 싸늘하게 가라앉았다.

"사람이고 짐승이고 배가 너무 고프면 눈이 뒤집힌다. 눈이 뒤집혀 뵈는 게 없으면 암거나 걷어먹고 죽는다." 눈이 뒤집힌다든지, 죽는다든지 그런 말만 들어도 눈물이 왈칵거렸다.

"개짐승도 타고난 복이 그만큼밖에 안 되면 어찌 해보는 도리가 없다." 할아버지는 알아들을 듯 모를 듯한 이야기를 했다.

읍내에서 일을 끝내고 돌아온 한대성이 댓돌 옆에 죽어 있는 멍덕이를 쳐다보고 혀를 끌끌 찼다. 안쓰럽다는 얼굴이었다.

"깊이 파고 묻게, 잘못하면 산짐승들 저놈 먹고 연달아 죽을까 겁나네."

선재는 잠을 설쳤다. 겨우 잠이 들었다. 산짐승들이 눈에 불을 훤하게 밝히고 멍덕이 몸뚱이를 물어뜯으며 서로 으르렁거렸다. 선재는 꿈속에서도 눈물이 났다. *

닭을 몰고 학교로

닭이 학교 간다,
우리 집 수탉이 학교에 간단다,
닭이 가는 학교에 애들도 간다.
선재는 그렇게 노래하다가, 닭은 애들의 친구가 된다는 생각을 했다. 우리 닭이 애들의 친구가 되면 나는 그들의 대장이다. 선재는 닭을 몰고 학교에 갈 일을 생각하면서 신이 났다. 신이 나서 노래가 절로 나왔다.

학교에 닭을 가지고 가는 데는 여러 가지 장애물이 있었다. 엄마는 애기 젖을 물리고 있다가, 별 이상한 선생 다 보았다고 투덜거렸다. 할머니는 귀빼기도 없는 닭의 귀가 대가리에 붙었으면 어떻고 똥궁기에 붙었으면 어떠냐고, 학교에서 쓸다리없는 거 가르친다고 불만이었다. 아버지는 빙긋이 웃으면서 식구들 이야기를 듣고 있었다. 할아버지만 선재 편이었다.

"핵교 선생님이 가지고 오라면 조상 신주라도 가지고 가야 허느니라."

신주가 뭔가 묻고 싶었지만, 할아버지가 자기편이라는 걸 믿고 나니 다른 생각은 싸악 사라졌다. 할아버지가 학교에 닭 가지고 가라고 하는 데는 다른 이유가 있었다. 애를 학교에 맡기고 선생님 한번 찾아보지 못

한 게 늘 마음에 걸렸다. 그러나 애 키우는 거야 에미 애비 일이거니 하고, 시비하고 들지 않겠다는 작정으로 지냈다. 닭이 귀가 있는지 아이들에게 보여주려 하는 것은 그렇거니와, 담임선생에게 닭 한 마리 선물할 좋은 기회였다. 학교에 닭을 가지고 가서 귀가 어디 있는지 설명한 다음에는 담임선생한테 선물하는 게 좋겠다는 생각으로 키가 경정한 수탉을 하나 골라잡아 매놓았던 터였다. 그런데 진정중 영감이 그 닭을 가지고 학교에 가는 것은 왠지 어울리지 않는다는 생각이 들었다.

선재는 닭을 어떻게 학교까지 데리고 갈지 걱정이 앞섰다. 다리에 새끼줄을 묶어 이랴, 낄낄낄 몰고 가는 건 신명나는 일이었다. 소나 송아지 몰고 가는 건 보았지만, 닭을 몰고 다니는 사람은 본 적이 없었다. 닭 몰고 다니는 놈이라고 소문이 날 게 뻔했다. 그리고 애들에게 닭의 귀를 보여준 다음 다시 데리고 와야 할 것도 마음이 쓰였다. 애들이 달려들어 닭과 술래잡기라도 하고, 그러다가 닭이 날아가버리기라도 한다면 닭 한 마리 잃어버리고 만다는 생각도 들었다.

닭을 상자에다가 넣고 새끼줄로 묶어서 가지고 가는 것도 한 방법이었다. 그러나 종이상자가 마땅치를 않았다. 이웃집에는 그 '보루바꾸'라고 하는 종이상자가 있을 터였다. 그러나 자기 스스로 나서서 아쉬운 소리 하기는 싫었다. 선재는 울상이 되어 닭의 귀고 코고 부리고 귀찮기만 했다. 무작정 호기심을 부리면 불편을 당하기도 한다는 생각이 들었다. 식구들은 닭을 가지고 학교에 가는 문제를 두고 의견이 각각이었다. 선재는 울기 직전이었다.

"선재야, 할미가 학교에 갖다 주마."

"어떻게 가지고 갈 건데?" 선재가 뿌루퉁하니 입을 내밀고 투정하듯 말했다.

"할미가 제일로 잘하는 게 '임질'이란다. 한창때 쌀 한 가마니 두 번에 이고 날랐다." 그게 무슨 자랑이라고….할머니는 '전안례'에 기러기 가지고 가듯 하면 된다고 자신감을 내보였다. 할머니가 학교에 오면, 애들이 너네 엄마 노파더라, 하면서 놀릴 게 뻔했다. 그리고 엄마가 나서지 않는 게 불만스럽기도 했다.

아무튼 대술댁은 꼬리가 수려한 수탉을 보자기에 싸서 묶어맸다. 그러고는 함지박에 넣고 번쩍 들어 머리에 이면서, 끄응 하니 똥 비릇는 소리를 했다.

대술댁이 머리에 인 함지박 안에서 수탉이 꼬오끼요! 목청을 뺐다. 닭 우는 소리가 들판을 건너가는 것 같았다. 선재는 할머니가 불러주던 자장가 생각을 했다. 멍멍개야 짖지 마라 꼬꼬닭아 울지 마라.

학교에 가는 길에 화류천(禾柳川)이라는 냇물이 들판을 가로질러 지나갔다. 냇물 위에는 외나무다리가 놓여 있었다. 말목 위에 아까시나무를 쌍으로 나란히 놓고 그 위에 황토흙을 덮은 다리였다. 장마라도 지면 북덩물이 가로지른 다리목까지 찰랑거렸다.

외나무다리 한가운데에 이르렀을 때였다. 보자기 사이로 목을 내민 수탉이 매듭을 쪼아 거의 풀려가는 중이었다.

"할머니, 닭 도망가겠다!" 그 말이 떨어지자 닭이 홰를 치며 날아올랐다. 꼬꼬댁 꼬꼬댁 목청 좋게 울면서였다. 홰를 치고 날아오른 수탉은 날개를 퍼덕거리면서 냇물 저쪽 모래밭에 내려앉았다.

"너, 선재야 얼른 가서 닭 잡아라. 멀리 날아가면 못 잡는다." 뒤따라오던 선재를 앞세우다가 대술댁은 냇물로 떨어져내렸다. 선재는 냇물로 떨어진 할머니보다 도망치는 닭을 잡는 게 우선이었다.

선재는 검정 고무신을 모래 바닥에 벗어 던지고 닭을 쫓아갔다. 모랫벌이라서 그런지 닭은 그리 빨리 뛰어 달아나지 못했다. 모래밭에서 몇 바퀴 맴을 돌다가 마른 풀숲에 고개를 박고 몸을 푸들푸들 떨었다.

"물에 빠진 생쥐 꼴을 해가지고는 학교에 못 간다." 너도 클 만큼 컸으니까, 닭은 보재기로 다시 묶어줄 터이니 가지고 가라! 할머니는 빈 함지박을 이고 집으로 돌아갔다.

보자기에 싼 닭을 들고 학교에 가는 길은 너무 힘들었다. 닭이 무거운 것은 말할 것도 없었다. 보자기 안에서 자꾸만 날개를 퍼득거리는 바람에 보자기를 놓칠 뻔했다. 선재는 닭이 든 보자기를 발로 툭툭 찼다. 닭이 꼬꼬댁 꼬꼬댁 비명을 질렀다. 건너동네에서 닭이 울었다. 닭이 귀가 있다는 증거 같았다.

학교에서 친구들에게 닭의 귀가 어디 있는지, 어떻게 생겼는지를 설명하는 것은 좀 싱거웠다. 닭을 묶었던 보자기를 풀어 교탁 위에 닭을 올려놓았다. 담임선생이 정하영을 불러 닭을 잡게 했다. 정하영은 별명이 '닭대가리'였다. 선재에게 닭의 귀를 설명하라고 했다.

닭의 귀래야 잘생긴 귓바퀴가 있는 것도 아니고, 무슨 소리를 들으면 귓구멍이 열렸다 닫혔다 하는 것도 아니었다. 눈 뒤쪽 조금 위에 뽕 뚫린 구멍이 닭의 귀였다. 그 구멍 가를 따라 털이 송클송클 나 있었다.

"그 귀로 소리를 듣는지 어떻게 알아?" 박창화가 물었다. 정하영이 수 닭의 귀에다 대고 꼬꼬댁 소리를 질렀다. 닭이 날개를 퍼드덕거리다가 물똥을 내갈겼다. 그게 닭이 귀로 소리를 듣는다는 증거라고 말하고 싶었다. 허나 그게 닭이 귀로 소리 듣는다는 증거는 될 수 없었다.

선재가 양동이에다가 물을 받고 걸레를 담가 가지고 왔다.

"선재, 이거 너네 닭이니까, 닭똥은 네가 치우는 거야…." 좀 야속했다. 닭의 귀가 어디 있는지 모르는 놈들에게 닭의 귀 보여주려고 가지고 온 건데, 닭똥까지 치워야 한다니… 아이들이 코를 틀어쥐고 손을 저어 냄새 쫓는 시늉을 했다.

닭똥을 치우는 동안 선재는 궁금증이 생겼다. 자기가 가지고 온 닭은 수탉이 틀림없었다. 그러면 '고추'가 있어야 할 텐데, 그게 없는 것이다. 가만 보니 똥과 오줌이 한 구멍에서 나오는 것 같았다.

걸레를 몇 차례 빨아 마룻바닥과 교탁을 닦았다. 닭똥 냄새는 사라지지 않았다. 교탁 밑에 서 있는 닭은 꼬박꼬박 졸았다. 닭이 졸고 있을 때 물어보고 싶었다. 닭이 깨면 자기 '고추' 이야기한다고 창피해할지도 몰랐다.

"선생님? 질문이 있는데요. 수탉인데 왜 고추가 없어요?" 선재가 물었다.

"붕알도 없잖아, 당연하지." 정하영이 끼어들었다.

"그게 왜 당연해?" 다시 선재가 들이받았다.

"닭이니까…." 닭이니까? 그게 이유가 돼? 닭대가리 같은 자식… 너 뭐랬어? 한판 붙을래? 그래 올러봐… 티격태격하는 모양을, 담임선생은 빙긋이 웃으면서 쳐다보고 있었다. 다툼이 어떻게 구정이 나는지를 지켜보는 중이었다. 아이들은 서로 식식대면서 상대방에게 주먹을 날리거나 하지는 않았다.

"자아, 조용히들 하거라." 이이들이 조용해졌다.

"너희들이 더 커서 고등학교 가면 배우게 되는데, 닭의 똥구멍처럼, 똥두 나오고 오줌도 나오고, 또 뭐시냐 알도 나오는 그런 기관을 총배설강이라 한다. 그런 어려운 말은 나중에 배우도록 하고… 새 종류를 조류라고 하는데, 닭도 조류에 속하고, 조류들은 똥, 오줌, 알이 같은 구멍으로 나온다. 그래서 계란, 달걀에는 가끔 닭똥이 묻어 나오기도 하지."

선재는 그렇구나 고개를 주억거렸다. 사람은 똥과 오줌이 나오는 데가 달랐다. 그게 진화한 증거라고 했던 담임선생의 말을 잘 기억해두어야 할 것 같았다. 왜 그런지는 몰라도 상관이 없었다. 할머니는 그런 말을 자주 했다. '똥오줌 가릴 만하니 다 컸다.' 그런데 그 말이 이상했다. 똥과 오줌을 갈라 눈다는 뜻인 것 같은데, 달리 생각하면 똥이나 오줌을 마구 질러대지 않고 장소를 가려 눈다는 뜻 같기도 했다.

"선재야, 너 이 닭 집에까지 가지고 갈 수 있겠느냐?"

"선생님 드릴까요? 집에 가서 잡아먹게요."

"그런 뜻이 아니다. 닭이 날개를 쳐서 혹시 다치지 않을까 걱정이 되어 그런다." 담임선생은 이런 제안을 했다. 학교에서 소사 아저씨가 멍멍이 먹이는 개장 옆에 '닭의어리'가 있는데 거기 가둬두고 어른들한테 가져가도록 하는 게 좋겠다고 했다.

"개가 잡아먹지 않을까요?" 옆에 서서 턱을 쳐들고 담임선생을 올려다보던 정하영이 말했다. 그렇지 않으냐고 선재에게 동의를 구하는 눈치였다.

"힘들겠지만 가지고 가보는 것도 아름다운 추억이 될 것이다." 아름다운 추억이란 말이 낯설었다. 집에서 들어본 적이 없는 말이었다.

"나랑 같이 가자." 정하영이 옆에서 초싹거렸다. 정하영은 걸음을 걸을 때 목을 앞으로 내밀고 끄덕끄덕 닭이 걷는 모양을 한다고 해서 별명이 '닭대가리'였다. 닭대가리라고 하면 사람이 좀 모자라고 어리벌벌하는 애들을 흉잡아 하는 말이었다. 담임선생은 정하영이 놀림을 받고 질질 짜고 있을 때, 마음을 다독여준다는 푼수로 하는 말이 이랬다.

"사람은 말이다, 용의 꼬리보다 닭대가리가 한결 낫단다." 어벙벙하니 앉아 있는 아이들에게 담임선생은 이야기했다. 사람은 모름지기 남을 이끌어봐야 한다. 그래야 그게 얼마나 어려운지를 알고, 또 성공적으로 남을 이끌었을 때 그 성취감이 얼마나 감격스러운지를 알게 된다. 그런 이야기를 자세하게 했다. 그러고는, 닭대가리 되고 싶은 사람? 하면서 아이들을 둘러보았다. 손을 드는 아이가 아무도 없었다. 담임선생이 잠시 입을 다물고 있는 사이, 정하영이 손을 번쩍 들었다. 아이들이 박수를 쳤다. 용기가 있다는 찬사인지 어리석다는 비난인지는 알기 어려웠다. 이런 일이 있은 다음, 언제부터인지 정하영이라는 이름보다는 '닭대가리'로 불렸다.

닭을 보자기에 싸는 것은 담임선생이 거들었다. 수탉이라 성질이 사나울 수 있다고 주의를 주었다. 예고 없이 후다닥 날개를 치거나 발로 보자기를 박박 긁을 수도 있다는 것이었다. 그러니 누구 하나 기운 센 놈이 옆에서 도와주라고 담임선생은 아이들에게 일렀다. 정하영네 옆집에 사는 이부순이라는 여자아이가 손을 들고 나섰다. 자기 집에서도 닭을 치기 때문에 닭과는 친하다는 것이었다. 그렇게 삼인조 한 팀이 되어 수탉을 운반하는 사역대가 만들어졌다.

화류천을 저만큼 앞두고서였다. 셋이 옆으로 나란히 걸을 수 없는 길이었다. 선재가 닭을 싼 보자기를 들고 앞섰다. 바로 그 뒤로 이부순이 따랐다. 맨 끝에는 정하영이 콧노래를 흥얼거리면서 두어 걸음 뒤에서 따라갔다. 해가 기울어 아이들의 그림자를 길게 냇가 모랫벌에 늘이고 있었다. 선재는 아무쪼록 수탉의 심기를 건드리지 않게 하려고 앞으로 두 손을 내밀어 보자기를 들고 걸음을 떼었다.

"야아, 아까 선생님이 그랬잖아 설총배강이라구, 선재 너는 그거 본 적 있어? 이부순 너도 못 봤지? 우리 한번 그 배강설총, 그거 어떻게 생겼나 보자구. 과학적으루다가 관찰하잔 말여."

정하영은 필통에서 연필을 꺼냈다. 그러고는 이부순에게 닭을 꼭 잡으라 했다. 거의 명령에 가까운 말이었다. 이부순은 어쩡쩡하고 있다가, 보자기에서 닭을 꺼내 날갯죽지에다가 팔을 끼고 쪼그려 앉았다. 선재는 닭을 빼앗아 도망치고 싶었다. 연필로 닭의 똥꼬를 찔러 헤쳐보겠다는 정하영이 무섭기까지 했다.

"그러다가 닭 죽으면 네 책임이야, 정하영. 이부순 너도…."

선재가 말릴 사이도 없이 정하영은 이부순이 안고 있는 닭의 꽁지털을 잡아 올리고 똥공에 연필을 찔러 넣었다. 닭이 꽤개객 날개를 푸덕이며 몸부림을 쳤다. 이부순이 닭을 안고 있던 팔을 놓았다. 닭이 겅정 뛰어오르며 선재의 목줄기를 발톱으로 긁어놓았다. 선재는 오른손으로 목줄기를 쓸어보았다. 손에 벌건 피가 묻어나왔다. 목에서 피가 흐른다… 더럭 겁이 났다.

선재가 피 묻은 손으로 목을 쓸어대는 모양을 보고 정하영과 이부순은 책보를 걸머메고 슬금슬금 선재 곁을 벗어났다. 먼저 간다 소리도 없이, 정하영과 이부순은 외나무다리를 건너고 있었다.

수탉은 물가에 가서 물을 몇 모금 찍어 마시고는 선재 옆으로 채쭉채쭉 걸어왔다. 선재는 닭을 끌어안았다. 닭은 날개를 치거나 발질을 하지 않았다. 선재는 책보 안에 든 새끼를 꺼내 닭의 발목을 묶었다. 닭을 앞세워 몰고 집으로 갈 참이었다. 그런데 목에서 피가 자꾸 흘렀다. 더럭 겁이 났다. 책보 한 모서리를 죽 찢었다. 찢어낸 천으로 목을 감았다. 닭을 몰고 천천히 외나무다리를 건넜다. 서둘다가 닭이 날아가버리면 낭패였다. 선재의 심정을 아는지 닭은 선재 앞에서 제 길을 찾아갔다.

선재가 닭을 몰고 미나리꽝 옆을 지날 때였다. 아버지 한대성은 땅거미 짙어오는 풀밭에서 소 풀을 뜯기고 있었다. 선재가 가까이 다가가도 아버지는 풀 뜯는 소만 바라보고 있었다. 소는 쉬익쉬익 콧김을 불면서 풀을 뜯었다.

"아버지!" 선재는 기어들어가는 목소리로 아버지를 불렀다. 닭이 목을 긁는 바람에 난 상처 때문에 아버지가 놀랄 게 두려웠다. 꾸중이야 들어도 마땅했다. 그런데 목에 맨 천 조각이 어떻게 되었는지 눈으로 확인할 여가는 없었다. 아직도 피가 흐르는지 천 조각 위로 끈끈한 액체가 만져졌다.

"아니, 선재야, 이게 웬일이냐, 친구도 없이 집에 혼자 오는 거여?"

같이 있던 친구들이 먼저 갔다는 이야기는 할 수 없었다. 아버지에게 혼날 게 두렵지는 않았다. 친구들이 자기를 버리고 먼저 가버린 게 화를 치밀게 했다. 그리고 그것은 아버지에게 이야기하고 싶지 않은 비밀과 같은 것이었다.

"괜찮아요. 닭의 발이 쬐금 할켰어요."

"괜찮기는, 목줄기가 피투성이가 되었는데 그래도 괜찮다는 거여. 그러다가 피 흘리고 죽는 수도 있어, 이놈아, 도무지…."

"괜찮다니께유." 한대성은 후유 한숨을 토해냈다. 아들놈이 드디어 말썽을 부리기 시작한다는 생각 때문이었다. 사학년밖에 안 된 놈이 몸에 피칠하고 다니면, 앞날은 훤히 내다보이는 터였다. 앞으로 어떤 골치를 썩일지 짐작조차 하기 어려웠다. 한대성은 소 고삐를 말아 소 등에 얹어 놓고, 집을 향해 소 머리를 향하게 한 후, 엉덩이를 터억 쳤다. 소는 집을 향해 터덕터덕 걸어가기 시작했다.

"자아, 내 등에 업혀."

"걸어갈래유."

"업혀!"

"싫어유…." 선재는 책보를 등에 사선으로 묶어맸다. 닭이 든 보자기를 들고 아버지 한대성의 등을 밀었다. 한대성은 더 말리지 않고 선재 손에서 닭 보퉁이를 받아들었다. 선재 목을 처맨 헝겊에 피가 내배는지 살펴보았다. 피는 멎어 있었다.

"닭도 집에 보내지유."

"네 걱정이나 해라, 녀석아. 닭은 소처럼 집 찾아가지 못헌다. 닭이나 참새나 새대가리다." 선재는 아버지 입에서 '새대가리' 소리가 나오는 게 우스웠다. 그러나 웃을 수 없었다. 목이 너무 따갑고 쓰렸다.

"사람이 총에 맞고 대포 포탄을 둘러써야 꼭 죽는 건 아니요. 정원에서 장미 손질하다가 파상풍에 걸려 죽기도 합니다. 닭 발에 할켰다고 우습게 보면 안 되는 법이라니요." 선재의 상처가 위험 수준이라는 말로 들렸다. 함 원장은 어떻게 하면 좋으냐는 데는 아무 대답이 없었다. 매사 조심하고 주의하란 이야기였다. 특히 학교에서 애들 '얼미진' 짓을 하다가 일을 내고 마는 경우가 있다는 것이었다. 며칠 전 학교 소사가 끄는 리어카를 밀어주다가, 리어카가 언덕에서 뒷걸음을 하는 바람에 아이가 치어 다리 골절상을 입었다는 이야기는 한대성도 들은 바가 있었다.

"함 원장님, 닭 잡을 줄 아세요?"

"혹시, 한 기사가 농담을 하는 건 아닐 텐데… 왜 그러셔?"

"저어, 저 보재기에 있는 닭 드리고 갈라구요."

"그것도 그렇네. 수탉이 있어야 유정란을 낳고, 유정란이라야 병아리 깔 거 아닌감. 공연히 내 생각 말고 그대로 가지고 가소. 나중에 약병아리나 두어 마리 주소. 나도 닭이나 키워볼 참이요. 병원에 손님도 예전 같지 않고 내가 몸이 부실해서 병원 오래 열지 못할 것 같은 예감이 든단 말이요."

"유정란이고 약병아리고, 그게 뭐어이 중요해요. 원장님 오래 사셔야지요."

"말하자면 내가 의사 아니던가. 내 병은 내가 잘 안다오. 마음의 병이 육신의 병으로 옮겨붙은 셈이요. 그동안 신세 많이 졌소."

"왜 자꾸 그런 말씀을 하신대유. 마음이 안 놓여 집에 못 가겠구먼유."

"한 기사 아들, 선재라고 했던가, 저 녀석 중학교 갈 때까지는 살 테니 걱정 마시구랴."

한대성은 더 이야기를 할 계제가 아니라는 생각을 했다. 자신의 목숨을 스스로 알아서 예비하는 자세가 묵직한 충격파로 다가왔다.

"두어 번 더 들러서 주사 맞도록 하시오." 한대성은 고개를 끄덕였다. 함인덕 원장의 책상 위에『예루살렘의 닭』이라는 책이 놓여 있었다. 유치환 시인의 수상록이었다.

"이 책 재미있습니까?"

"읽고 싶으면 빌려드리리다." 한대성은 함 원장을 향해 손을 내둘러 사의를 표했다. 아직 그런 책 읽을 계제가 아니었다. 근간 몇 해 계속 책을 읽어 문리가 트이기는 했지만, 함 원장에게 책을 빌려볼 만큼 진척이 있는 건 아니었다. 꼬꼬기요, 수탉이 목을 빼고 울었다. *

새로 시작하는 길

겨울이 일찍 닥칠 모양이었다. 12월 들어 날씨가 심상치 않았다. 하늘에 구름이 가득 모여들고 바람이 거세게 불었다. 사람들의 발걸음이 빨라졌다. 한 해를 마무리하는 달이 다가오고 있었다. 그저 볼따구 얼어터지게 춥지만은 않았다. 사람들은 눈을 기다리고 있는지도 몰랐다. 세상을 하얗게 덮어줄 눈을, 평화의 기운으로 가득한 벌판에 은혜의 햇살이 쟁쟁 소리를 내며 부서지는 날을 바라서, 발걸음들이 빠른지도 몰랐다.

집안은 화평한 가운데 식구들도 무탈하였다. 진봉득은 이때다 싶어 마음먹은 일을 실천에 옮기기로 했다. 읍내에 가게 자리를 알아보았다. 진봉득이 가게를 하고 싶다는 생각을 한 건 우연이 아니었다. 자신도 집안을 책임져야 한다는 버언한 깨달음이 닥쳐왔다. 부친은 몸으로 하는 일을 감당하기 어렵게 일찍 늙었다. 남편은 전쟁을 겪으면서 몸이 많이 무너졌다. 무엇보다 아이를 잘 키우고 싶었다. 그리고 남편이 재봉틀을 사주어 짬나는 대로 익힌 재봉기술을 그대로 묶어두고 싶지 않았다.

진봉득은 그동안 차근히 돈을 모았다. 차근히라고 해도 남편이 벌어오는 돈을 아낀 것일 뿐이었다. 이따금 친정아버지가 남의 집 삯일을 하고 몇 푼 받아오면 손에 지전 몇 장을 쥐여주곤 했다. 친정어머니 대술댁은 옷 다루는 솜씨가 남달랐다. 일이 빠르고 손길이 매웠다. 남정네 입성 한 벌 부탁이 들어오면 하루 저녁에 뚝딱 마무리를 했다. 가용은 친정어머니 대술댁이 속곳 굇말에 찬 주머니에서 나왔다.

가게 빌리는 데는 돈 말미가 조금 모자랐다. 진봉득은 곽민영을 찾아가기로 했다. 친구라고는 하지만 오래 만나지 못했다. 그리고 자기 오라비와 엮으려 했던 속셈이 불쾌한 기억으로 남아 있기도 했다. 진봉득의 반편 오라버니와 아이 하나 낳아달라던 이야기는 생각할수록 불쾌하고 사람을 무시하는 터수라서 기분이 왕창 상했다.

"그래도 날 잊지 않고 찾아왔네. 고맙다, 애애…" 곽민영은 진봉득의 손을 잡고 안으로 이끌어 들이면서 살부드럽게 대해주었다. 금방 곽민영의 오빠가 크음 기침을 하면서 대청을 돌아 나올 것 같은 느낌이 들었다.

한참 동안 그간 지낸 이야기를 나누었다. 진봉득이 '돈' 이야기를 하려는데 곽민영이 먼저 말을 꺼냈다. 얘가 눈치를 챈 걸까, 그런 의문이 들었다.

"봉득아, 넌 그래도, 참 잘 사는 거여…. 겨우 전쟁 끝났는데, 우리 집은 이게 뭐니…" 곽민영은 오빠 이야기를 먼저 꺼냈다.

"우리 오빠 말인데…" 곽민영이 멈칫거리고 있는 사이 진봉득은 눈꼬리를 꼬부장하니 뜨고 손으로 턱을 괴었다. 이야기해봐. 다 들을 준비 되어 있어. 겉으로 말을 내지는 않았다.

근간에 그의 오빠가 자식은 두어야 한다면서 여자를 하나 맞아들였다. 고향이 평택이라던가 안중이라던가 했다. 얼굴이 맑고 생글생글 눈가에 웃음을 흘렸다. 이따금 곽민영이 들어본 적이 없는 영어 노래를 부르기도 했다. 고잉 홈… 꿈속에 그려라 그리운 고향. 그런 노래를 할 적에는 눈가에 이슬이 맺히기도 했다. 그리고, 무엇보다, 집안일에 헌신적이었다. 가족들은 애를 낳기 이전에, 벌써, 새로 들어온 사람에게 만족하는 분위기였다. 특히 곽민영의 부친은 새로 들어온 며느리를 오냐오냐 구슬렸다. 알게 모르게 가용을 덜어 집이주는 눈치였다.

"나도 그렇게 깜박 믿었지 뭐냐…." 사람 속은 겪어보아야 안다는 이야기 끝에 인간의 웃음이 얼마나 가증스러운지, 더런 년, 머리를 흔들었다.

"이년이 우리 집안을 한바탕 뒤흔들어놓았겠지 않냐. 내가 평택이 그런 덴 줄 몰랐지 뭐냐." 곽민영 오빠의 처로 들어온 여자는 평택 미군부대 매점에서 일한 적이 있었다. 영어도 제법 했고, 한국 노래도 잘 불렀다. 다른 식구들의 사랑을 흠뻑 받았다. 사람 믿을 수 없다던 곽민영의 속을 알 만한 일이 있었다. 평택에 주둔하고 있던 미군 흑인 병사와 배가 맞아 미국으로 줄행랑을 놓았던 것이다. 그냥 도망친 게 아니라 이사할 계획으로 땅을 팔아 마련한 돈을 훑어가버렸다. 진봉득이 혀를 클클 찼다. 망할 년! 곽민영.

"너는 남편하고 잘 지내지? 그려어, 사람 산다는 게 뭐보다 부부 정이 있어야고 가족이 화목해야 하는 거여." 곽민영이 한숨을 길게 뱉아냈다. 부부가 정이 있어야 한다는 이야기는 별로 새로울 게 없었다. 그러나 곽민영의 입에서 그런 말이 나오는 건 뜻밖이었다. 무슨 사달이 난 모양이었다. 홍대혁의 아들 홍정우와 3년을 살았다. 아직 아이는 없었다. 홍정우는 '남선'(남한)에서는 아무리 개인이 날고 긴다고 해도 '전망'이 없다면서 사회 혼란을 땅이 무너질 듯 걱정을 하곤 했다. 술이 늘고 밤늦게 집으로 돌아오는 날이 잦았다. 사람들이 그 애비 그 아들, 이야기를 하는 사이 홍정우는 낯선 젊은이들을 집으로 불러들여 야밤중에 밥을 삶아내게 했다. 그럴 때마다 이웃 살구나무집 내외가 '밤놀이'를 하는 소리가 담을 넘어오곤 했다.

 곽민영은 남편과 갈라서서 집에 와 있었다. 잘못하다가는 홍정우가 말하는 '북선'으로 끌려갈 판이었다. 남편이 옮겨준 성병 때문에 병원을 드나들었다는 이야기를 거침없이 터놓았다. 진봉득은 고개를 끄덕이면서 얼굴에 묘한 웃음을 띄워올렸다. 마음을 잘 써야 복을 받는 거란 말이지. 너도 신세 간데없이 생겼다.

 "말이지, 내가 주제넘은 일을 하나 생각하는겨. 왜 이러는지 나도 모르지. 민영이 니가 나를 좀 도와줘야 쓰겄다."

 "새로 일을 한다는 게 뭐여?" 곽민영이 눈이 호동그래졌다.

 "전쟁 끝나니께 사람들이 먹고사는 데 정신이 없잖어? 그리고 여자들이 입는 거에 신경을 잔뜩 쓴단 말이여." 그렇겠다고 고개를 끄덕였다. 진봉득은 한복점을 하나 차릴 계획을 곽민영에게 털어놓았다. 평범한 사업 계획 이야기였다. 그러나 실은 계산된 말이었다.

 "저어기 말여, 한복점 이름을 '모든이한복점', 그렇게 붙이면 사람 꾈 거 같어?" 곽민영은 고개를 옆으로 저었다. 가는 데마다 양장이 더 인기를 누렸다. 머리도 말아올리는 '까미'를 지나 바글바글 자디잔 컬로 말아올리는 퍼머가 대세였다. 한복보다는 양장이 제격이라는 생각이 드는 것이었다. 그런데 거기다가 무슨 새꼽맞게 한복이라니. 그리고 뭐 가게 이름이 모든이 한복점? 홍정우는 '모든 인민이 함께 노력하고 함께 잘 먹고 잘 사는 세상'을 이야기하곤 했다. 곽민영은 난감한 표정을 지었다.

"내가 양장을 어떻게… 감당이 안 되어." 진봉득은 속으로 말을 잘못했다는 생각이 들었다. 무얼 못한다고 하면 한 질 아래로 내리깔아보는 게 세상 인심이었다. 그것은 진봉득이 살아가면서 터득한 세속의 지혜였다. 금방 터지지만 않는다면 속에 빵빵한 자부심을 가지고 있노란 이야기를 터야 하는 판이었다.

"내가 할 줄 아는 게 있어야 도와주고 뭐고 하지." 그래 너는 네 손으로 할 줄 아는 게 별로 없었어. 네 머리로 할 줄 아는 공부도 똑소리 나는 게 없었지. 입만 살아서 나불대고 사람이 좀 허랑하기도 했지. 남과 다른 점이 있다면 아버지가 세상살이에 빠끔해서 돈 모으는 재주가 있었지. 그건 너의 돈이 아니었잖아.

"남편 없이 사는 게, 그렇게 살 수만 있다면, 얼마나 떳떳하고 좋아, 안 그런감?" 진봉득은 그런 이야기를 하면서도 찔리는 구석이 있었다. 남편이 다른 여자를 보아 사림을 차린 걸 현장에서 목격하고, 눈에 불이 지나가던 생각이 떠올라서였다. 자신이 경제적으로 독립해야 한다는 생각을 하게 된 데에는 남편의 그 시덥잖은 외도가 작용을 했던 게 사실이었다.

"그런데 가게 이름이 좋아야 손님 모인디야. 달리 붙여봐." 곽민영은 '텍사스 한복점'은 어떤가 물었다. 올케였던 여자가 도망친 데가 텍사스라는 이야기를 어뜻 들은 생각이 나서 그렇게 제안을 했던 터였다.

"텍사스 한복점? 우습네. 차라리 양공주 한복점이라고 하는 게 솔직하지 않을까."

"어이구 숙맥, 그래가지구 장사하겠다아. 한복이 미국 텍사스까지 가도록 장사를 해야지. 생각해봐라, '지장골 양품점' 그런 상호 달아서 뭐가 되겠어? 사람들은 새롭고 좀 튀는 걸 좋아한다니까 그러네."

"그려, 말은 맞어."

"말이 맞으면 그렇게 행해야지." 이때다 싶었다.

"아아 뭐라던가, 줄라면 홀라당 벗고 주란다잖여. 나랑 같이 일해보자니께." 곽민영이 진봉득의 손을 잡으며, 고맙다는 치사를 거듭했다.

진봉득은 곽민영에게 함께 일을 하자는 제안을 해놓고 전에 점찍어두었던 가게 터를 돌아본 다음, 집으로 돌아왔다. 남편에게 졸라서 모자라는 돈을 아퀴를 맞출 생각이었다.

홍대혁의 마누라가 와 있었다. 진봉득은 가슴으로 선뜩한 기운이 스치고 지나갔다. 그래도 어른이라고, 자신도 모르게 인사가 나왔다. 지난 일들이야 모두 따져서 시시비비를 가릴 계제가 아닌지도 모를 일이었다. 거대한 시대의 물결을 함께 넘었다는 생각이 머리를 스쳤다. 누구 하나 전쟁에서 아무 연관 없이 산 이가 있을 것인가. 그러나 남편 한대성이 지서에 끌려가 몽둥이찜질을 당한 일은 쉽게 잊을 수 없었다. 한대성은 어쩌다가 밤에 아내 진봉득을 끌어안았다가는, 어쿠 소리를 내고 허리를 틀면서 물러나 자빠지곤 했다. 허리가 아파서 그런다면서 한숨을 쉬었다. 호소할 데가 없었다. 그렇다고 가난이 죄라고 무심히 넘어갈 일은 더욱 아니었다. 역사라는 게 있기는 있는 모양인데 그걸 무어라 정리해서 이야기하기에는 진봉득으로서는 힘에 부쳤다. 그래서 한번 더 억울했다.

"내가 마신 샘물에 침 뱉지 말라던 말이 생각나네…. 내가 대술댁 언제

보는가 했더니, 내 발로 찾아와지는 건 참 알 수 없는 일이네." 왜 그런 이야기를 하는지 언뜻 감이 잡히지 않았다. 자기 남편 때문에 한대성이 고생했다는 그런 이야기만은 아닌 듯했다.

홍씨 처는 자기가 방물장사로 나선 내력을 풀어놓았다. 남편과 아들이 전쟁 중에 어디론가 함께 사라졌다는 것이었다. 남편과 아들 찾아내라고 지서에서 하루가 멀다 하고 드나든다고 했다. 이가 갈려서 집을 나와 떠돌아다니기로 작정을 하고 나선 길이라 했다.

"하나 갈아주셔, 적선하는 셈으루다가." 적선? 낯간지러운 말이었다. 어머니 대술댁은 태도가 달랐다.

"무얼 가지구 댕기는지 뵈주어야 갈아주던가 문질러주던가 허지." 어머니 대술댁의 화법에 언제부턴가 변화가 와 있었다. 농담은, 크건 작건, 마음에 여유가 생겼다는 징표와 같은 것이었다. 분노와 원한과 불신의 늪을 조금씩 벗어나고 있는 중이었다. 진봉득은 그러한 어머니의 변화를 명징한 말로 정리할 줄은 몰랐다. 감은 선명한 색깔로 오는데 그걸 표현할 말이 딸렸다.

"히히히, 이런 거 다 내놔야 허나, 이거 미제 나이롱 빤쓰라는겨. 선재 어매도 한번 챙겨보셔. 그 뻣뻣한 삼베 사루마다 입구 다리 씰그럭거리구 댕기면 사타구니에 못이 백인다니께." 홍씨댁은 사타구니가 군시럽기라도 한 듯 엉덩이를 들썩거렸다.

"삼베 속곳 입구 댕기넌 그런 마누라 좋아할 얼빠진 작대기가 워디 있겄남. 아 요거, 요게 영어루다가 다리미 나이트라구, 밤에 따끈따끈하게 내외가 녹아난다는 그런 게라니께. 남자가 여자 그냥 좋아하는 게 아니라… 향기가 나야 여자가 여자인겨어." 다리미 나이트는 드리미 나이트를 그렇게 틀어대었던 것이었다. 나이롱은 사실 '실키'라는 말이었다.

"아, 그런 요사스런 것들 말구, 애들 급할 때 먹이는 약 그런 건 안 갖구 댕기셔?" 대술댁이 화제를 돌리려고 물었다.

"약은 약방에서 사야지. 애들은 아무튼 잘 먹여야 우량아 된다니께. 양놈들 애들은 팔자가 늘어져서 영양가 덩어리 우유 먹고, 그리구 이거 배비비다라구, 알랑가, 두 배 살찔 비, 살찔 비 많을 다, 이 집두 애들 있잖어, 전쟁두 끝나구 했으니 애들이나 잘 길러야 할 거 아닌감. 그러니 잘 먹여야 헌다니께." '베이비 비타'가 '배비비다(倍肥肥多)'로 말바꾸기를 하는 중이었다. 아무튼 애들 크는 데 도움이 된다는 본의에는 변화가 없었다. 진봉득은 베이비 비타 두 병을 골랐다. 대술댁이 속곳 굇말 안을 뒤져 지폐 몇 장을 꺼냈다.

"남자들 잘 서는 것도 있는데, 영감 엄청 좋아할 거구먼, 어디 한번 볼 생각이 있으셔?"

"아이구 넘사스러워라…. 담에 또 들르셔." 홍씨댁은 크음, 마른 기침을 하면서 장사 보따리를 챙겨 일어났다.

진봉득은 남편 한대성을 기다리고 있었다. 가게 간판을 만들어달라는 이야기를 하고 싶었다. 상점 이름을 텍사스 한복점으로 하는 것을 남편이 맘에 들어 할까. 돈은 저축해놓은 게 있을까. 요새 몸단장에 신경을 쓰는데 혹시 다른 여자 또 보고 돌아다니는 건 아닌가. 속옷가지는 자기가 사준 거 그대로 입고 다니나. 서방 믿고 낮잠 자는 년 미친년이라던 친구의 말이 떠올랐다. 그러다간 가정 깨진다고 이를 사려물기는 했지만, 남편에 대한 믿음이 그렇게 탄탄한 것은 못 되었다.

"어쩐 일로 오늘은 일찍 돌아왔네. 어디 갔다 왔어요?" 여자들의 눈치라는 게 무섭다는 생각이 들었다. 사실대로 이야기할까 하다가 스스로 손으로 입을 막고 말았다. 하품을 하는 흉내를 내기는 했지만.

"건축사무소 하나 알아보느라구."

"그거 무슨 자다가 봉창 두드리는 소리래유?" 진봉득이 놀라면서 그렇게 말했다. 속은 딴 데 가 있었다. 남편이 건축사무소를 낸다는 게 사실이라면 자기는 남편에게 손을 내밀 빌미가 끊기는 셈이었다.

"욕심 없는 자는 죽은 목숨이나 마찬가지여."

"아니, 그게 무슨 소리래유, 욕심을 덜어내라구 가르치던데유."

"누가 그렇게 가르치는지 몰라두, 욕심이라는 게 의욕, 의욕이라구."

"당신 유식해지셨수. 그런데 건축사무소는 건축기사 자격증을 떠억 걸어놔야는 거 아뉴. 당신 그런 자격증 받았단 얘기 나한티 한 적 없잖유. 그럼 천상 남의 자격증 빌려서, 아니 돈 주구 사서 해야는디, 그게 어디 제대루 된 장사유? 올개미 없는 개 장사지, 안 그류?"

"이 마누라가 어디서 현명탕이래두 먹었나, 유식해졌네. 사무소부터 내면 자격증이 아쉬워질 거니까 내가 자격증을 딸 거 아닌감. 일의 순서가 하늘이 낸 것두 아니구."

"당신 의욕을 꺾고 싶은 생각은 콩짜가리 만큼두 읎어유. 내가 먼저 한복집을 내구, 거기서 돈 모으면 당신 도와줄 테니 당신 모아놓은 돈 쬐금만 이쪽으루다가 지울이면 쓰겠어유."

진봉득은 남편한테 지고 이기고 그런 분별은 없었다. 다만 남편이 무리를 해서 일을 벌인다는 것은 아직 위험하다는 생각을 할 뿐이었다. 전쟁이 끝나면서 건설 경기가 살아나는 것은 물론이었다. 그러나 번듯한 집을 지을 만한 돈들을 쥐고 있지 않았다. 겨우겨우 밥벌이들을 하고, 몇몇 여유가 있는 이들이 집을 개수하는 정도였다. 사는가 싶게 살기로는 아직 길이 멀었다. 그런 상황에서 건축사무소를 내는 것은 철이른, 만용에 가까운 짓이었다.

"제발 내 말 들어요. 더도 말고 백만 환만 보태유."

"아니 여자가 간이 뱃가죽을 치미나, 백만 환이 어디 누 집 강아지 이름인 줄 아나?"

"오 년 후 오백만 환으로 갚아줄 테니 그렇게 해유. 세상에 마누라 못 믿으면 어떤 년을 믿는대유." 진봉득이 다그치는 바람에, 한대성은 자기 주머니에 든 돈을 헤아리기 시작했다. 목사 댁 일이 끝나면 그만한 돈은 아내 앞에 내놓을 수 있을 것 같았다.

"당신 믿구설랑, 그렇게 해유? 왜 말이 읎대유, 그럼 말어유?" 한대성은 마누라 말고 믿는 여자 있는가 다그치는 아내 진봉득의 말에 기가 꺾였다.

"간판에다가유, 내 얼굴 번듯하게 그려 넣구 싶구먼유. 그러구설랑 간판은 텍사스 한복점이라구 달아유." 한대성이 웃음을 터트렸다. 하다하다 한복에 텍사스가 뭐냐는 거였다.

"저어 극장 간판 그리는 미진사 사장 알지유? 우리 한복점 간판 한번 부탁해유. 당신 그 집 벽 무너진 거 고쳐주구 아직두 품삯 재료값 못 받았잖어유?" 한대성은 아내 진봉득을 다시 쳐다봤다. 예사로 넘어가는 게 도무지 없는 여자였다. 돈에 관한 한은 더욱 그랬다.

"텍사스라…" 한대성이 고개를 갸웃거렸다.

"왜 고개를 그렇게 자유뚱 자우뚱 한대유? 텍사스 청바지두 팔구, 이담에 우리 선재 크면 텍사스루 유학두 보내구 하자구유."

"오르지 못할 나무는 쳐다보두 말랬어. 공연히 집안 망가지는 꼴 보기 싫으면 그따위 허랑한 생각 접으셔."

"에이, 당신 그런 쫌팽인 줄 몰랐어유." 한대성이 주먹을 부르쥐고 달려들 기세였다.

"마누라 치는 서방 세상에 못난이래유. 나무 그냥 못 올라가겠으면 사다리를 갖다 놓구 올라가면 되잖어유. 올라간 만큼 멀리 볼 거 아닌감유. 내가 내일 가서 그 간판쟁이한테 말할 거구만유. 내 얼굴 근사하게 그려 달라구유." 한대성은 아내에게 다가가 허리를 바싹 끼어안고 들어올려 한 바퀴 맴을 돌았다.

"딴스홀에서두 여자 그렇게 다시린대유?" 한대성이 다시 웃었다.

마을 입구로 자동차 들어오는 소리가 들렸다. 냉큼 없는 일이었다.

"어어, 한 기사님, 사모님, 자모님 다 계시네." 신목양 목사가 차를 큰 마당에 세우고 인사부터 했다. 이어서 한선재가 차 문을 열고 내렸다. 책보 허리에 두르고 갔던 애가 번듯한 가방을 등에 지고 있었다. 남의 집 애 같았다.

"아니 목사님, 여길 여쩐 일루… 어서 안으로 드시지유. 날이 추워지기 시작하네유." 한대성이 앞서서 큰마당을 거쳐 안마당으로 들어섰다. 웃방에서 메꾸리를 삼고 있던 진정중이 밖을 내다보았다. 말로만 듣던 신 목사였다. 진정중이 토방으로 내려서서 신 목사의 손을 잡고 인사를 했다.

"사는 게 이렇게 누추합니다." 신 목사는 집이 크고 작은 것보다는 가족이 얼마나 화목한가가 집값을 높여준다는 이야기를 했다.

"그런데, 목사님이 웬일로 우리 집엘…."

"학교 운영위원회가 있어서 갔다가…." 선재가 전교 일등이라는 이야길 듣고 신통해서, 집에 데려다주기로 하고 왔다는 것이었다. 가방은 교회에서 학교에 선물로 내놓은 것인데, 마침 선재가 일등을 해서 우선 메고 가라고 지워주었다는 이야기도 했다.

진봉득이 커피를 끓여가지고 들어왔다. 홍씨댁이 나가면서 진봉득에게 슬그머니 집어주었던 봉지 커피였다.

"목사님, 제가 한복집을 내려고 하는데, 한복집 개업하는 날, 오셔서 축도도 해주시고, 좋은 말씀도 해주세요." 선재가 자기 어미 이야기를 듣고 신난다며 손뼉을 쳤다.

"마음에 믿음이 깊으면 물질로도 축복해주시는 하나님입니다. 내가 꼭 가겠습니다." 진봉득은 남편 한대성에게, 당신 봤지요? 하는 득의의 표정을 지었다. 신 목사는 집안을 위한 기도를 마치고 일어섰다. 밖에 평화 깃든 어둠이 조용히 깔리고 있었다. *

평설

시간은 어떻게 '나'의 형상이 되는가

오 윤 주 (수일여중 교사, 소설가)

　나는 누구인가.
　우리가 거쳐온 시간들은 어떻게 쌓이고 변용되어 우리 자신이 되는가. 우리는 종종 그 답을 이야기를 통해 찾곤 한다.『내 유년의 콜라주』역시 그러한 질문에 대한 답변으로서의 소설이다. '선재'라는 인물의 유년 시절을 성장담의 방식으로 그리고 있는 이 소설은, 인간은 어떻게 자기 자신이 되는가, 그 과정에서 '이야기'는 어떤 역할을 하는가에 대한 탐구의 한 형식이기도 하다.

1. 중첩된 시간의 경험들과 '나'의 이야기

　『내 유년의 콜라주』는 인간의 정체성이 어떻게 시간을 바탕으로 하여 형성되어가는가를 구체적이고 생생한 이야기의 맥락으로 보여주고 있다. 총 20장으로 구성된 이 작품은 '내 유년의 콜라주'라는 제목을 달고 있으나, 주인공인 '선재'뿐 아니라 선재를 둘러싼 여러 인물들을 총체적으로 초점화하며 다층적인 서사를 형상화해 보이고 있다.

이야기는 시간에 대한 물음이며 변형의 과정이다. '나는 누구인가'라는 질문은 '나는 어떤 시간들을 살아왔는가'라는 질문이며, 그 시간의 조각들을 새롭게 의미화하여 이야기로 만드는 작업이기도 하다. 그런데 대체로 기억들은 조각난 이미지나 감각의 인상으로 남아 있다. 특히 유년의 기억들은 세부적 요소들이 흐릿해진 채 모호한 덩어리들로 파편화되어 존재하기 마련이다. 이 소설은 마치 콜라주 작업을 하듯 그러한 조각들을 이어 붙여 '나는 누구인가'라는 인간 존재의 보편적 질문에 답하고자 한다.

그런데 그 이야기 만들기의 과정에는 '나' 자신의 의식만이 관여하는 것은 아니다. 유년의 기억은 '나'를 둘러싼 타인들의 기억에 의해 구성되고 보완된다. '나'의 탄생의 기원이나 '나'로 인해 다른 이들의 삶이 어떻게 변화했는가 하는 이야기들은 전적으로 타인의 기억에 의존할 수밖에 없다.

> 딸이 손자 선재를 낳게 되자, 세상은 그야말로 개벽을 했다. 세상은 꽃밭이었다. 생각해보니 20년 만에 흔쾌하게 웃는 시간이었다. 거기다가 애가 똑똑하기가 하늘이 점지한 존재였다. 그렇지 않고서야 그처럼 영롱하고 찬란한 생명이 있을까 싶지를 않았다. 생각해보면 아내도 고맙고, 딸도 신통하고 사위도 소중했다. 이렇게 나가면 어떻게든지 살겠다 싶었다.(30쪽)

'선재'의 할아버지인 '진정중'에게 손자 '선재'가 어떤 존재인지, 그로 인해 어떤 변화가 생겼는지 서술하고 있다. 『내 유년의 콜라주』라는 소설의 제목으로 미루어본다면 이 소설은 '선재'가 자신의 유년을 돌아보는 형식으로 되어 있다. 그렇다면 '진정중'의 위와 같은 생각은 그가 과거의 기억을 술회하며 '선재'에게 직접적으로 혹은 간접적으로 전해준 것이거나, '선재'

가 자신의 유년으로 회귀하는 허구적 경험을 하고, 그 추체험 과정에서 다시금 '진정중'의 마음이 되어 자기 자신을 바라보며 채워 넣은 상상적 진술일 것이다. 이처럼 '나'의 이야기에는 자신의 기억과 함께 할아버지나 어머니, 동네 사람들이나 타인의 기억들이 함께 얽혀 들어 있으며, '나'로부터 벗어나 타자의 입장이 되어 '나'를 바라보는 메타적 인식이 포개져 있다. 이렇게 구성된 이야기는 '선재'가 할아버지가 되어 그의 기억을 손자에게 전해주는 방식으로 또다시 이어지며 변형되고 축적되어간다. 기억은 이처럼 타자와 타자의 얽힘을 통해, 관계 속에서 만들어진다. 이야기를 통해 '존재와 존재가 연결되고', 그 연결됨은 공동체의 역사를 만들어낸다.

2. 역사는 어떻게 개인의 삶과 연결되는가

『내 유년의 콜라주』의 '나'에 해당할 인물인 '선재'는 12장에 이르러서야 비로소 초점화자로 등장한다. 1장에서 11장까지는 선재의 할아버지인 '진정중', 엄마인 '진봉득', 아버지인 '한대성'을 중심으로 이 시기의 역사적 맥락과 그에 얽힌 인물들의 삶의 풍경을 세밀하게 묘사하고 있다. 이는 이 작품이 인간의 성장을 어떤 관점에서 바라보고 있는가를 짐작하게 한다. '선재'라는 한 개인의 탄생은 개별적인 것이 아니라 타자와 타자의 얽힘, 개인과 시대의 얽힘 속에서 이루어지는 것이며, 그러므로 그의 유년을 이야기하려면 그의 아버지와 어머니의 서사를, 더 거슬러 올라가 그의 할아버지와 할머니의 서사를, 지장골의 이야기와 시대적 사건들에 대한 이야기를 하지 않을 수 없는 것이다.

작품의 이야기는 지장골이라는 농촌마을을 배경으로 하여 6·25 전쟁이 막 시작되려는 즈음에서부터 시작된다. 난리가 날 것이라는 소문이 포성과 함께 전해져오고, 함께 모내기에 손을 보태며 공동체적으로 살아온 마을에도 긴장감이 감돈다. 인민군이 마을로 쳐들어와 부녀자들에게 해코지를 할 것이라는 풍문에 불안감이 한껏 고조된다. 이념으로부터 멀리 떨어져 농사일과 가족과 정자나무 아래에서의 한담으로 세월을 보내던 지장골 사람들은 그러한 평화가 깨어질 것을 두려워하며 서로를 경계하는 지경에 이른다.

처음에는 누가 그런 흉악한 소문을 퍼트리는가 의문의 눈들을 굴렸다. 그러나 점점 소문의 출처보다는 당신들이 당할 일에 대한 참경에 몸을 떨었다. 마치 당장 누구한테 능욕을 당하기라도 할 것처럼 말과 행동을 조심했다. 그리고 시간이 지나면서 사람 만나는 걸 꺼렸다.
남자들은 남자들대로 불안에 떨었다. 모내기는 거의 끝나가는 참이었다. 몇 집안 모내기가 늦어진 집 논일을 하던 장정들이 일손을 놓고 정자나무 밑에 모여 수군거렸다.
"북선 사람들 무서워… 아암 무섭지." 대장간 소 씨가 진저리를 치듯이 체머리를 흔들었다.
"그들도 사람인데 무섭긴 뭐가 그렇게 무섭다는 거여." 작년에 적산가옥을 매입하고, 사경을 쌀계에 묻어두었다가 그걸로 땅을 장만한 천 씨가, 삿대질을 할 양으로 대들었다.
"아 답답한 양반아, 그저 몰라서 하는 소린겨. 오줌 내갈기면 잉앗대처럼 얼어 올라와 선다는 그 만주에서 일본 것들 몰아내고 나라 세우는 데 앞장선 게 누군데." (24~25쪽)

마을의 평화는 이처럼 오롯이 마을 안에서의 관계나 마을 사람들의 의지만으로 지켜지지 않는다. 거대한 역사적 흐름 앞에서 이들은 삶의 주도권을 가지지 못하고 수동적인 위치에 설 수밖에 없다.
'선재'네 가족 역시 역사의 소용돌이에 휘둘려 부침을 겪는다. 지주였던

'홍대혁'이 마을에서 사라진 후 그가 좌익 운동에 발을 들였다는 풍문이 돌고, '한대성'은 그의 집에 세들어 살았다는 이유로 지서에 끌려가 심문을 받는 등 곤경을 겪는다. 지서에서 풀려나온 후에도 마을 사람들은 '한대성' 일가를 의심 어린 눈으로 보며 빨갱이와 연관이 있을 것이라고 추측한다. 그저 미장이 기술을 가지고 열심히 사는 것이 전부였던 '한대성'의 삶은 시대적 혼란 속에서 자신의 의지와는 다른 변곡점을 만나 위기를 겪는다.

'한대성'과 그의 가족은 계속되는 압박을 피해 마을을 떠나 인가가 드문 도적골로 이사하며 새로운 삶을 시작한다. 이곳에서 '선재'는 본격적인 성장의 시간을 시작하며 자신과 세계에 대한 경험과 인식을 구성해가게 된다.

이처럼 '선재'의 개인적 시간들은 역사적 사건들로 인해 형성되고 변화되며 움직여간다. 일제 말기 위안부로 끌려가지 않기 위해 열여섯 나이에 결혼을 서두른 어머니 '진봉득'의 서사가 '선재'의 삶을 형성한 한 축이라면, 이념의 소용돌이로부터 벗어나기 위해 도망치듯 마을을 떠나는 '한대성'의 서사가 또한 한 축이 되어 도적골에서의 시공간에 다다르고, 그러한 역사의 흐름과 계속해서 교직하며 '선재'는 세계 속의 존재로 성장해간다.

3. 잃어버린 눈, 호기심으로 반짝이는 유년 시절

'선재'는 호기심으로 가득한 어린이이다. 어린이들은 대체로 왕성한 호기심으로 무엇이든 질문하는 존재이지만, '선재'는 유난히도 매사가 궁금하고 알고 싶은 것 천지이다. 그는 주변의 모든 것을 새로운 눈으로 바라보고 의문을 품으며, 질문한다.

> 벼가 누렇게 익은 논두렁길을 걸어가는 동안 선재는 잠시도 쉬지 않고, 이야길 늘어놓았다. 전에는 이건 무슨 풀이야, 이 돌은 왜 동그래, 저 산은 왜 쌍둥이야 그런 질문을 해댔다. 그런데 묻는 게 수준이 달라졌다는 생각을 하게 했다. 선재는 무언가 이야기를 끊임없이 옮기고, 또 이야기를 만드는 눈치였다.
> "선재야, 그래 유치원이 그렇게 좋으냐?" 선재는 대답 대신, 어른들은 왜 유치원에 안 가는가 물었다.
> "어른들은 배울 거 다 배워서 그런 데 안 가도 된단다."
> "쌩이야, 어른들은 무관심해서 뭘 못 배운대…." (131~132쪽)

어린 존재는 세계에 대해 질문하고 또 질문한다. '비행기는 어떻게 하늘로 날아오를 수 있는지, 잠수함 안에서 군인들은 어떻게 숨을 쉬는지, 아버지 엄마가 결혼하기 전에 나는 어디에 있었는지', 그는 모든 것이 궁금하고, 모든 것이 신기하다.

'닭의 귀' 사건은 쉴 새 없이 질문하는 '선재'의 면모를 잘 보여주는 익살맞은 에피소드다. 닭의 귀가 어디에 있는지 궁금했던 '선재'가 선생님에게 질문을 하자 선생님은 '선재'에게 집에서 기르는 닭을 가져와 아이들에게 보여주라고 한다. 다음 날 '선재'는 할머니와 함께 보자기에 수탉을 싸 들고 의기양양하게 학교로 향하지만, 도중에 닭이 홰를 치며 날아올라 도망치고 그 바람에 할머니가 냇물에 빠지는 곤경을 치른다. 어렵사리 학교에 도착하여 닭의 귀가 귓바퀴 없이 구멍만 뽕 뚫려 있는 것임을 반 아이들과 함께 확인하지만, 집에 돌아가는 길 역시 순탄치 않다. 닭이 알 낳는 구멍을 확인해보자는 친구들의 짓궂은 장난으로 닭이 몸부림을 치는 바람에 한바탕 닭

과의 난투극을 벌이기도 한다.

그의 잦은 질문은 이처럼 어른들을 당혹하게 하기도 하고, 친구들로부터 놀림감이 되는 빌미를 주기도 한다. 그의 질문이 계속해서 샘솟는 것은 세상을 흥미롭게 바라보기 때문이며, 알고자 하는 강렬한 욕구 때문이다. 그렇기에 세상을 향한 그의 질문은 낚시의 고리처럼 답을 이끌어낼 가능성을 가지게 된다. 세상에 익숙해질 대로 익숙해져서 더 이상 묻지 않는 어른들은 '호기심'의 빛나는 눈을 잃어버렸기에 배움에 대해 무력해진다. '선재'의 질문은 낯익은 세계를 새롭고 흥미진진한 무언가로 바꾸어내는 기제가 어디에 있는가를 성찰하게 한다.

간혹 어른이 되어서도 세계의 비밀과 재미를 찾는 열쇠인 호기심의 윤기를 잃지 않는 이들이 있다. 그들이 시인이며, 혹은 시인의 마음으로 살아가는 눈 밝은 이들이다. 우리는 종종 그런 이들의 눈을 빌려 세계를 다시 배우고 가려진 비의(秘意)를 찾게 되기도 하는 것이다. '질문하는 인간'인 '선재'는 그 눈 밝음을 잃지 않고 유년을 성찰하는 어른으로 자라나 '선재'라고 동일하게 명명되는 자신의 손주를 위해 유년의 이야기를 들려준다. 소설 속 어린 '선재'와, 소설의 기저에서 사건들을 불러내어 재생하며 의미를 재구성하는 어른 '선재'는 성장을 멈추지 않는 이가 되려면 어떤 삶의 자세가 필요한가를 잘 드러내 보여주고 있다.

4. 성장한다는 것

성장한다는 것은 모르는 것을 알게 되고, 할 수 없던 것을 할 수 있게 되며, 미숙한 상태에서 성숙한 상태로 나아간다는 것을 의미한다. 그런데 성장의 도정이란 흔쾌하고 즐거운 것만은 아니다. 어린 존재는 세상에 불합

리함이 있다는 것을 알게 되고, 죽음이나 질병의 괴로움을 알게 되고, 뜻대로 되지 않는 일도 있다는 것을 알게 된다. 그럴 때마다 떼를 쓰고 울어보아도 그것으로는 해결되지 않는 일들이 있다는 것을 알게 되고, 그렇게 어린 존재는 어른이 되어간다.

'선재'는 동생인 '선아'의 죽음을 목격하고 그 충격으로 병치레를 하게 된다. 아버지의 지게에 얹힌 '선아'의 시신을 보고 '선아'가 땅에 묻힐 것임을 알게 되자 죽음에 대한 공포가 육박해 온다. '선재'는 땅에 묻힌 '선아'의 시신을 여우가 뜯어먹을 것을 상상하며 두려움에 떤다.

> 선아는 나무가 아닌데, 꽃이 아닌데 땅에 묻을 모양이었다. 땅속은 춥고 물이 질컥거릴 것이다. 어두워서 아무것도 볼 수 없다. 해도 안 뜬다. 달도 안 뜬다. 소리를 질러도 말이 되어 나가지 않는다. 여우가 와서 발톱으로 땅을 헤집고, 선아의 배가 보이면, 할금할금 사방을 두리번거리다가, 이빨을 드러내고 뱃살을 찢고 처벅처벅 먹기 시작한다. 여우 주둥이가 벌겋게 피로 젖어 있었다. 여우는 캐앵 한번 울음소리를 내고는 다시 선아의 몸뚱이를 뜯어먹기 시작했다. (155~156쪽)

죽음은 생을 잃는 것이고, 어두운 땅밑에 묻히는 것이다. 어린 존재에게 죽음은 두려운 것일 수밖에 없다. 그러나 그것은 인간이 마주쳐야 할 필연이기에 죽음을 끌어안고 수용하며 살아갈 수밖에 없다. 성장은 그렇게 고통을 관통하며 한바탕 앓아내며 이루어진다.

기르던 개 '멍덕이'의 죽음은 '선재'가 성장의 도정에서 맞닥뜨리는 또 하나의 문턱이다. 자신도 먹기 힘든 귀한 우유를 구해다 먹이고, 자기 밥그릇에서 밥을 덜어 먹이기도 한 애정하는 존재 '멍덕이'가 동네에 놓은 쥐약을 먹고 죽게 되자 '선재'는 커다란 슬픔을 맛보며 어떻게든 이를 되돌리려 하지만, 도리가 없음을 알게 된다. 그는 다시 잠을 설치며 산짐승들이 멍덕이의 몸뚱이를 물어뜯는 꿈을 꾼다.

성장의 과정에서 주체는 이처럼 스스로 제어할 수 없는 슬픔이나 좌절을 맛볼 수밖에 없다. 세계와의 고투 앞에 무기력함을 맛보기도 하고 존재 자체의 상실과 소멸에 직면할 수밖에 없는 것이 모든 존재의 실존적 조건이기 때문이다. 이 소설은 이야기를 통해 유년기의 옹이들을 돌아보고, 그 경험들을 곰곰 뜯어보며 의미를 재구성하는 작업을 통해 성장의 본질을 응시하고자 한다. 성장은 그 경험을 맞닥뜨린 당시에 즉각적으로 일어난다기보다는 그것이 무엇을 의미하는가를 돌아보고 추체험하는 이후의 과정을 통해 지속적으로 수행된다.

5. 이야기는 끝없이 이어진다

『내 유년의 콜라주』는 개인의 삶이 어떻게 역사와 만나고 역사를 이루며 성장해 가는가를 탐구하고자 한다. 삶의 시간은 단선적으로 흐르는 듯하지만 우리의 의식 속에서 계속해서 회귀와 전진과 재구성을 반복하며 두터워지고 변색되며 새로운 의미로 재탄생하기도 한다. 시간의 편린들이 축적되어 이룬 '나'의 안과 밖에는, 무수한 타자들의 말과 경험이, 거대한 시대의 소용돌이가 함께 새겨져 있다. '나'를 설명하자면 그 넓고 깊고 오랜 연원을 실타래 감듯 거슬러 올라가며 더듬어볼 수밖에 없다. 그렇게 구성된 '나'의 이야기는 다시 가깝거나 먼 미래로 던져져 '옛날에… 어느 마을에… 어떤 아이가 있었는데…'로 시작되는 낯선 세계의 지평이 될 것이고, 이 세계에 새로 당도한 어린 누군가의 삶의 경험이 되어 새로운 생각과 의식을 만들어내며 미래의 형상을 만들어가게 되기도 할 것이다. 그렇게 할아버지 '선재'의 유년 이야기는 손주인 '선재'의 기억이 되고 또 그렇게 이어지고 또 이어지며 '인간이란 무엇인가', '나는 어디서부터 왔는가', '어떻게 살아야 할 것인가'라고 하는 고래(古來)의 질문들에 답하고자 하는 이들에게 하나의 참조점으로 작동하게 되는 것이다.

내 유년의 콜라주

우한용 장편소설